Saint Yves

DU MÊME AUTEUR

ROMANS

Un recteur de l'île de Sein, Stock, 1945 ; Presses de la Cité, 1981.
La fin d'un manoir, Stock, 1945 ; Librairie Séguier, 1986.
Tempête sur Douarnenez, Mercure de France, 1953.
Un homme d'Ouesssant, Mercure de France, 1954.
Un royaume sous la mer, Presses de la Cité, 1958. (Prix du Roman de l'Académie française.)
Un feu s'allume sur la mer, Presses de la Cité, 1957.

LIVRES POUR ENFANTS

Un cirque à la mer, Gallimard, 1982.
Beau-joli, le lapin mal aimé, Castermann, 1982.

RÉCITS

Ce sont voiliers que vent emporte, Presses de la Cité, 1984.
La Boudeuse ou le tour du monde de Bougainville, Seghers, 1986.

NOUVELLES

Pas trop vite, s.v.p., Mercure de France, 1953.
Sous un ciel noir, Mercure de France, 1956.
A quoi rêvent les navires, Presses de la Cité, 1983.
Les vivres vinrent à manquer, Presses de la Cité, 1986.
De par les sept mers, Presses de la Cité, 1984.

ESSAIS

Le jongleur de Dieu François d'Assise, Calmann-Lévy, 1981.

Henri Queffélec

Saint Yves

Éditions Ramsay
9, rue du Cherche-Midi
75006 Paris

ISBN 2-85956-605-8

A tous les Yves, Youenn, Erwan.
A Yvonne.

En guise de prologue

Quelles forces poussent-elles un écrivain à choisir un thème, un personnage central ? Quelles persévérances l'aident-il à poursuivre un ouvrage dont les difficultés ne lui avaient pas sauté aux yeux ?

J'ai rencontré Antoine du Désert, le premier des moines chrétiens, et noué entretien avec lui par un livre. J'ai recommencé l'aventure avec le petit curé d'Ars. Avec François d'Assise. Je croyais m'en tenir là de ces saintes fréquentations. Et puis...

... Et puis vous clignez de l'œil. Vous vous dites : « Qui a bu boira ! » Vous songez que le Breton piqué par le démon d'écrire fait appel tôt ou tard aux saints de son terroir. On raconte qu'ils sont innombrables.

... Il y a sûrement d'autres causes. Je viens à saint Yves comme je vais à la mer et aux hommes de mer, et parce qu'il me faut dans le roman, la nouvelle ou l'essai, chanter la création. Mettre en scène des amis de la création.

L'ermite du Sinaï Antoine du Désert préfigurait François d'Assise, le poète de l'herbe et de l'étoile, de la pierre et de l'eau, de toute créature. Le curé d'Ars fut tertiaire franciscain. Yves Hélory, que l'on nomme aujourd'hui saint Yves, l'était encore.

Dans les dernières années, d'excellents ouvrages ont été consacrés à saint Yves. Ils permettent, je crois, d'aller plus loin dans l'élucidation de son rôle temporel ou mystique. Les théologiens estimeraient volontiers sa pensée maigrelette. Il a vécu au-delà des systèmes, obscur à lui-même, clair devant Dieu comme le nom de famille des « soldats inconnus ». L'humilité, l'amour de la justice, qui l'ont rendu si populaire, mais que l'imagerie a stéréotypés, se reliaient chez lui au respect intense de la création et des créatures, dans l'esprit même de François d'Assise et de tous les chercheurs du Graal.

PREMIÈRE PARTIE

I

ICI commence donc la vie d'un *saint de la Bretagne Armorique.* Nous tâcherons de la conter dans l'humour et la ferveur. Ah ! si nous pouvions suivre la ligne de J.K. Chesterton ! Ce diable d'Anglais s'acoquinait si bien avec le surnaturel.

Un biographe d'Yves Hélory déclare *mezzo voce* que celui-ci ajoute à toutes ses vertus sanctifiantes le mérite d'avoir réellement existé… En voilà un, sans doute, qui aimait aussi Chesterton ! Son compliment goguenard, qui est le fait d'un ecclésiastique, a valeur d'une pichenette, assez peu amène, pour tous les saints bretons prédécesseurs : la foule des hommes et des femmes drus, les vieux saints du terroir celtique, terreur des secrétaires de mairie jacobins qui les récusent pour noms de baptême, nés une fois sur deux en Hybernie d'Irlande, d'Écosse, de Galles ou de Cornouaille anglaise, plus épris de solitude et de pénitence les uns que les autres avec de très beaux restes de violence. Tous ces gens salés et tendres qui avant saint Yves avaient ancré peu à peu la péninsule bretonne dans le christianisme, les voilà donc soupçonnés carrément d'appartenir à la fable.

Nous ne mangerons pas de ce pain-là. Le fait que la cathédrale de Tréguier détienne, dans son trésor, une relique vénérée comme étant le crâne authentique d'Yves Hélory, ne rend pas celui-ci, de principe, plus authentiquement saint qu'un Tugdual, un Ronan, un Jaoua, un Guénolé, un Gonéry, un Tanguy, une Aude. Une enquête minutieuse, voire pointilleuse, menée relativement tôt après sa mort (nombre de gens qui l'avaient approché purent y témoigner), garantit l'excellence du label de sainteté délivré par un pape, et ce label aura manqué à ses collègues bretons des classes de sainteté antérieures, et alors ? Rome n'a jamais interdit de prier Tugdual, ni Ronan, ni Tudy, ni Goulven. Rome croit dans l'exemple donné par ces gaillards. Dans le patronage qu'ils accordent aux chrétiens revêtus de leur nom par le baptême. Rome se borne à limiter l'exercice de leur culte au rituel des diocèses de Bretagne. Tandis qu'elle salue en Yves un patron universel de l'Église.

Nous ignorons, bien sûr, ce qu'Yves eût pensé d'une différence de traitement qu'il n'avait pas prédite. (Comment l'eût-il fait d'ailleurs, lui qui, dans une sorte de testament, se qualifie sur le tard de *prêtre indigne, le dernier des serviteurs de Jésus-Christ.*) Les détails historiquement sûrs de son cheminement terrestre sont peu nombreux. Guère plus nombreux, d'une certaine manière, que les détails de la vie de la Vierge. Cette « existence » réelle qu'un « fan » signale chez lui, saint breton, comme un phénomène exceptionnel, se déroule dans le flou... Les périodes essentielles ne peuvent être datées avec certitude. L'à-peu-près foisonne.

Prenons-en notre parti dans un sourire. Acceptons de faire naître en l'an 1250 un homme qui, à défaut d'inaugurer un prénom — un saint Yves (plus ou moins connu) était déjà honoré —, en a comme renouvelé la sève. Les Yves, après sa mort, ont pullulé dans le monde chrétien, sous cent formes linguistiques. Notre siècle de l'avion supersonique et du nucléaire n'a pas touché à une popularité grandement irrationnelle où le sens du mystère trouve son compte.

Deux faits, étroitement liés, semblent hors de doute. Yves n'a jamais soupçonné d'imposture les ancêtres qui avaient sanctifié à tour de bras leurs farouches éducateurs spirituels. Comme dans l'air qu'il respirait, dans la feuille qui virevoltait en tombant sous ses yeux, il croyait dans la sainteté des Tugdual, Goulven, Maudez, Hervé, Ildut, Brieuc, Malo, Rivoaré, Efflam, et tous autres planteurs et diffuseurs du christianisme en terre bretonne. Avec toute son énergie comme son humilité, il a voulu prendre leur suite. Être un saint. Un tout petit, le plus peccamineux, celui que Dieu fourre dans un coin. Mais quand même.

Retrouver sur le terrain les paysages de l'enfance et de la prime jeunesse d'Yves Hélory est œuvre de foi comme de recherche. Dans la grande majorité des régions françaises, les sites se sont transformés, ces dernières décennies, à une rapide allure. Pourquoi se voiler la face ? Un naturaliste a pu écrire : « Le développement industriel et la modernisation de l'agriculture ont plus modifié notre pays en trente années que ne l'avaient fait les soixante siècles précédents[1]. » Pour oser ce verdict, il avait remué les administrations.

Après avoir semblé rétive, la Bretagne est entrée dans la danse. *L'Armor, l'Argoat*, ont énormément changé. Ce pays où l'on se vantait de ... *marcher tout un jour sans rencontrer un homme*, ce qui sonnait paradoxal dans un terroir harmonieusement peuplé, a été bouleversé par le remembrement rural, la prolifération des résidences secondaires et des routes asphaltées... Nous n'en dirons pas plus. Nous ne gérons pas une entreprise de découragement. Nous rendons grâce à la pérennité des charmes de la lumière et du climat, aux vertus des roches primitives, à la mer celtique. Ils maintiennent le quant à soi breton. Les poètes peuvent encore sillonner à bon droit ces paysages. Ils y sont chez eux autant que les experts en viandes, légumes, céréales ou crustacés du Marché Commun. O Verlaine, ô Baudelaire, *l'air a l'air* encore, avec ses « soleils mouillés » et ses « ciels brouillés » rutilant sur les champs de goémons ou embrumant les clochers à jour, d'apporter ici un ailleurs.

A une petite lieue de la place principale de Tréguier, à quelques centaines de mètres de l'église du Minihy et de son cimetière, on visite officiellement la demeure où naquit et mourut Yves Hélory, le manoir de Kermartin. Dans ce cadre où le XXe siècle affiche sa présence par cent détails, le visiteur appellera son imagination à la rescousse pour ressusciter le Moyen Age. Tous ces bâtiments ont été plusieurs fois retouchés. Leur environnement a été chamboulé.

1. Christian Bouchardy, dans *La Loutre* (Éditions Le Sang de la terre).

... Oublions les poteaux électriques, les autos, les antennes de télévision, la publicité murale. Écoutons les choucas et les merles, contemplons les lignes du relief. Le respect, légèrement goguenard, mais coriace, dont l'orgueil local d'avoir produit un jour un saint Yves entoure cet endroit, ce respect-là protège une atmosphère qui ne doit pas trop différer de l'ancienne. Le *Minihy - Tréguier*, la paroisse natale d'Yves, à l'est du « bourg » de Tréguier et la plus campagnarde, se souvenait, au XIIIe siècle, intensément et confusément, d'avoir abrité dans un passé fièrement originel les méditations et piétinements de saint Tugdual, un des sept Pères fondateurs de la Bretagne chrétienne. Il jouissait de ce fait d'un statut sentimental particulier. Officieusement au moins, c'était une terre d'asile. Une *sancta tellus* [1]. Qu'Yves ne soit jamais entré physiquement dans l'église qui avoisine aujourd'hui son manoir natal, bâtie d'après ses dernières volontés, ne gêne pas le visiteur moderne, ni le fait que dans le cimetière son corps n'ait jamais reposé sous sa pierre tombale. Nous sommes en Bretagne drue et mystique. A l'est, le panorama d'un Argoat trégorois qui a conservé la pureté de ses horizons excite et apaise les yeux et le cœur. Celui-là, Yves s'en est nourri... Parti en « escholier » pour la capitale du royaume de France, c'était lui qu'il revoyait lorsqu'il s'échinait parmi les clercs ses condisciples, entassés, empilés comme bestiaux dans leurs bottes de paille, à scruter la pensée d'un Thomas d'Aquin, et qu'une nostalgie l'envahissait... Cet archipel de nuages. Cette ombre sur la pente.

1. Terre sainte.

Ce lointain bleu myosotis. Cette cime débonnaire et mystérieuse.

Les environs de Kermartin ménagent d'heureuses surprises. Le fanatique du Moyen Age ne regrettera pas, ayant quitté une route nationale, de s'enfoncer dans des couverts pour déboucher à l'improviste sur un manoir de Mézobran, beaucoup plus conforme dans sa dignité rustique à l'image qu'il se bâtissait de la demeure natale d'un Yves Hélory. Cette gentilhommière, tapie en retrait du monde, apparaît comme naturellement apte à former de grands voyageurs et de grands mystiques. Une petite chapelle, en avant de son portail, ne le laisse même pas ignorer.

... Cette chapelle date d'un siècle relativement récent. Il faut se rabattre sur Kermartin. La tradition, sans doute aussi la vérité, l'imposent. Sans qu'il y ait lieu de le regretter... Mézobran n'offre pas cette grandiose échappée, par-delà les recourbements du Jaudy, sur la Bretagne intérieure. Si sa discrète élégance mi-maison des champs, mi-castillet, répond mieux à notre sentiment du temps jadis, à nos exigences pour la maison natale d'un saint, le Kermartin de notre époque ressemble assurément beaucoup plus que lui au logis dont Yves, sur la fin de son existence, avait fait une sorte de Lambaréné trégorois pour toutes misères.

Kermartin fut-il jamais d'ailleurs tellement plus auguste ? Bien que nous réservions au mot *manoir* l'aura dont nous avons privé celui de *manant*, l'un et l'autre ont même origine. Étymologiquement, le manoir est la maison où l'on « reste » ; le manant, l'homme qui « reste ». Ils impliquent donc tous les deux la référence au sol. Aux racines secrètes de l'être humain. Les gens de noblesse, dits « à particule », qui attachaient leur patronyme à un toponyme, étaient au fond les manants les plus manants de la société médiévale. Ils ne concevaient pas leur être sans un lieu.

Les livres, le plus souvent, appellent notre personnage Yves de Tréguier. Beaucoup s'en tiennent à Yves Hélory de Kermartin. Ceux-là ont notre préférence. Non qu'Yves n'ait brûlé d'amour pour son vieux bourg de Tréguier si bien juché sur le cap devant lequel confluent deux larges rivières à marée, le Jaudy et le Guindy, avant de gagner ensemble l'océan [1], ni pour sa cathédrale malmenée déjà par les siècles et déjà composite et qu'il a embellie avec entrain. Mais il est né à Kermartin et il y est mort. La chapelle qu'en tirant sur la ficelle de ses charités et de ses bons rapports avec l'évêque il s'est offert le luxe de faire construire après sa mort et doter d'un desservant se dresse là, immédiate, à portée d'une petite prière. Devenue l'église de Minihy-Tréguier et ayant attiré à elle le cimetière paroissial, elle matérialise mieux que toutes les reliques la piété d'un homme rude et pour lequel le mot de volonté eut une signification si forte.

Yves Hélory naît dans un manoir. Que cette phrase, dans la Basse-Bretagne du XIIIe siècle, n'évoque rien de douillet ! Le père d'Yves est un tout petit seigneur. Un damoiseau. Son manoir, une grosse ferme avec deux entrées dans le portail de sa cour : la grande pour les biens, la petite pour les gens. S'il possède un ou deux pigeonniers, une tourelle, une mare, un nombre assez respectable d'arpents, et s'il mure son domaine,

1. La Manche est un chenal de l'Atlantique.

il mène une vie pour laquelle le mot de hobereau semblerait beaucoup trop solennel. Il ne pousse pas lui-même l'araire, il monte sur un cheval sellé et ferré pour se rendre en ville, mais il surveille de près terres et bêtes avec un zèle tout paysan. L'enfance d'Yves sent le petit lait, la glèbe et la pervenche, le blé noir et la bouse de vache, beaucoup plus que l'encens et les reliures de cuir. Il est vite initié, en même temps qu'aux prières du matin et du soir, aux saillies, aux vêlements, à la chaleur des chiennes, au rut des chevaux, toutes manifestations naturelles qui ne le troublent guère. Elles figurent dans un ordre des choses. Une volonté régit les crottes de lapin, les étoiles filantes, les écailles des sardines. Il aime spontanément Dieu et la création, les camarades, le hameau, la ville, le cimetière, d'un amour viscéral. Quand on brûle dans la cheminée des brassées d'ajoncs, il sait que le parfum ne sera pas celui d'un sécot de chêne à la flamme lente. Il reconnaît l'hirondelle et la pie, le grillon et le grèbe, à leur cri, leur chant, leur vol. Flaire la joie d'un compagnon à sa démarche.

Au commencement d'Yves, il y eut ce gamin mâtiné de bébé, ce Moyen Age encore féodal qui ne se doute pas du nom qu'il recevra de gens appelés historiens. Ces rumeurs, pêle-mêle, d'expéditions lointaines nommées croisades et de tous les faits divers d'un hameau, la mort d'un chat, l'achèvement d'une maison, le passage d'une troupe armée dont le chef jurait comme un paillard. Il y eut ces soleils brouillés et ces ciels mouillés. Ces pluies, ces brumes, ces mois noirs, ces printemps sonores et suaves, jolis et frais comme boutons de rose, œufs de sansonnet. Tous ces lézards vifs sur les pierres sèches et toutes ces fondrières dans les chemins creux. Tous ces goélands qui remontent en criant avec la marée le large val d'une belle rivière. Toutes ces pâquerettes, toutes ces orties, toutes ces racines de lierre qui s'agrippent à de vieux murs... Il y eut aussi, peut-être surtout, la présence puissante, silencieuse, de la sainteté.

En ce milieu du XIIIe siècle, les saints — ou personnages distingués comme tels — habitaient familièrement, tels des oiseaux dans les solives d'une maison, la conscience populaire bretonne. Avec leurs noms précis. Leur liste, plus ou moins étoffée, d'exploits originaux durant leur vie terrestre et de pouvoirs spéciaux dans un autre monde... Tous les officiels, bien sûr, tous ceux qui avaient place dans les Évangiles et d'abord les chers Apôtres, locataires familiers des porches d'église et grands donateurs de prénoms, mais aussi tous les mal dégrossis des nuits du passé, connus d'une petite minorité fidèle, occupants plus ou moins clandestins de la ferveur populaire. Entre ces deux catégories, les Sept Saints fondateurs de la Bretagne chrétienne, dont la carrière prêtait à confusion mais qu'on saluait fièrement, dévotement, puisqu'ils étaient devenus des enfants du pays.

Chansons, prières, contes et légendes, avaient accroché tout un passé obscur et vénéré pour qu'il pèse avec douceur sur le présent. Toute une toponymie montait la garde pour qu'on n'oublie pas.

Bien sûr, dès cette époque, certains grommellent qu'il vaut mieux s'adresser à Dieu qu'à ses saints, mais Dieu, pour le pécheur, apparaît souvent comme si lointain ! Alors que parmi ces saints, il y avait tellement de gens du pays, des saints nés dans le coin ou ayant adopté la Petite Bretagne, faits de la même argile amoricaine. Immédiatement disponibles, puisqu'ils connaissaient la langue. Quand ils n'avaient pas commis dans leur jeunesse d'énormes bêtises — à commencer par des crimes — dont ils avaient eu à se reprendre, ils avaient sans cesse vécu dans les affrontements, les batailles spirituelles ou matérielles. Des miracles avaient éclairé, jalonné, leurs grandes existences frustes. Ces champions, ces championnes, démontraient les ressources du corps et de l'âme. Ils avaient de la bonté de reste pour l'éternité... Çà et là, des pratiques sauvages, à base de peur superstitieuse, font dévier le culte [1] qu'on rend à leurs images de pierre et de bois ou à leurs reliques, mais dans l'ensemble, ils ne reçoivent qu'une immense tendresse ingénue.

La légende souligne qu'un songe visita la mère d'Yves Hélory, Azou, durant sa grossesse : l'enfant qu'elle portait deviendrait un saint. Encore que les hagiographes abusent des songes, pourquoi pas ? La pieuse femme avait la sagesse de ne pas prendre la révélation pour argent comptant. Selon la même légende, elle incitait son fils, régulièrement, à prier et œuvrer pour devenir le saint annoncé. La prédiction onirique avait donc simple valeur d'encouragement à ses yeux.

De ces incitations à la sainteté, ne faisons pas objurgations dramatiques. Elles ne différaient guère en profondeur de toutes ces recommandations maternelles ou grand-maternelles qui mélangent les conseils de santé (« Ne t'enrhume pas ») aux demandes morales (« Sois gentil »). N'entraient-elles pas, cela dit, dans l'oreille

1. Yves subira la même mésaventure.

droite du bambin pour sortir par la gauche ? Il n'était pas né bloc de piété congelée. Il réclamait mouvement et jeu comme tout gamin né de la femme. Il faisait le coup de poing et lançait les cailloux avec les camarades, affolait dindons et poules, dénichait les oiseaux, tirait les cheveux des filles, s'aventurait dans les vasières du Jaudy, déchirait consciencieusement ses bas et ses braies, s'endormait durant les longues prières monotones.

... Mais les lieux étaient là. Profondeur de l'espace, des ciels étoilés, cachots des brouillards ; toute une terre diverse de champs et de friches, de rocs et de taillis, polychrome, cloisonnée, odoriférante, et sur laquelle des saints avaient fait souffler l'esprit de Dieu. Il suffisait dans les heures claires de quitter la grande cour et de marcher à droite ou à gauche le long de la pente. Vers n'importe quel endroit dégagé d'arbres ou de buissons, un panorama de la Bretagne intérieure se plantait devant les yeux. La candeur et la juste force du Ménez-Bré le dominaient contre l'horizon du noroît. C'était la hauteur où, sur le couchant du VIe siècle, les évêques de toute la Bretagne avaient fixé de se réunir en secret.

Le tyran Comor venait alors d'occire femme et nouveau-né. Il fallait lui trouver une punition éclatante. L'évêque de Léon fut le dernier au rendez-vous : il avait pris dans sa compagnie Hervé, jeune aveugle que Dieu favorisait de ses lumières, lui inspirant, paroles et musique, des hymnes. Mais naturellement, pauvre gars, il cheminait avec peine et retardait la marche de son évêque.

Yves ne se lasse jamais d'entendre la suite. Il se confond avec Hervé, le chanteur à la chevelure broussailleuse et aux grands yeux vides et qui supporte sa misère. « Et après ? » demande-t-il. « Est-ce que quelqu'un ne se met pas en colère parce que l'évêque arrive en retard ? »

— « Si fait... »

Sans guère s'embarrasser de critique historique, le frère Albert le Grand[1], qui écrivait au XVIIe siècle, a raconté la scène telle qu'Yves l'a écoutée de sa mère ou d'une vieille servante : « Un certain de la compagnie se mit en colère, disant : ''Quoi ? Que nous ayons si longtemps attendu pour cet aveugle ?'' Saint Hervé (le voilà saint dès avant sa mort) ne s'irrita pas, mais lui dit tout doucement : ''Mon frère, pourquoi me reprochez-vous ma cécité ? Dieu peut-il pas vous rendre aveugle aussi bien que moi ? Savez-vous pas bien qu'il nous a faits comme il lui a plu, et que nous le devons remercier de ce qu'il a donné l'être tel que nous l'avons ?'' » Et là-dessus, vlan, le vilain personnage tombe par terre, le visage en sang, ayant perdu « la vue corporelle ». Tout en admirant le châtiment divin, l'assistance implore Hervé de guérir le malheureux. Comme l'eau manque « en un lieu si élevé », il fait jaillir une source, que les évêques bénissent. Après quoi il lave les yeux de l'aveugle et lui rend la vue.

Douter d'une pareille histoire, le cœur d'Yves le pourrait-il ? Ni même sa petite réflexion. Le frère Albert termine son développement sur « ... et en mémoire de ce miracle fut au sommet de cette montagne édifiée une chapelle en l'honneur de saint Hervé et des saints de Bretagne ». Les jours très clairs, Yves,

1. Ne pas confondre avec le Docteur Séraphique, l'homme de la Place Maubert.

comme tout chrétien auquel le bon Dieu a donné bonne vue, repère cette chapelle, minuscule, admirable excroissance, et devine son clocheton. Il mange des yeux cette preuve, cette louange, qui chantent là-bas, sur le haut-lieu devenu pour toujours le centre mystique de la Bretagne.

— Quand tu auras suffisamment grandi, que tu tiendras bien à cheval, nous te ferons conduire sur le Ménez-Bré. Il a une pente difficile, mais au bout tu pourras boire à la source et découvrir la moitié du monde.

— Découvrir de là-bas le manoir ?

— Et même échanger un regard avec ton chien dans sa niche.

— N'est-ce pas moquerie ?

— Que non... Encore plus tard, quand tu seras un homme, si tu veux plaire à Dieu et vivre un grand bonheur, tu te lanceras dans le pèlerinage des Sept Saints.

— Les Sept de Bretagne ? Le tour de Bretagne ?

— Ne frétille pas. Ce tour-là, il faut le faire à pied.

— Pieds nus ?

— Ce serait le mieux. Les routes sont trop dures... Mais chaque fois que tu déboucheras devant un des sept sanctuaires, tu te déchausseras. Il faut que tu sentes le froid des dalles de l'église. La pureté de Dieu. Comme si tu marchais sur l'eau. Avant et après, dans la campagne, tu emploieras des souliers solides et qui te tiennent le pied.

— Un bâton ?

— Le bourdon du pèlerin.

— La coquille saint Jacques ?

— Ce n'est pas d'obligation. Le Tro-Breiz n'est pas

Compostelle. Mais personne ne s'étonnera si, en allant voir nos saints, tu portes en évidence une coquille sur ton sac. Ou attachée à ta ceinture.

Le garçon a fermé les yeux. Un bonheur l'embrase. Il emportera une coquille et il ira voir et prier les Sept Saints. Ou les six : il a déjà entamé la liste. Un coq chante. Tugdual, un des sept, réside en effet à Tréguier, où il patronne l'église cathédrale, distante d'une demi-lieue, en cheville avec André l'apôtre, un pêcheur de poissons de lac. Tugdual. *Tugalus*, disent les prêtres. Certes pas le moins pieux sur terre, ni le moins actif dans le ciel de la troupe des sept compères. Un pape, songez donc ! Sa statue porte la tiare.

Comme la semaine a ses sept jours, la Bretagne s'est dotée constitutivement de sept saints principaux à elle, les piliers de fondation, les patriarches de la piété collective. L'état-major de la Toussaint des paroisses, la grande famille qui se dissémine du Couesnon au lac de Grandlieu, de Vitré à Saint-Mathieu-du-Bout-du-Monde. En commençant par Tugdual et Tréguier, Yves se récite les noms des sept généraux et des villes qui leur sont attachées. A l'est de Tréguier, les sièges de Malo et de Brieuc se devinent sans peine. Comme celui de Pol Aurélien, à l'ouest. Mais il faut un effort pour obtenir Dol à partir de Samson ; Quimper, de Corentin ; Vannes, de Paterne.

Ouf. Chacun est là, restitué par la mémoire, traînant son nom de ville comme un chiot. Paterne de Vannes. Malo de Saint-Malo... Un coq chante. Une vache meugle. L'enfant ouvre les yeux. Un parfum de chèvrefeuille, excité par la dernière averse, navigue dans l'air à pleines voiles.

— Est-ce qu'Hervé le barde aveugle est un plus petit saint que Samson ?

— Non pas. Il est venu après.

Yves se mord les lèvres. Quelle mouche l'a piqué de comparer les tailles des saints comme de saules ou de moches de beurre ? Les saints sont tous grands. Sauf un : le très humble qui viendra dans nombre d'années et qui sera Yves Deux, Yves le minuscule. Se pelotonnant par terre devant les gigantesques pieds d'Hervé, de Samson, de Tugdual. « Est-ce que tu dors, Yves Hélory ? » « Non, monsieur Samson, je rêvasse. Je suis content d'être tout petit à côté de vous. Mes orteils nageraient dans vos souliers... »

— Yves ! Yves !

Saint Samson a pris brusquement la voix de Félix, le camarade avec lequel Yves a mené les plus rudes fredaines.

— On t'appelle. Va jouer. N'oublie pas les Sept Saints.

... Il a déjà fui. Comment oublier les Saints. Les Sept, les Mille, les Dix Mille Saints de Bretagne et de toute la chrétienté, cette immensité qui s'achève à gauche dans l'inconnu des mers, à droite sur les déserts de sable où se cachent les voleurs de la Terre Sainte... Il fait jour. Il faut grandir.

II

— VOUS avez dit que vous procéderiez dans l'humour et la ferveur. Ne seriez-vous pas en train de nous resservir un « christianisme de papa », triomphaliste et tatillon ?

— J'ai seulement dit que je tâcherai d'avancer dans la ferveur et l'humour. Je n'ai pas affirmé que j'y réussirais. Et puis...

... Et puis une mise au point me semble nécessaire. Je ne me sens pas révolutionnaire une seconde lorsque je me rappelle avec émerveillement une matinée nocturne dans les temps de l'occupation allemande. Paris, décembre 1943, messe de six heures trente dans une paroisse parisienne. C'est encore nuit sombre, le vaisseau de l'église est presque désert. Trois fidèles, qui ne se sont même pas groupés. Le prêtre officie sans aucune aide. Dehors, on sent la grande ville anxieuse et froide... N'empêche qu'un climat de communion s'est établi entre les trois pelés et leur pasteur. Il traite son assistance dérisoire avec la même gravité harmonieuse que si elle était foule. Il a préparé un sermon, il l'offrira. Les six premiers mots tombent dans le silence avec la netteté d'un thème de sonate. Je les réentends plus de quarante années après, denses, allègres. Des mots qui sautaient par-dessus les murs, franchissaient monts et rivières, se jouaient des tyrannies, rendaient l'espoir : « Les progrès de la réflexion chrétienne... »

Un arc-en-ciel s'était allumé en haut de la pénombre. La pensée d'un homme loyal se construisait devant nous.

Comment n'eût-elle pas bougé en effet, cette réflexion d'une Église qui se définissait universelle dès l'origine, avec mission d'évangélisation, alors que les premiers pays chrétiens ignoraient la plus grande partie de la terre ? Et que les sciences et les techniques se sont renouvelées, se renouvellent sans cesse ? La foi qui alimente cette réflexion chrétienne ne craint plus de se mettre en question. De se confronter, dans un esprit de recherche fraternelle, avec les croyants des autres religions et tous les agnosticismes. Le 27 octobre 1986, le pape Jean-Paul II invite à Assise, pour des prières séparées faites d'un même cœur, les représentants de toutes les religions.

Aucune rupture doctrinale dans cette aménité qui succède à combien de tâtonnements. De bagarres officielles. L'Église approfondit la charité. Cet amour du prochain qui fut aux origines de son dynamisme, mais que dans la pratique une grande partie de ses chefs tendirent à oublier : foi n'est pas crédulité ni sujétion.

Il semble aller de soi maintenant que nous refusions notre crédit à la papauté de notre cher Tugdual. Quelle boulimie d'honneurs a poussé un clerc à interpréter la coïncidence d'un blanc dans la liste des papes avec la tiare dont les statuaires affublaient le chef de Tugdual pour faire chic, comme une preuve que l'évêque de Tréguier, dont la biographie présentait elle-même pas mal de trous, avait plusieurs années dirigé en catimini l'Église catholique ? Trop est trop. Nous haussons les épaules semblablement devant les folies auxquelles menait le culte des reliques. Tous ces tibias, ces péronés, ces morceaux de cubitus, marchandés, pillés, vendus, revendus, légués. Une religiosité du Moyen Age ne peut plus être notre religion.

S'ensuit-il que nous le prenions de haut avec les excès de nos ancêtres ? Nous qui vivons dans des pays où la constipation d'un chat provoque les rumeurs attristées d'une clientèle de boutique, où l'on est félicité parce qu'un jour on a paru sur un écran de télévision, où... où... La gloriole et le culte du clinquant, le puérilisme, la superstition, n'ont pas cessé de fleurir. La réflexion chrétienne progresse à coup sûr, mais, de gré ou de force, tant de gens vivent spirituellement à la petite semaine. Si l'on démontait les mécanismes de l'aventure sociale, on mettrait à jour tant d'absurdismes.

La croyance à la sainteté dans sa pureté, son désintéressement, son effort soutenu vers le mieux, ne relève pas de ce constat plus ou moins morose. C'est tout autre chose qu'un ralliement à une Légende dorée qui conduit à réclamer des saints et à les aimer. Les progrès de la réflexion chrétienne se manifestent ici par l'adhésion à la pure doctrine selon laquelle nous sommes tous appelés à la sainteté, qui que nous soyons. La Toussaint des Vivants et des Morts n'est pas un christianisme de papier. La Toussaint a valeur de dogme, comme la virginité de Marie. « Soyez Saints parce que je suis Saint. » Moïse redit là une parole de Yaveh.

Yves a refusé le sacerdoce de longues années, lui qui aimait tant son Dieu. Sans la pression, affectueuse mais vigoureuse, d'un évêque, il fût demeuré diacre. Cet humble ne morigénera pas d'attendre deux minutes, sous un chêne du Minihy-Tréguier, dans le chant des oiseaux, que nous reprenions le fil de son enfance.

La sainteté n'est pas tendre niaiserie. Elle est la blanche farine, l'alpha et l'oméga d'un christianisme au courant des exigences humaines. Le fameux compatriote d'Yves, Ernest Renan, en offre le sûr témoignage. On en a trop souvent appelé à lui contre Yves [1]. Ayant perdu la foi dite traditionnelle de son enfance, il conservait sa spiritualité profonde. Il lui arrivait sans cesse, et par écrit, d'appeler *saints* des hommes et des femmes, du présent comme du lointain passé, qu'il aimait et admirait. Objectera-t-on qu'il ne donnait pas au mot une valeur officielle ? La remarque ne porterait pas loin. L'Église catholique ne se dissimule pas non plus son incapacité à définir en termes de raison la sainteté d'un homme, d'une femme. Elle invite, ici encore, à une foi dans un monde invisible. Les saints selon l'Église ne diffèrent guère des saints selon l'opinion commune, ces hommes et ces femmes dont la bonté, le désintéressement, le dévouement, atteignent à des dimensions admirables.

1. Comme on en a trop souvent appelé à Yves contre lui.

Lénine connaissait François d'Assise. Il a confié un jour que s'il avait rencontré une seule fois dans son existence un chrétien aussi merveilleux, il se serait fait chrétien. Ce prétendu matérialiste charriait au fond de lui-même une nostalgie de la sainteté.

L'adhésion spontanée qu'Yves, en son XIIIe siècle, accorde à des récits fortement légendaires, ne le rend pas plus naïf que l'homme et la femme de notre XXe siècle qui croient dur à un événement pour le motif qu'« ils en ont parlé à la télévision ». Elle n'enlève aucune valeur au désir d'être un saint qui a peuplé son âme enfantine. La petite fille qui deviendra un jour carmélite et sainte Thérèse de l'Enfant Jésus ne connaîtra-t-elle pas la même fièvre ? Ce qui n'empêchera pas des biographes aussi peu crédules que le Père Six de s'incliner devant sa sainteté. Ou un cinéaste indépendant et que la canonisation romaine de son personnage gênerait plutôt, de célébrer son désarmant charisme.

Nous ne sommes pas ici en terre de superstition. Après Renan nous pourrions en appeler à Bergson ou à Péguy. Nous préférons en appeler, une fois encore, au témoignage que donnent sans arrêt nos contemporains de leur besoin de sainteté. Au témoignage de leur soupçon ou de leur certitude que tel homme, telle femme, qui ne sont pas du tout nécessairement des chrétiens, méritent le nom de saints. Pour leur vie de pitié, de dévouement sans gloire.

III

YVES grandit au manoir paternel dans la douceur obstinée des routines paysannes. Dans la piété d'une famille, d'un hameau, d'une région.

Faut-il en savoir plus ? Ne néglige-t-on pas un texte latin fort ancien, destiné au rituel d'un clergé diocésain et qui présente Yves comme l'enfant d'un premier mariage ? Nous croyons sans faute qu'Yves était un gamin lorsqu'il a perdu sa mère. Que son père n'attendit pas plus d'une année pour se remarier. Les relations d'Yves avec la jeune épouse, de quel droit les supposerions-nous très difficiles ? Quelque chose aura néanmoins changé dans l'atmosphère d'une demeure où tant d'objets matériels, tant de petites traditions, rappelaient la morte. Le père n'est pas un sauvage : il n'a pas non plus oublié sa première femme et il devine des passages mélancoliques dans l'âme de son garçon. Il en parle à des amis sûrs, à des prêtres. A sa nouvelle femme. Il se hâte de procurer à Yves la compagnie d'un homme jeune qui lui servira de camarade et de maître, Jean Kerhoz.

Aussi bien l'intelligence et l'ardeur de l'enfant, dans une époque de culture essentiellement orale, ont-elles frappé son entourage. Pour cet *Agnus Britanniae*, l'évêque de Tréguier ne cache pas au père qu'il nourrit de grands espoirs. Où trouver cependant de la belle instruction sur place ? Jean Kerhoz et Yves Hélory battent les paroisses pour trouver des recteurs ou des moines qui enseignent le latin et la langue d'oil et qui prêtent des parchemins à lire, à recopier.

Pluie ou soleil, aube ou crépuscule, feuilles, fleurs ou fruits aux branches, ou arbres et arbustes dénudés, la campagne trégoroise en vals et bosses, chemins creux et sentiers caillouteux et boueux, mérite à plein les deux sens du mot rustique : elle est campagne, elle est solidité. Elle assure tout du long à la marche un décor tendre et changeant. Des rencontres, de menus propos, en langue bretonne, avec des paysans et paysannes qui travaillent ou baguenaudent, des mendiants qui clopinent et qu'on reconnaît à la longue presque tous, vivifient les sites. C'est la terre. La masse créée à la Genèse. Bordée par cette autre masse qui remonte à la même origine, la mer immense, que les deux amis approchent de tout près ou dont ils considèrent avec émotion une avancée mystérieuse et tranquille — baie à moitié asséchée où des canots dorment sur le flanc, anse pleine comme un œuf émeraude où des récifs blanchissent.

Le père a eu la main heureuse. Il murmure que Kerhoz et Hélory s'entendent comme larrons en foire. C'est plaisanterie ! Si larrons il y avait, ce seraient les larrons d'un étrange royaume. Plus âgé de dix ans, beaucoup plus rassis, Jean Kerhoz tient l'ambition de sainteté comme extrêmement audacieuse, mais il ne l'avoue guère : elle lui paraît une tentation si belle... Entre deux bouts de course, deux grimpées de talus, deux dialogues sur des fleurs ou des cris d'oiseaux, deux bonjours à des bergers, à des lavandières ou des moissonneurs, les compères discutent Tugdual, Efflam, Lac de Tibériade, sermon sur la Montagne. Avec le même sérieux que deux jeunes de notre époque les ruses de Platini ou de Mac Enroe, les charmes d'Isabelle Adjani, le comique de Fernand Raynaud. Ils sont feu et flamme, sincérité, courage, amour de Dieu. Par quelle déviation de jugement les estimer plus lourdauds que s'ils se lançaient dans des confidences érotiques ?

La croisade les préoccupe. Elle poursuit le déroulement de l'histoire que leurs paysages ont vécue. Ils se communiquent leurs renseignements sur l'Islam. Constantinople, la Crète, la Méditerranée. Autrefois et durant de longs siècles, des saints ont traversé la mer, d'Hybernie et Grande-Bretagne en Bretagne armorique, pour apporter à celle-ci la foi chrétienne. Pour délivrer maintenant la Terre Sainte, c'est affaire aux armées de la chrétienté de traverser toute la Méditerranée. Les deux causeurs n'ont jamais tenu évidemment entre les mains une carte marine. Tantôt cela compliquerait, tantôt cela faciliterait l'activité de leurs imaginations. Dans tous les cas, ils s'accordent à penser que des chefs-d'œuvre de vaillance attendent les amis du vrai Dieu.

On a soutenu que le père d'Yves Hélory, en petit seigneur obéissant, était allé à la croisade, dans le corps expéditionnaire breton, avec cheval, armure et valet.

Les documents sur lesquels on s'appuyait ne péchaient-ils pas par légèreté ? Tout aussi affirmatifs, des historiens veulent que ce ne soit pas le père, mais un grand-père ou un oncle, voire un cousin plus âgé, qui ait pris la croix...

Il ne se peut pas qu'un ancien combattant de la croisade, perclus mais la mémoire claire, n'ait trouvé un auditoire complaisant dans la paire de ces jeunes amis de l'instruction et de la religion. Outre les prouesses des chevaliers chrétiens, francs batailleurs qui ne devaient leurs défaites qu'aux ruses fielleuses des archers musulmans, il leur a célébré en long et en large les mérites du roi de France, Louis le neuvième.

— C'est un homme, vous ne sauriez dire avec les mots de la terre, ni en breton ni en français ni en votre latin, sa bonté. Sa justice. Tout pour être un saint breton ! Quand je disais la chose à des seigneurs français, certains faisaient grise mine mais vous, vous pouvez me comprendre. Il n'a en tête que le bien de ses sujets, le bien de toute la chrétienté. Il en imposait aux Musulmans, car il faut l'avouer ces sataniques, ces païens comptent des gens honnêtes. Dieu l'a ainsi permis, ce qui est singulier. Dieu peut n'importe quoi je ne vais pas en médire. Il paraît que le roi Louis aime tant les gens qui souffrent qu'il rend la justice à Paris, lui-même, pour vérifier que les puissants n'écrasent pas les faibles.

— Est-ce qu'il ne va pas repartir ? Aurons-nous le bonheur de partir avec nos Bretons ?

L'ancien de la croisade fixe son œil valide (une flèche a crevé l'autre) sur les jouvenceaux qui le regardent et ne sont jamais sortis du cocon trégorois. Il a un rire triste. Il se souvient de camarades ébouillantés sur la fin d'un siège — leurs cris étaient plus perçants que des brames...

— Je ne suis pas dans le secret du roi Louis. La croisade est chose immense. Il faut en débattre avec toute sorte de souverains, de banquiers, d'armateurs, de religieux. C'est une vague énorme de chrétienté qu'il faut lancer, pas un petit flot de jolie brise... Si Dieu le veut, il vous trouvera pour la croisade. S'il ne le veut pas, gardez patience. Priez pour les trépassés, priez pour moi, en remerciant Dieu, qui vous a peut-être épargné des horreurs...

Il jauge le plus jeune de ses visiteurs. Ce bougre a un regard bleu et qui ne bronche pas, plus un grand front lisse fait pour abriter la réflexion — quand même, il reste un novice. Il ignore trop les mensonges, les drames qui sous-tendent les sociétés. A quel point le péché peut aveulir ! Ne lâchons qu'une toute petite partie de ce qui roule dans ma tête.

— ... quand ce ne serait que la maladie ! Vous vous portez bien l'un et l'autre. Vous mangez de clair appétit, vous vous videz convenablement, régulièrement. Nous, avec les diablesses d'eaux pourries qu'il nous fallait boire, si vous aviez vu les grands chrétiens orgueilleux (dame, ils étaient si prompts, si vaillants à l'épée) obligés plusieurs fois dans une heure de se traîner derrière un buisson pour faire leurs sales diarrhées.

Il ricane tout net.

— J'étais du groupe, je n'ai pas à m'en taire. Là-bas, ce n'est pas comme ici, on ne trouve pas toujours un buisson, alors pas d'erreur, il faut envoyer son ordure devant le monde. On se sentait honteux comme si l'on avait parjuré, occis père et mère, piétiné une hostie. Un camarade m'a supplié de le tuer d'un grand coup de poignard pour lui éviter ce déshonneur — il me griffait au sang pour que je me décide.

— ... mais vous ne l'avez pas écouté et vous avez eu raison.

L'homme regarde le jeunet assez effronté pour discuter la conduite d'un chevalier. Il crache par terre. Il hésite à pousser un juron. Non, il n'avait pas eu le courage d'occire son camarade. Quant à savoir s'il avait eu raison ou tort... L'honneur d'un homme, qui en juge ? Il recrache. Il conserve pour lui, au moins cette fois, le plus massif de ses souvenirs. La nuit où à la lueur des torches il a enseveli des cadavres, païens et chrétiens mélangés, tous puants et noirs.

— Allez-vous-en à la grâce de Dieu, gémit-il.

Yves contemple l'horizon. Un ange passe. Quelle douceur dans le pays natal. Quelle pureté dans ses sources, dans le vent du nord et sa voix fraîche parmi les arbres d'automne. Mais n'est-ce pas non plus sainte obligation d'aller vers les peuples qui se rebellent contre le Christ, ou ignorent le christianisme par innocente sauvagerie ? Le Christ a sillonné la Terre Sainte. Il a enseigné la bougeotte à ses disciples. Il faut des gens qui se cramponnent à leurs terres, comme il en faut qui voyagent.

— Pouvez-vous nous bénir ?

Interloqué, le chevalier obéit machinalement... Il s'est voûté. Son œil veuf a perdu tout éclat. Ce matin même, n'a-t-il pas rossé un vilain qui ramassait du bois mort dans les allées ? Un père de huit enfants. Du bois pourri qui traînait depuis l'antan. Un gaillard aux larges épaules qui n'a même pas voulu se défendre, qui a courbé le dos. Il a seulement grogné en breton :

« Que Dieu vous maudisse ! » Ce qui lui a valu sept coups de poing de plus...

Comme ses visiteurs se retirent, l'homme arrête Jean Kerhoz et il le prend à part.

— N'aurais-tu pas été chargé d'instruire celui-là ?

— De l'instruire en m'instruisant ! Je lis très mal encore dans un psautier.

— Jouvenceau, l'instruction est matière plus rude que la lecture dans les parchemins ! Le cœur d'une vraie instruction est la lecture dans les bonshommes. N'oublie pas. J'ai roulé ma bosse. Par tous les saints, je jure qu'on ne t'a pas maltraité le jour où on t'a offert cet élève. Je le vois là-bas qui regarde, écoute, renifle sur la terrasse, il montre une attention comme je n'en ai jamais rencontré. Je te parle en père : veille sur cette plante. Ne crains pas de la faner. Il ne faut pas que ton poulain ignore longtemps les scandales de ce monde. Il serait trop marri s'il faisait la découverte lui-même.

Dépassé par ce langage, Jean roule des yeux. Il craint de trop en entendre. Il sait des choses, beaucoup de choses qu'Yves ne connaît pas, mais la science de vivre lui échappe. Il tousse.

— Le remariage du seigneur Hélory a mûri son fils. Yves n'est pas ce que vous appelez, je crois, un blanc-bec.

— Ce que j'ai dit, je le dis pour votre bien. Vous attaquez la grimpée de la vie, ne vous laissez pas duper ! Celui-là deviendra un clerc — toi aussi peut-être. Il faut que vous soyez des clercs heureux, dignes de leurs pères et de leur terroir. Méfiez-vous des mauvais bergers.

Il se penche. Il glisse dans l'oreille de Jean, à la file,

une série de faits, de racontars. Ils salissent des gens (dont un prêtre et un moine) réputés pour leur vertu. Coucheries, vols, adultères, infanticides...

Kerhoz, blême, avale sa salive. Dans les noms jetés par le chevalier figure, en place trop voyante, un grand-oncle à la guise de Bretagne. Le sire aurait conduit une servante subornée par lui à se noyer dans une mare. Il a toujours eu des sourires trop appuyés, avec un regard fuyant, mais comment le soupçonner d'un crime ? Ne portait-il pas la croix d'or, à Pâques, dans la procession de saint Tugdual ? Jean revoit la servante : une jouvencelle surnommée Marie-le-printemps, haute comme trois pommes, les joues plaisamment vermillonnées.

— Alors, doux ami, que penses-tu de nos révélations ?

Jean s'appuie contre un mur. Non sans bégayer, il note que la jalousie, la calomnie, sévissent partout. Il refuse d'ajouter foi sans examen à des accusations qui tombent dans le domaine des gens de justice. Elles peuvent n'être que des ragots.

— La justice !

L'ancien croisé part d'un grand rire. Il songe au vilain rossé tout à l'heure. Ni vu ni connu ! Et quand même un quidam aurait vu, la victime ne dispose d'aucun appel.

— Comme tu voudras, Jeannot de Kerhoz. Toi et ton ami, mettez ceci dans un sac, allez-vous en avec.

Il a saisi sur son écritoire le rouleau de parchemin, l'encrier, la bouteille d'encre.

— Ces choses vous rendront service plus qu'à moi.

Au loin, les cris d'un cochon que le tueur a vilement blessé. Ils énervent les chevaux qui paissaient là dehors et qui hennissent. Des poires brillent dans le soleil comme des fleurs en boucles. La beauté des nuages qui s'éparpillent dans le ciel bleu de lin s'offre au regard des méchants comme à celui des purs.

IV

KERHOZ et Yves se reposent à leur manière habituelle de la leçon de latin prise chez M. Jaffré, le recteur pied-bot et savant. Allongés tête bêche dans l'herbe, ils se récitent l'un à l'autre déclinaisons, conjugaisons, vers d'Horace et Virgile, paragraphes de *De bello Gallico* et des épîtres de saint Paul.

Une guêpe tournoie devant les yeux d'Yves. Son premier mouvement serait pour la chasser, mais on blesserait peut-être le petit oiseau jaune d'or. Mieux vaudrait, sœurette, que tu ailles déguster une pâquerette ou une reine des prés — mais vole près de moi tant que le cœur t'en dira, je te remercie de ne pas me piquer ni me fuir.

Dzin, Jean a envoyé l'insecte au diable.

Yves se redresse. Il croit tout là-bas distinguer la petiote qui secoue jupes et tablier en blaguant la brusquerie humaine.

— Je me demande si nous ne devons pas remplacer l'exemple de grammaire : *Puer, abige muscas*[1] par *Puer, abige vespam*[2].

— Je me demande si le grand saint Tugdual n'aurait pas écrasé depuis longtemps une bête qui ne songe qu'à piquer.

— Tu n'as pas le droit à telle parole. Je t'assigne devant mon tribunal. Cher maître d'Yves Hélory, le premier souci d'une guêpe est son miel. Que répondez-vous ?

— Que la justice t'attire comme les fleurs la guêpe. *Tu n'as pas le droit de lancer telle parole*, voilà bien une phrase de ta guise. Comme tu te ranges toujours dans le camp de l'innocence ! Comme tu veux conforter, encourager, ce qui manque de protection…

Yves s'agenouille et il se penche pour plonger les yeux dans les yeux de son ami et maître. Depuis leur visite au chevalier de Penhors, il l'avoue, il pense tous les jours à Louis le neuvième. Sûr de ne pas commettre un péché, il a interrogé l'évêque : « Monseigneur, avez-vous rencontré le roi de France ? » Le Monseigneur a ri. Non, il n'avait pas rencontré Louis, mais sa cousine l'Ursuline et son vieux jardinier lui avaient touché la main et ils racontent sur lui des merveilles. Pour eux, sans aucun doute, celui-là part pour se hisser parmi les Tugdual et les Malo — il est saint, il sera saint comme il n'est pas possible.

— Vraiment ! Monseigneur a employé de tels mots : « Saint comme il n'est pas possible ? »

— Il m'a décrit tout ce que sera la Sainte Chapelle.

1. Enfant (petit esclave), chasse les mouches.
2. Enfant (petit esclave), chasse la guêpe.

La courtoisie, la fermeté avec lesquelles, sous un chêne, Louis rend la justice.

— Yves, écoute-moi.

L'occasion d'alerter l'élève semble venue. Jean invoque saint Michel et il se lance :

— Le chevalier m'a dit...

— Ce qu'il a dit n'est pas la Sainte Écriture. Rappelle-toi comme il rougissait pour de malheureuses diarrhées. Le Christ se trouvait-il donc à la noce, lui, quand il marchait dans les ruelles sous quolibets et crachats, vers le lieu de son supplice ? J'ai vu passer un homme que le bourreau allait pendre. Il tremblait, il bavait. Si mon humiliation sauvait un innocent, la diarrhée la plus fétide, les vomissements les plus glaireux, ne m'effraieraient pas.

— Ne juge pas le chevalier.

— Un croisé, Dieu m'en garde ! Je dis qu'il parlait vite.

— Pas plus que toi. Il a vécu tout ce qu'il dit. Toi, non. Il possède une expérience d'homme. La vie n'est pas l'eau claire que nous imaginions. Nous devons apprendre à...

— ... à nous méfier.

— Comment savais-tu que j'allais le dire ?

— Je le savais ; c'est tout. Et toi, tu savais que les injustices me navrent.

Apportée par le vent, une feuille de hêtre se pose sans bruit, à plat, sur les herbes vertes. Un hochequeue s'approche. A cinquante pas, un chat roux fait semblant de se lécher. L'air sent la grève, le vieux sable, l'étale.

Jean s'est assis, les jambes allongées, conscient que

la langue latine peut attendre. Ses conjugaisons ne fileront pas sur l'autre côté de la mer.

— C'est toi, Jean mon maître, qui m'écouteras. L'évêque a édicté de me pousser, définitivement, aux études. Que je serais un clerc (oui, mon prince) faisant honneur au diocèse de Tréguier, au duché de Bretagne. Rien que cela. Je tiens le propos de mon père. Et moi, Yves Hélory, l'humble fils de ce père, je t'annonce que le grand évêque se trompe s'il voit un prêtre dans ma petite personne. J'aime Dieu autant que faire se peut, et la Vierge, et les saints. Quand j'écoute l'Évangile, je suis l'enfant le plus heureux du monde. Je respecte, j'aime les prêtres. Leur profession est sans doute la plus belle qui soit... Mais... mais...

La voix baisse et ne rompt pas. Yves parle devant Dieu, caché dans la nuit, avec la liberté d'un prophète et d'un bateleur trégorois.

Pourquoi ne dirait-il pas — et il le dit — combien il souffre du fossé qui existe entre la conduite et l'enseignement de tant de prêtres ?

— Orgueil, cupidité, débauche, on peut épingler à leurs chapeaux tous les vices de la terre. C'est à n'y rien comprendre. Ils ont reçu le privilège de consacrer le pain et le vin, d'en faire le corps et le sang du Christ, et puis ça chipote sur les rumeurs d'une paroisse, ça met dans les poches l'argent des quêtes, ça se jalouse et se débine, ça court la nuit après des souillons quand ça ne renverse pas une belle garce dans la sacristie. Ça brûlerait des imbéciles qui se frottent le ventre aux menhirs, seulement ça laisse...

— Tais-toi ou je te gifle, je te flanque par terre et je t'assomme. Tu parles comme un impie, un vaurien.

— Gifle-moi dans tous les cas : j'ai péché contre la

charité. J'en demande pardon à tous les prêtres. Ce soir, je me punirai.

Yves pleure. Il enrage maintenant d'avoir parlé. Debout en face de lui, Jean Kerhoz balbutie tour à tour des regrets, des reproches. Yves a perdu la boule, mais son instructeur apprécie la loyauté, l'intransigeance dont il fait preuve.

Il entoure un instant de ses mains la grosse tête du garçon. Il caresse la chevelure sauvage qui descend en foule sur les épaules. Admire le front opiniâtre parsemé de rousseurs automnales et les yeux, les grands yeux avides.

— Sais-tu ce que je crois ? Tu as reçu la vocation d'un ermite. Un jour, tu te retireras dans un bois, dans une grotte. Pour ne plus voir les faiblesses de tous ceux qui enseignent la perfection sans la pratiquer. Tout ton saoul, tu jeûneras, tu prieras, offriras tes privations à l'Église du Christ. Je connaissais et j'aimais ta piété, je ne soupçonnais pas la précocité de ta réflexion. Tu t'emportes comme un garnement et raisonnes comme un homme.

Renouvelant sans vergogne aube et aurore, un coq chante son cri rutilant. Yves a secoué la tête cherchant idées et paroles. Ermite ? L'échappatoire ! La cabane dans un jardin, comme lorsqu'on a cinq ans ! Une libellule tangue au-dessus d'un taillis. Un nuage ressemble à un dindon. Un autre, à un promontoire marin couvert de neige — cette neige dont la blancheur sert d'étalon à l'auteur de l'*Asperges me*. La blancheur qui ravissait les yeux d'Horace à défaut des yeux trégorois...

— Non, Jean, pas ermite. Je ne dois pas fuir la

mêlée. Je critique — je dois donc me battre avec les autres.

— C'est tout de même la prêtrise que tu ambitionnes ? Je m'y perds.

— Et moi donc ? Surtout pas la prêtrise... Que je ne me lance pas trop vite. Le jour où il a franchi le seuil de la charpenterie pour s'en aller prêcher l'Évangile, le Christ avait trente ans.

— La croisade ?

— Qui vivra verra. Pardonne-moi en frère aîné ma bouffée de colère. Une sale prétentieuse. A demain. Ne m'accompagne pas. Bonne route ! Tâche de ramasser des châtaignes...

Ils s'embrassent.

Yves s'en retourne vers le manoir pour aider à décharger le fumier. Le père l'exemptait de ce travail puant où ce n'est pas la neige que les fourches remuent. Yves a refusé net : « Il n'y a pas de raison ». Qui aime la justice pratique les tâches réservées aux humbles. Qui chipote un ancien croisé honteux de déféquer en public trifouille sans dégoût les déjections des bêtes. Ah ! Tu veux, toi aussi, t'installer sous un chêne pour départager des plaideurs, secourir les faibles ? Attaque-toi d'abord à des besognes sans gloire. Ton nez doit être à la peine comme tes mains.

Le soleil s'est décaché d'un nuage gris pâle et il inonde franchement la campagne où des chaumières fument. Une corneille s'envole en croassant. Des fillettes cueillent des pommes et un porcelet piétine une coulemelle. Un épagneul se précipite au-devant du futur clerc, il quémande une caresse. Tu l'auras, chienchien, voici ton nom : *Penn Dû*[1]. N'est-ce pas,

1. Tête noire.

Penn Dû, que la vie est belle. Je m'en vais étaler le bon fumier qui fume sur les grosses mottes de terre — malgré ta gentillesse, ô mon chienchien, tu ne saurais en faire autant.

Yves pose un baiser entre les oreilles de *Penn Dû,* qui se sauve la queue enthousiaste.

Pourquoi, dans les idées d'avenir, omettre une existence de petit seigneur sur sa terre ? Le père ne trace-t-il pas une vie droite et utile ? N'est-ce pas une vanité qui pousse vers les études ? Je serais plus intelligent, plus savant que les autres ? Dieu veille sur chacun. Ce hérisson qui se faufile ; ce mendiant endormi le sac sous la tête, les gros pieds noirs de crasse dressés dans l'herbe comme de joyeuses vipères...

Le Ménez-Bré accueille fidèlement le regard sur l'horizon. Avec l'humilité résolue d'une vieille paysanne priant dans une pénombre, sa chapelle minuscule chuchote encore l'histoire d'Hervé. Le saint aveugle qui composait des poèmes. Assemblait des mots, des cadences, des notes, pour que ce soit beau et parce que les belles choses sont une forme de la miséricorde. Louis le neuvième si difficile dans le choix de ses vitrailliers poursuit le même chemin. Hier, à La Roche-Derrien, quand j'ouvrais sur le lutrin le grand Évangéliaire, mon cœur s'est serré d'admiration devant les couleurs d'une enluminure, océan de bleu, rivage de pourpre et de soleil doré. Autour de la lettre B. Dans le *Beati Pauperes spiritu*.

A se remémorer son émotion, Yves défaille et il s'agenouille dans l'herbe. Il se signe violemment. Étudier n'est pas trahir. Chacun des trois noms par lesquels se définit le Christ convient aux études — la voie, la vérité, la vie.

Il se placera tout à l'heure derrière le cul du tombereau pour faire glisser au mieux le fumier visqueux.

Ce soir, il ne mangera qu'une croûte frottée sur un oignon. Il demandera que la famille prie longuement pour les prêtres. Avant de se coucher, il tracera plusieurs majuscules, à la chandelle, sur une des feuilles offertes par l'ancien croisé. Le D de *Dominus*, le H de *Homines*, le M de *Maria*, le P de *Pauperes*.

Et maintenant, ouste ! Il cavale sur la pente, fredonnant une chanson qui attaque sans nuances meuniers et drapiers. Il se souvient des cailloux que Jean et lui lançaient l'autre jour dans la rivière gonflée par la marée et il rit au passage d'un oiseau.

V

— QUAND tu seras à Paris, les œufs que tu mangeras ne seront pas aussi frais. Profite de celui-là.

— Oui, Mam. Comment savez-vous que j'irai à Paris ? Suis-je le fils d'un prince ? Ne fait-on pas de bonnes études à Rennes, à Angers, à Nantes ?

— Je me range sur ce que dit ton Kerhoz... Mange ton œuf.

Yves a baissé la tête. Mange ton œuf ? Avec un clou de sabot, il pique et troue prestement la coque, puis gobe le contenu glaireux et tous ses arômes debout au milieu de la salle. Béni soit Dieu. Il balance la coque à la volée dans les piaillements de la basse-cour. Ses débris entreront dans la substance de nouvelles coques. Ainsi la pluie se change en rivière, la rivière en mer, la prière en action.

Quand la belle-mère a dit : « Mange ton œuf... », son amour-propre a souffert. Il n'est plus un enfantelet. Belle-mère n'est pas mère. Veille plutôt, dame Hélory du second mariage, sur tes enfants propres. Ne te mêle pas de mes études.

... Peut-être, soupire-t-elle après mon départ. Comme cela. Parce que parce que.

— Est-ce vrai, Jean, que l'évêque a choisi Paris pour mes études ? Une ville hors de Bretagne ?

— La France n'est pas l'Espagne. Ni la Hongrie. Notre duc est le vassal du roi de France.

— Et du roi d'Angleterre !

— Pas au même degré. Les chevaliers de l'armée bretonne combattent dans la croisade en union avec le roi de France. L'évêque t'expliquera mieux que moi. Il paraît qu'il suit une tradition. Abélard...

— Hum !

— L'infortune de notre compatriote n'empêche pas qu'il ne soit un grand homme d'Église.

— Pas un saint !

— En jurerais-tu ?

— Jean-le-sage, est-ce toi qui parles ainsi ?

— Rappelle-toi donc saint Augustin...

— Et saint Paul...

Un très long silence. Le crachin tombe sans bruire sur l'appentis, niché au fond du jardin épiscopal, où ils ont reçu asile pour copier un texte. Un texte saint. Ils se sont enveloppés de manteaux... Trois jours que la grisaille s'obstine sur tout le pays. Dans la baie de Lannion, une barque s'est perdue : cela signifie que ses trois hommes ont trouvé la mort. M. Diverrès, le chanoine prébendé venu tout à l'heure observer le travail, a les fièvres. Une sorcière de Trédarzec a été emprisonnée. Des femmes demandent qu'on lui coupe la langue, car les sorts qu'elle jetait ne pardonnaient jamais. Ni à bêtes ni à gens.

Yves et Jean contemplent le début de phrase qui attend la suite de leur effort sur la feuille de chacun d'eux. Quelle majesté dans ces caractères noir de jais, secrètement vivants comme des animaux endormis.

ET LUX IN TENEBRIS LUCET ET

Jean va pour tremper sa plume dans la bouteille — il suspend son bras.

— L'évêque, murmure-t-il, désire que je t'accompagne. Il veut de moi aussi pour un clerc. Mon père a donné son autorisation.

Yves bat des mains. Il sort quelques secondes examiner le ciel, recevoir le crachin.

— *Et lux in tenebris lucet*, hein vieux ciel de Bretagne, Sire Jean Kerhoz vient de dissiper tout ton gris. Que tu es beau dans ta fausse tristesse. De Paris, où nous arriverons pour la Noël, je penserai à toi quand je penserai à la famille et au pays.

— Eh eh ! pas trop vite ! Les voyages ne se bâclent pas, ils se préparent.

— Ah oui, les loups, les brigands...

Kerhoz éclate de rire. Il attrape son élève aux épaules. Les loups ? Les brigands ? Pense donc davantage aux pourparlers avec Paris pour les frais de la pension et de la scolarité. Sans compter les logis d'étape sur la longue route. Il faudra des mois, des mois, pour les deux aller et retour des messages. Yves et Jean ne seront d'ailleurs pas les seuls enfants du Trégor à s'expatrier. Loin de là. La bande sera au moins de quinze. Peut-être de vingt.

— Tu ne vois guère partir notre troupe avant le printemps ?

— En prudence, non. Autour de Pâques.

— Pourquoi nos familles ne nous laisseraient-elles pas dans ces conditions entreprendre ces jours-ci le tour des Sept Saints ? J'ai interrogé des pèlerins. Avec les ralentissements rituels dans chaque sanctuaire, le tour complet demanderait un petit mois.

— Beaucoup plus ! Les mois noirs arrivent. Leur cortège de pluies et de tempêtes. Songe qu'il y a des rivières à traverser. Nous ne connaissons pas les routes.

— Et si nous invitions un ancien pèlerin à recommencer avec nous ?

— Avons-nous le droit, quand nous entraînerons l'année prochaine de gros frais d'études pour nos familles, de les lancer déjà dans une dépense ? Le harnachement dont nous aurions besoin pour affronter les routes défoncées du Léon et de la Cornouaille, les arrêts de fortune dans des cabanes ou des grottes, les marchands ne le céderaient pas *gratis pro Deo*.

Yves pourfend l'objection du revers de la main.

— Les parents ne verseraient pas un sol ! Ce pèlerinage, nous le mènerions dans l'honneur de Dieu, sans harnachement aucun, vêtus et chaussés tels qu'aujourd'hui, en mendiant nourriture et gîte.

— Mendier la nourriture chez des vilains qui, en hiver, se serrent la ceinture de trois crans ?

— Nous serions pour eux les petits de l'Évangile, c'est-à-dire le Christ. Les rognures qu'ils offriraient de bon cœur, ce serait à nous de les accepter comme faisans ou poulardes.

S'emporter ? S'esclaffer ? Jean se rabat sur une

troisième voie. Il conseille à Yves de soumettre son projet à l'évêque... et reprenons le travail !

ET LUX IN TENEBRIS LUCET ET

... L'intensité du silence inquiète le maître. Sans bouger, il regarde. Les yeux tournés vers le ciel du dehors, des yeux profonds et lourds, Yves est en extase. Les instants se succèdent, l'élève ne bronche pas. Un moineau s'est enhardi à pénétrer dans l'appentis. Sûr de son fait après examen, il saute sur le poignet droit de l'oran, qui soupire à peine. Le dos tassé, le bec immobile, on dirait que l'oiseau participe à la contemplation...

... et le tableau ne changera pas jusqu'à ce que M. Diverrès fasse irruption. Avec ses fièvres, son teint cramoisi, un petit sac de châtaignes. Il vient chercher Yves, convoqué par l'official. Une femme passe en jugement pour avoir pillé la réserve de chandelles dans la chapelle Saint Samson ; un ivrogne, pour avoir traité deux moines de fainéants.

Yves attrape son chapeau et il suit l'ecclésiastique.

Un crucifix en bois peint, de deux pieds de haut, pend contre le mur. Un crucifix de cuivre d'un pied et demi tient debout au milieu de la table. Juste devant l'official. Qui porte lui-même sur la poitrine une croix noire, comme ses assesseurs.

Représentés par leurs chicanous [1], les moines et le desservant de la chapelle ne se sont pas dérangés. La pauvresse et l'ivrogne se tassent contre leurs

1. Avocats.

escabeaux. L'autorité civile a délégué deux gardes. En dehors d'Yves, aucun public.

Un *pater*. Deux *ave*. Trois invocations à saint Tugdual. L'official se rassied et il invite l'ivrogne — le savetier Jean Rannou — à regarder le crucifix de cuivre et à porter serment.

L'autre se déploie comme un ressort. Son long nez rouge va de droite et de gauche.

— Sûr que je le prêterai. Si ce bonhomme (le chicanou le plus maigre) jure tout comme Rannou.

Le juge a levé les bras au ciel. Il n'en calme pas moins les chicanous, en train de crier au scandale.

— Les sires avocats ont prêté serment une fois pour toutes, quand ils ont reçu leur charge.

— Mais j'ai déjà juré aussi.

— Quand donc, Jean Rannou ?

— Quand je suis passé devant le sénéchal.

Juge et assesseurs se regardent. Ce Rannou doit être un cheval de retour.

— Pour quelle raison passiez-vous devant lui ?

— Des mensonges. Un charpentier qui m'accusait de lui voler ses choux. Moi, Rannou, honnête comme un agneau.

— Quelle fut la sentence ?

— Les menteurs, on les écoute parce qu'ils hurlent. J'ai payé une amende. Retapé gratis les bottes déchirées des gens de police.

Les gardes ont ri. L'official leur inflige un blâme. Le chicanou qui flotte dans sa robe lève la main.

— Parlez, sire.

— Vaut-il la peine qu'un official perde son temps avec un homme perdu de réputation, un individu de sac et de corde...

— Vous plaiderez tout à l'heure.

Les coudes sous le menton, Yves se ronge les ongles. Il n'a pas le droit de dire combien il a été offensé. Un bonhomme traite des moines de fainéants, ils l'assignent devant un tribunal. Soit. Mais là, un chrétien qui exerce le métier d'avocat peut, lui, impunément, le vilipender. « Individu de sac et de corde », n'est-ce pas dix fois pire que « fainéant » ? Qui sait, en plus, si les religieux ne méritaient pas leur algarade ? Étranges, les chemins que suit la justice. Plus boueux que les sentiers de Cornouaille. Il regarde la voleuse de chandelles. Sa cotte est reprisée en cent endroits. Ses chaussures, lacées avec des ficelles, ont été dix fois rapetassées...

L'official a relevé Yves, qui s'agenouillait devant le prêtre non devant le magistrat, et il a gémi, comme s'il parlait tout seul, des difficultés de sa charge. Confrontée à deux misérables affaires, comment la sagesse du roi Salomon se fût-elle aujourd'hui signalée ?...

Le jeune homme n'a soufflé mot. Il se sent mal dans la force de ses muscles, la netteté de ses vêtements. Oubliant Jean Kerhoz, qui doit l'attendre, il se faufile par les petites rues, descend vers le port. Soleil à peine couché. Odeurs plantureuses de la vase, du goudron, des gréements. Une grosse barque a béquillé en haut de la grève. Debout dans sa masse nue, elle finit de charger les coffres et les ballots qu'un chariot, tiré par trois vaches, avait portés jusqu'à elle. C'est le *Notre-Dame du Trégor*.

— Où allez-vous cette fois ? A Jersey ? A Bordeaux ?

— A Paris, mon fils.

— Paris ? Qu'allez-vous y faire ?

— Nous y transportons des tailleurs.

— Les Français ne sauraient-ils plus couper les étoffes ?

Le matelot glousse. Les tailleurs qui vont embarquer taillent la pierre ! Ils rejoignent tout un lot de pays qui se sont établis déjà là-bas, où ils gagnent leur vie largement. Ils ont leur chantier en plein milieu du bourg de Louis. Contre la grande église.

— Quand serez-vous à Paris ?

— Faudrait demander au maître — d'ailleurs il ne sait pas. En quittant d'ici, nous arrêtons à Lézardrieux pour prendre les tailleurs et leur matériel. Après ça...

— Vous arriverez quand même d'ici Noël ?

— Si tu veux la réponse, tu n'as qu'à venir avec nous.

Une fois encore, Yves succombe à une extase. Dans le *Notre-Dame du Trégor*, il salue tous les bateaux, construits en bois de rêve, qui attendaient à point nommé les ermites d'Écosse, de Galles et d'Irlande pour les transporter, le temps d'une nuit et d'une fureur marine qu'une prière apaise, à la Petite Bretagne. Ceci est une barque sacrée. Dans un état second, il détache de la coque, sans effort aucun, une anatife et il l'admire. Encore un peu il sauterait à bord et appellerait les vents. Le cri d'un goëland le réveille. Audessus de lui, il surprend le visage poupin d'un matelot.

— Ça n'a pas l'air de te déplaire, l'invitation ?

— Je serais allé avec vous, mais je ne veux pas faire de la peine.

— Si c'est à ton père et à ta mère, ils sont là pour

ça. Si c'est à ta mie, tu es bien jeune pour te fixer à une. Il faut que tu la quittes des mois, des années pour savoir si l'amarre tient bon.

Yves a trempé la main dans une flaque. A la va-vite, de tout son cœur, il dessine sur la coque la forme d'une croix.

— Dieu bénisse votre voyage.

Le marin a soulevé son chapeau et il s'est signé. Dans le même temps, il cligne de l'œil et demande à Yves s'il ne serait pas le fils d'un prêtre.

— En serais-tu un ?

Par le diable et tous les saints, l'adulte jure qu'il est fils de chrétiens honnêtes. S'il n'avait lui-même provoqué le garçon, il serait allé le battre.

— Rentre vite avant que les loups sortent.

Pureté du soir, cloches dans la ville. Bruit des pas dans le sable et le goémon sec, puis sur la terre mate. Des enfants jouent avec des chiens. Des femmes ramassent le linge. Qu'est-ce que c'est au juste, Paris ? Demain, le sourire chantera encore sur les livres de Jean Kerhoz et l'on entreprendra de conserve la langue latine. Un cheval égaré passe en galopant.

Derrière un haut mur, long rire aigu. Yves s'arrête. Un rire de fille, poursuivi par le rire d'un garçon. Bruit furtif de branches… Aussi vraie que douceur de nuage, limpidité de source, la douceur d'une mie existe. Et la beauté de son regard, aussi parfaite que le trait de l'étoile filante, la colonne d'un portail neuf. Il transpire. Son sexe se gonfle, se raidit, le brûle. Il vaincra ce trouble. Il n'est pas un coq ni un jars. Son amarre à lui croche dans l'Évangile. Oui, matelot, et j'augmenterai sa résistance.

VI

Il pleut. Le plafond bas du ciel, couleur de linge sale, chante sous les coups du vent, mais les seuls oiseaux qui s'y frottent ne sont plus que les corneilles. Les boqueteaux montrent le crâne de leurs branches. Les dernières fleurs d'ajonc ont flétri en serpillières.

... Journées peu recommandables pour une rencontre d'évêques sur le Ménez-Bré ! Sauf éclaircie émerveillée, l'horizon emprisonne la montagne. Le duché de Bretagne est chose âpre et profonde. Créée par les mains de Dieu, ajustée comme la boue, le vent et l'averse à l'ensemble du monde et à ses fantasmes. Si ce n'était que d'Yves, les jeunes gens feraient encore à pied toutes leurs quêtes d'instruction chez recteurs et savantes personnes, mais l'autorité de Kerhoz prévaut : deux fois sur trois, ils vont à cheval. Une bête suffit, bien ferrée. Jean tient les rênes, Yves monte en croupe.

L'évêque a entamé les négociations avec Paris au sujet du voyage de ses ouailles. Il a remis lui-même au cavalier la lettre scellée de ses armes. Il faut attendre. Où en est aujourd'hui le *Notre-Dame du Trégor* ? Les tailleurs de pierre supportent-ils les vagues ?

Yves n'a pas consulté l'évêque sur son projet de pèlerinage. A quoi bon dans ces pluies, ces bourrasques ?... Persuadé que la démarche avait eu lieu, interprétant le silence de l'élève comme le fait de sa vocation, Jean s'est résolu à interroger Monseigneur. Lequel s'esclaffe. Les Sept Saints, quand la nuit tombe si vite et que tout est mouillé ? Il hoche cependant la tête. A pèlerin vaillant, abondance de grâces ! Trop tard aujourd'hui. Sinon, il eût peut-être encouragé le téméraire.

— Paris est un monde. Comme Alexandrie le fut devant saint Antoine. Tous les vices, toutes les séductions. Les grandes lumières de la chrétienté y brillent et l'on me dit trop de bien de Louis le neuvième pour qu'il n'y ait pas du vrai. Mais attention aux belles idées que distillent de forts parleurs : ce sont, tout bonnement, des lubies, des hérésies. Les enfants du diocèse de Tréguier entrent à Paris dans le royaume de la tentation. Satan est le Malin. Ce qu'il faut traduire le mauvais et le rusé.

Il se croise les doigts, contemple son anneau... Il arrive à Satan, dans Paris et ailleurs, de s'appeler Satane, mais ce danger-là n'est pas aussi grave que de désobéir... Une odeur de volailles rôties se faufile sous la porte. Les narines de qui de droit reconnaissent pigeon et canard. L'évêché reçoit deux Pères abbés. Les devoirs de l'hospitalité l'emportent sur le jeûne de l'Avent.

— D'ici votre départ, reprend-il, multipliez les sources de fatigue. Travaillez beaucoup, marchez ou chevauchez beaucoup. Exténuez-vous. Que Paris et les mauvaises amitiés dont il dispose pour les visiteurs faciles ne vous prennent pas de court. Le diocèse de Tréguier, par vous, doit continuer à dresser la tête. L'évêque de Saint-Brieuc (Dieu l'ait en sa garde) pense trop vite qu'il nous a dépassés.

On a toqué sur la porte. Un chanoine. Il entre, s'incline et baise l'anneau que tend Monseigneur. Puis il annonce la mort d'une religieuse hospitalière.

— Dieu ait son âme.

Monseigneur s'est levé et signé. Il ne demande pas le nom de la morte.

— Elle était vieille et toujours active, pense à haute voix le vieux chanoine. Les pauvres du quartier la bénissaient comme leur mère. Elle ira sûrement au ciel.

Les prêtres ont martelé à Jean et à Yves que le ciel et les cieux du *Pater noster* n'offraient rien de commun avec le ciel qui domine la terre de Bretagne, mais comment s'en persuaderaient-ils ? Le Christ qui revient dans le soleil, s'assied sur les nuées sans plus de peine que la mouette sur la rivière, cela leur parle avec trop d'insistance. Ils revoient l'image, régulièrement, dans des vitraux, des enluminures.

... La religieuse est donc partie là-haut. Au-dessus des pluies, des nuits, des orages. Dans ce qui se nomme la demeure céleste.

— La cathédrale sonnera le glas. La morte sera enterrée demain matin dans le cimetière conventuel. Si Monseigneur, cet après-midi, pouvait...

— Je pourrai. Laissez-moi.

Sitôt la porte fermée, et tandis que chatoie le parfum des volailles rôties, Monseigneur commente :

— Tu le vois, nous ne sommes rien. Un brin de paille dans le vent. Secoue ton élève. Matez votre esprit de faiblesse.

— Tu n'avais pas suivi mon conseil. Ce fut dommage. Monseigneur aurait cédé à tes prières. Il nous eût prêté un bon cheval de mauvaise route. Au long de tout l'itinéraire, sa recommandation écrite nous eût ouvert presbytères et couvents.

Les deux amis ont attelé leur bête, deux cents pas en arrière, à un sécot de chêne. Par un sentier hirsute, ils ont gagné un bord de falaise. En plein milieu des mois noirs, l'heure est à une majesté ensoleillée. La furie d'une tempête ancienne s'apaise en lourds rouleaux pensifs qui lèchent avec soin les roches qu'ils frappent. Une flottille de centaines de goélands joue à dodeliner sans envol sur la crête des vagues. Des flammes étincellent au gré de leurs tournoiements sur les laminaires qui trempent dans le bas du flot comme de vieux glaives. Sur la gauche, en retrait d'un cap, dort la blondeur blanche d'une plage.

Yves confesse qu'il s'est trompé. Il en demande pardon aux Sept Saints Fondateurs. N'est-il pas d'ailleurs le premier puni ? Toutes ces saintes chapelles et cathédrales, toutes ces extases dont il s'est privé. Toutes ces occasions d'endurance…

Place à la joie quand même, Jean Kerhoz. Il écarte les bras. Amplement, comme la cheminée d'un âtre la rafale qui passe, il aspire le grand air marin chargé de telles senteurs, de tels souvenirs. Les Sept Saints

Fondateurs ne sont finalement pas loin. On dirait qu'ils se regroupent ici même, à l'image des évêques du Ménez-Bré, car tous, itinérants et volontaires, ont eu maille à partir avec la grande mer porteuse de bateaux, innombrablement féconde en chemins. Oui, tous. De lointains ancêtres des goélands qui jouent là devant sur les vagues ont vu chacun d'entre eux. Se sont nourris aux épluchures et miettes de ses bateaux.

— Te rappelles-tu Brieuc ?

Yves a lancé le nom tel celui d'un camarade et en effet Jean le recueille. Il répond à la seconde. Tout en riant.

— Ah, ce Brieuc ! Les nautonniers qui attendent le vent depuis une semaine. Il surgit, dit sa prière, le vent se lève, il embarque. Au large, des dauphins monstrueux tossent le bateau, sautent dedans, se ruent sur l'équipage, mais lui tout calme dit une prière énergique et les dauphins se sauvent à grande honte.

— Merci, frère Jean. Et sur la montagne de Dol (elle ressemble, paraît-il, au Ménez-Bré) que saint Samson nous protège ! On m'a enseigné dans une veillée que celui-là avait été fait prêtre à Paris. Il intercèdera au ciel pour les écoliers de Bretagne qui renoncent des années à la mer pour s'instruire et avancer en Dieu.

Sur leur gauche, à dix encablures de la côte, Jean désigne la petite terre basse où de notoriété bretonne, et dans les temps des grands saints voyageurs, des ermites se sont succédé. Les pirates normands ont détruit la cabane et le sanctuaire, ils n'ont pu anéantir la densité mystique de cet asile confié à la mer.

— Quand tu vois cet îlot, mon cher Yves, persistes-tu à refuser la vocation d'ermite ?

— As-tu lu comme il faut la vie de nos saints ? L'amour qu'ils ont porté aux études alors qu'ils avaient mon âge t'aurait-il échappé ? Je les décevrais si je boudais l'Université de Paris et ses maîtres. Ma vie repose entre les mains de Dieu. Pour l'heure, il me désire écolier.

Il ramasse la coquille vide et lisse d'un bigorneau. Comment ce petit bonhomme a-t-il gravi la falaise ? Peut-être avec les goémons hissés là en août. Un oiseau aura piqué le cadavre du tenancier. Un être animé. Une vie qui suivait sa course... Il caresse le coquillage. Ermite ? Mais pourquoi pas, sur les traces d'Hervé le barde aveugle, compositeur de chansons ? Tellement de choses méritent admiration et gratitude. Il emportera le bigorneau à Paris. Un clerc n'est pas un parchemin racorni, on peut compter les battements de son cœur. Il joint les mains et contemple avec amour la formation silencieuse du grand rouleau émeraude qui va imiter dans un instant son frère de la même tribu en train de déverser après convulsion un charroi lilial et laiteux qui s'écoulera en millions de ruisselets.

Chanter le rouleau. Chanter le bigorneau. L'herbe. Le nuage.

Le vieux prêtre a ouvert la vieille porte de sa maison sur la bourrasque. Le courant d'air bouleverse la flamme de la chandelle et les tisons de l'âtre. Et le vent ulule comme milliers de chouettes. Longs soupirs de la mer qui fracasse les galets d'une grève. Le pan de ciel grouille de pluie... Jean et Yves affronter pareille tempête ? Jamais il ne le permettra. Ils dormiront là.

Dans son vieux lit clos. Lui-même, il couchera sur la paille.

— De quoi aurions-nous peur ? proteste Yves. Les chrétiens passent entre les rafales. Et que dirait le cheval ?

Jean a fermé la porte et il en interdit l'accès.

— Non, Yves, nous ne sommes pas des saints. Même toi. Il faut accepter. Nous coucherons fort bien à trois dans le lit clos. Je vais porter son avoine à Hercule et le mener dans la cabane.

— Nos familles ne vont-elles pas s'affoler ?

— Les anges qui selon toi nous auraient guidés les avertiront.

... La soupière fendillée, ébréchée, recollée, fume au centre de la table ronde. Les convives y trempent leurs cuillers de bois noir pour en tirer un liquide sûri, visqueux, où traînent des feuilles de chou, des morcelets de navet. Un croûton frotté d'ail terminera le banquet. Ce ne sont pas ces festineux qui insultent aux misérables ! Le vieux prêtre savoure l'indulgence de ses hôtes. Il imagine, pour les récompenser, de raconter sa vie, ses faiblesses. Tout jeune prêtre, une femme l'avait pris en pitié maternelle alors qu'il desservait une paroisse perdue. Elle le rejoignait à la tombée de la nuit pour se sauver dès le premier coq. Il avait eu des enfants de cette liaison, morts à leur sevrage... Les yeux lourds, sans un mot, Yves écoute la confession. Après avoir songé aux Pèlerins d'Emmaüs, il revoyait la Samaritaine. Les grandes voix du vent et de la mer qui habitent la tempête se chargent de miséricorde. Le vieux prêtre larmoie. Il aime tant le Christ. Pour se punir de ses fautes, il a recopié deux fois, en grands caractères, le livre de Job, six fois les Béatitudes, vingt fois l'Annonciation. Les lettres qu'il préfère tracer ? Le D, le J, le M. Parce que ce sont les premières de *DEUS, JESUS, MARIA*.

La chandelle s'est consumée. Ils ont regarni l'âtre. Dans la lueur des tisons, les paroles qui se prononcent se détachent comme une fresque.

Vaille que vaille, ils se coucheront, ils dormiront...

Debout le premier, Yves ouvre la porte pour s'ébrouer dans la fraîcheur et il trouve là devant, posés sur une pierre, trois œufs et une écuelle de lait.

Même si des voisins sont les auteurs de cette surprise, il y a du miracle dans un tel don.

Le cheval s'est réveillé. Le bruit de la mer a forci et le vent du haut fait glisser une armée de nuages, mais le vent du bas chantonne à peine. Trempée, ébouriffée, la campagne ressemble à une chatte qui lèche ses blessures.

— Regardez, sire le prêtre, ce que les anges vous ont apporté.

— *Nous* ont apporté ! *Deo gratias*.

Le lait chauffe dessus un feu de fougères. M. Lavanant demande à ses hôtes s'ils connaissent un saint venu d'Italie et qui s'appelle François. Pour la seule raison que son père aimait la France.

Sans quitter des yeux un lait qui pourrait bouillir et déborder, eût-il été apporté par les anges, Yves tressaille. Jean a déjà répondu pour lui dire qu'ils ignoraient ce François.

— Que Dieu me permette avant la mort une prophétie, a souri M. Lavanant. « Ce François » — comme vous dites —, la Bretagne l'aimera. Des petits Bretons porteront son nom en foule à travers les siècles.

Yves s'est exclamé. Pour trouver un patron à un enfant, n'aurait-on pas déjà en Bretagne un choix admirable ?

Il se réjouit que le vieux prêtre le contredise. Dans un bon rire. Petit incrédule. Comme le péché, la sainteté fleurira jusqu'à la fin des temps. François l'Italien cousine dans l'autre monde avec Patern, Malo, Samson, tout comme avec Pierre le patron des clefs, le Jean qui se penchait contre l'épaule du Christ, et le diacre Étienne. Il faut que je vous le dise, ce saint-là parlait aux oiseaux, aux arbres, aux nuages, à la mer, aussi facilement que je vous parle. Il les nommait ses frères, ses sœurs. Ma sœur la pâquerette. Mon frère le chardonneret. Ou je ne comprends rien à la Bretagne, ou elle goûtera ce langage. Elle fera sculpter par ses imagiers mille statues de François. Une nuit, dans une forêt...

Le lait n'a pas débordé. Yves, sans souci de se brûler, à l'ultime seconde, a retiré le pot d'étain.

Abasourdi par le calme et le succès du garçon, M. Lavanant s'est interrompu.

— Une nuit, dans une forêt... reprend Yves.

— Une nuit dans une forêt, il dormait. Une nuit d'été italienne, palestinienne, chaude, pleine d'étoiles. Des brigands lui tombent dessus. Il n'a qu'un tout petit bagage, cela mécontente ses brigands. Ils veulent le tuer. Devinez-vous comment il s'adresse à eux ?

— Frères brigands, lance Yves de toutes ses forces.

— Parfaitement, mon fils. « Mes frères brigands », sinon « mes petits frères brigands ». Même si tu as trouvé le mot qu'il fallait dire, n'es-tu pas étonné ? Un brigand qui veut vous tuer, un petit frère ?

— Caïn n'a-t-il pas tué Abel qui était son frère ? Dieu n'a-t-il pas fait tout homme à son image ?

M. Lavanant caresse le front d'Yves. L'émotion rend muet le vieil homme. Il évoque Paris et ses dangers. Pourvu qu'on ne nous mutile pas cette fière jeune pousse. Il écoute la grande voix marteleuse qui accourt du large. Que n'est-il saint François pour appeler à l'aide notre Sœur la Mer ? A l'époque de ses débauches, plus d'une fois il est allé l'admirer en cachette après avoir pleuré devant une statue de la Vierge.

— *Benedicite, Domine...*

Chacun son tour, M. Lavanant le premier, ils boivent à la lampée le lait crémeux, son odeur d'enfance et sa couleur de laine. Une pie jacasse dans un arbre. Yves garde pour lui qu'il pense à Notre Sœur la Vache...

Ils repartiront, Jean et lui, bénis par leur vieil ami, qui a entendu raconter mille merveilles de Chartres et les supplie de s'y arrêter lors de leur voyage.

— Portez-vous bien, M. Lavanant.

— Chantez ce refrain aux paysans qui emporteront mes os, un de ces jours, pour le cimetière. Je ne leur coûterai pas un gros effort... ils ne pèsent guère. Là-haut, je ne vous oublierai pas.

Il faut contenir Hercule. Descendre sans cesse de cheval. Afin de dégager le sentier obstrué par le bois des branches. Les goémons arrachés aux écueils doivent s'amonceler sur les plages ! La mer invisible roule et tonne, tandis que les ronciers et les arbustes s'égouttent lourdement. Houppelande granitique d'un gros menhir trempé qui s'extirpe des fougères. Fuite feutrée d'un lapin. Mélopée d'un berger qui rassemble ses bêtes. Un chien noir saute d'un talus pour disparaître. Hercule a eu peur et il se cabre. Il hennit. Il hennira encore et tremblera devant des champignons rouge délétère, tout neufs de la nuit. L'espèce des chevaux a un vieux compte à régler avec ceux-là. Il les écrase sous ses pattes. Mon Frère le Cheval déteste mon Frère le Champignon. Quand la paix reviendra-t-elle sur ce monde trouble ?

Silencieusement, Yves appelle François l'Italien à son aide. Notre Sœur la Terre. Nos Frères les Hommes.

DEUXIÈME PARTIE

I

— NOUS ne serons jamais à Paris pour la date qu'il faut. M'obliges-tu à t'abandonner ? Pour que tu achèves la route en mendiant le pain et le gîte ? Tu n'es pas seul. Nous sommes partis en groupe, nous devons entrer à Paris le même groupe. Le même troupeau d'écoliers bretons.

Yves a détourné le regard. Ses lèvres se ferment. Il respire, âprement, l'odeur de pierre et d'espace qui peuple l'esplanade. Que pèsent les objurgations d'un Jean Kerhoz près de l'appel immense lancé par la cathédrale et que relaie un chœur de pigeons et de corneilles ?

— Laissez-le, Jean, raille une voix. Parce qu'on lui a dit qu'un saint Yves avait joué un rôle dans l'histoire de Chartres, il a été chaviré. Cheminer avec nous lui fait honte. Ce qu'il veut ? Que l'évêque de Chartres l'engage dans un chantier. Pour qu'il donne son idée sur la fin du travail.

Les camarades applaudissent la rosserie. Des voix gueulardes incriminent l'orgueil d'un mauvais compagnon. Yves a honte de Tréguier parce que Chartres a une cathédrale plus haute !

Quels déraisonneurs. Tout au long de la route, Yves s'est efforcé de se conduire en pèlerin souriant et affectueux, non pas en voyageur. Dans l'heure qui suivait le départ, il troquait ses belles chaussures contre les viles qui blessaient un camarade. Il s'est offert sans cesse à quérir de l'eau dans les maisons. Il donnait la moitié de son pain aux mangeurs. Inventait chansons de marche, histoires joviales, dans les longues étapes... Une voix lui souffle de rafraîchir la mémoire des inquiets, mais seul le diable peut donner ce conseil. La charité va de soi. Comme la fumée. Le vent et l'eau... Il revoit la haute et plantureuse image de pierre de saint Modeste debout dans le porche Nord et il lui sourit. Saint Modeste, veux-tu être mon frère ?

— Parle donc au lieu de rire, grogne Jean.

— Je ne trouve pas mes mots. Ne pouvez-vous pas me comprendre ?

Du menton, sans aucune solennité, il désigne le monument gigantesque, somme étrange de doctrine et de splendeur, qui dresse dans le ciel bleu pervenche les deux têtes si harmonieusement disparates de ses clochers. Le Vieux, le Neuf. Le roman, le gothique. Dieu mon Dieu, choisissez à ma place. Ou ne choisissez pas.

... Il a confié sa gêne avec une telle tendresse que d'un élan les moqueurs se sont tournés vers la cathédrale. Peut-être la regardent-ils pour la première fois, souveraine, éternelle et fraîche, dans le tumulte et la grâce de sa posture et de son peuple de statues. Une cloche tinte... Depuis Tréguier ils étaient entrés, toujours à la hâte, sinon comme au galop, dans des centaines d'églises et de chapelles et leur pouvoir d'émotion avait faibli. Remués par la masse de la cathédrale de Saint-Brieuc, ils avaient atteint la cathédrale du Mans, l'énormité animale d'un chevet clouté sur le sommet d'une ville, pour frémir encore. Hier et ce matin, tandis qu'ils traversaient la plaine de Beauce tout odoriférante de ses chaudes éteules et de crottins sains et vifs, ils avaient aimé à tenir sur l'horizon, grandissant au fil de leur marche, la cathédrale qu'une rude paysannerie arracheuse avait offerte à la Vierge. Elle était bienveillance et fidélité, la fière silhouette aux deux pics. Loin de raconter la gloire d'une seigneurie terrestre, elle illustrait la phrase : *Quia fecit mihi magna qui potens est*[1]. L'exaltation de la faiblesse. Des corps qui peinent. De la persévérance des pas monotones qui s'appuient sur une vieille route de la terre...

... Mais une fois au bout, battant les rues de la ville qui avait connu cette sainte folie et dont les maisons se groupaient benoitement sous la protection des deux clochers, leur jeunesse légère l'avait emporté. Sur une prière triomphatrice, ils avaient visité le monument d'un cœur allègre, sans guère entendre les explications du guide. Une belle cathédrale de plus dans la mémoire. Chartres. Elle avait l'honneur prestigieux de posséder en dépôt la sainte Chemise de la Vierge, seulement elle la dérobait aux regards. Paris dévoilerait d'autres merveilles. Ils avaient faim et soif.

1. « Parce que celui qui est puissant a fait pour moi de grandes choses. » (Mots tirés du *Magnificat*.)

Conscient du trouble de ses marcheurs trégorois, Jean, la voix ferme, retourne à Yves sa demande. Ne peut-il comprendre non plus qu'ils obéissaient tous à un calendrier. Inondations et orages, un vol, un caprice de soudards, les malaises de celui-ci, les réparations de braies de celui-là, une erreur d'itinéraire, avaient tellement déjà retardé la route. L'Université de Paris n'attendrait pas quelques malheureux Bretons pour ouvrir son cycle.

Yves consulte le ciel bleu pervenche. Quel devoir l'emporte sur l'autre, de la camaraderie ou de la piété adoratrice ?... Aucun.

— S'il vous plaît, écoliers de Bretagne...

Que Jean de Kerhoz entraîne la bande à poursuivre après leur collation. Qu'ils laissent Yves Hélory visiter et prier. S'il leur dit qu'il trahirait une mission en agissant autrement, qu'ils le croient sur parole. Demain, après l'aurore, il quittera Chartres. Après-demain soir, il les aura rejoints. Il connaît ses jambes et la bonté de Dieu.

Personne n'a interrompu la tirade. Plusieurs, s'ils l'osaient, demanderaient à suivre l'exemple, mais Jean a déjà tranché. Dirigeons-nous, les amis, vers un copieux chaudron de soupe et puis que la route nous entraîne... Si le seigneur Hélory lui a confié de veiller sur son fils, l'évêque lui a remis la charge du groupe tout entier. Le but approche ; mais, tant qu'on ne foulera pas les rues de Paris, qu'on ne s'agrègera pas à une maisonnée d'escholiers parisiens, il n'aura pas accompli sa tâche.

Yves a renoncé à la soupe. Il avise un truand allongé au soleil devant les marches du portail sud. Il le prie de lui garder son bagage. Ce sera trois sols, mon duc. Les voici, mon prince.

Des mois, des mois qu'Yves a ressenti bonheur aussi ample. Il ne distingue plus quand il regarde ni quand il médite. Dans les visages des statues, il contemple le jeu de ses pensées. Lorsqu'il ferme les yeux, une vision de triforiums et de croisées d'ogive l'habite et l'illumine. Il va et vient entre le dedans de l'édifice et le dehors. Attrape un prophète, continue par une nativité, se réfugie derrière un pilier dont il caresse en silence la pureté du tronc, puis il s'agenouille et baise une dalle où le soleil dépose et recueille une scène de vitrail.

Il parle à haute voix :

— Tout cela. D'un coup. Cette montagne.

Des visiteurs se poussent du coude — il les ignore. Il est avec la joie du barde aveugle, Hervé du Ménez-Bré, qu'il a convaincu de se laisser mener à Chartres. Il lui explique les dimensions, les structures du monument.

— La nef est plus haute que la plus haute vague accourue jamais vers les rivages de Bretagne. Le hêtre le plus haut de toutes les allées du Trégor. Si on t'avait bâti cela au lieu d'une chapelle, d'Angleterre les gens verraient les tours.

Il éclate de rire. Aussi librement que sur une route sèche il se met à courir — qu'ils sont grands tes manoirs, mon Dieu, qu'elle est profonde la confiance que tes enfants y respirent.

1. Mendiant.

Énervé par l'agitation de ce drôle, un guide s'est précipité. Un dément, qu'on le maîtrise ! Il saisit le premier bras venu. Main-forte, l'ami !

Le bonhomme en sera pour ses frais de colère. Celui qu'il a voulu entraîner, un escolier du Maine qui se rend à Orléans, ne blâme en rien le coureur de la Vierge.

— Laisse-le donc. Ne vois-tu pas combien il est heureux ? N'aurais-tu jamais eu des enfants heureux de courir ? As-tu oublié que Jean et Pierre ont couru à se démolir le cœur en apprenant que le tombeau du Christ était vide ?

Cependant que le vieux guide marmonne et s'éloigne, Yves s'est arrêté. Il contemple dans une Madone de pierre, tête nue et le regard au loin, l'image même, en un peu plus grand, de la Vierge. Les gens qui comptent le temps comme les marches d'un perron et situent dans un XIIIe siècle le moment qui passe, ingénu et fort, ne doivent pas faire illusion : la vie ne cesse pas de commencer. La Madone ici présente a puisé de l'eau au puits de son village ce matin même. A midi, elle réunissait les siens autour de la table. Maintenant, seule dans son jardinet, elle écoute. Au travail sur un toit du voisinage, Jésus siffle comme un pinson. Et...

... Et encore une fois son exubérance projette Yves dans la chaleur du jour extérieur, frère blond de la lumière brune du dedans, parmi truands et groupes de visiteurs qui échoueraient à le distraire. Il capte le foisonnement d'ailes d'un pigeon niché dans une voussure et il cherche des yeux le grand adolescent, long comme un peuplier, qui sort une tête calmement émerveillée au-dessus du cadran solaire. Salut, frère paisible glorifié en statue. Qu'un bonnet de laine t'enserre le front ou que des boucles te nimbent, tu ignores le casque et la cuirasse. Tu étales et tu offres nos Sœurs les Heures comme de saintes marchandises. Toutes les années que Dieu m'appelle à vivre reposent en avant de toi. Que je les saisisse avec autant d'amour que d'agilité.

— ... Comme tu sais prier ! Regarde-moi tout de même.

Yves retombe sur ses pieds humains, dans un environnement de rumeurs, d'appels et de merveilles. Il reconnaît le sourire infiniment actuel qui lui est tendu.

— Merci, mon frère, de m'avoir défendu tout à l'heure.

— Bagatelle. Ce guide avait oublié sa jeunesse. Quel âge est le tien ?

— Quinze ans.

— Je t'en donnais vingt. Moi j'ai vingt-deux ans.

Ils s'accolent, puis ils se signent et ils se regardent. Une amitié vient de naître. Vive comme un chant d'abeille, un rayon de soleil sur une roche.

Ensemble ils disent : « Chartres, que c'est beau » et ils éclatent de rire.

— Je m'appelle Jacques.

— Moi, Yves.

Jacques pose la main sur l'épaule d'Yves. Fût-il gaillard, un garçon de quinze ans se protège. Les grands lieux de pèlerinage sont de fiers endroits de la rapine et du vice. Depuis Jérusalem. Il écarte une ribaude, entraîne le compagnon.

— J'ai faim. Pas toi ?

— Je comptais jeûner.

— Un autre jour !

— Soit. Je boirai de l'eau.

— Comme il te plaira.

Jacques visite Chartres pour la troisième fois, il sait une petite auberge où l'on n'écorche pas la clientèle. C'est en bas de la cathédrale, parmi les feuillages, sur la rivière et le silence de son courant. Il a demandé s'il restait de la soupe aux fèves. Après quoi vous nous servirez une assiette de poires. Des guêpes fredonnent. Une libellule zigzague.

Tandis que l'écolier de Tréguier n'a pas entamé ses études officielles, l'écolier de Gorron compte six années d'Université derrière lui. Il se destine à l'enseignement de la théologie. Les maîtres qu'il admire l'y exhortent tous... Il baisse la voix. Qu'Yves ne le juge pas mauvais chrétien s'il avoue une répugnance au sacerdoce : le diaconat lui suffit.

Yves s'enquiert des raisons de Jacques. Celui-ci regarde sautiller un merle. Crache dans l'herbe un pépin de poire... Il plonge enfin le regard dans le regard de son nouvel ami — des yeux sans aucune feintise.

— Trop de jeunes hommes se font prêtres pour exercer un métier. Je vois dans le clergé trop de désordres. Le peuple le brocarde. La vente des indulgences est une horreur. L'Église condamne et recondamne la simonie, mais cette simonie a la vie dure. Elle se pratique sous tant de formes.

— Tu es mon aîné de beaucoup, je ne suis qu'un jouvenceau, mais dans mon coin de terre j'ai cherché à observer. J'en arrive, malheureusement, aux idées que tu exposes. Je ne jette la pierre à personne. Je prie pour la sainteté de l'Église. Mais je ne me sens pas le courage d'entrer dans une profession qui n'exige plus assez de sacrifices.

Est-ce dans un mouvement de joie que Jacques a empoigné les mains d'Yves ? Son front se ride. Il regarde au loin un canard qui s'envole. Yves toussote. Il ne veut pas son ami morose.

— Je crois que je boirai un verre de cidre..., murmure-t-il.

Rire de Jacques. Tante Rosette, un pichet de cidre pour deux pèlerins du portail de l'ouest.

— ... Où désires-tu que les études te mènent ?

— ... Un grand ami me soutient que j'ai un faible pour le droit. Il dit juste peut-être et je m'en inquiète. Si on a peur du métier de prêtre, on doit craindre celui de juge ? Ne me trouves-tu pas un insensé ?

Jacques sert le cidre dans les gobelets tordus. A ta santé, Yves de Bretagne. Le liquide pétille, il dit que tu n'es pas fou... Les vocations, crois-moi, ne font guère d'erreurs. Qui le droit attire de noble manière sera un magistrat excellent, comme il en faut beaucoup dans une époque violente. Ta vocation rend hommage au roi de France Louis le neuvième, dont l'exemple sert si bien la vertu de justice.

— Un saint, lance le Trégorois. Habitué au mauvais jus de pommes de son manoir, la vigueur du cidre beauceron l'émoustille.

— C'est ce que nous verrons, opine le théologien. Il part pour en être un. Il est de la pâte des Augustin, des Bernard de Clairvaux.

Yves n'ose prononcer les noms de Patern et de Tugdual, encore moins déclarer qu'il vise lui-même à la sainteté. Surtout quand il boit du cidre ! Il murmure :

— Un prêtre m'a parlé d'un saint François. Le connais-tu ?

— Le roi de France lui manifeste une dilection très chaude.

— Et toi ?

— Bien sûr, moi aussi. Le *Cantique des...*

Il s'interrompt pour houspiller une tireuse de cartes. Impassible, la péronnelle propose tout de go à l'ardeur de ces Messieurs le pucelage de sa nièce, une fillette belle comme le soleil.

— Va-t'en ou je te dénonce aux archers...

Quand l'impudique a déguerpi — non sans leur avoir exhibé son derrière —, Yves, rouge de honte, chuchote que saint François eût sans doute inventé pour elle un langage moins dur que celui de Jacques. L'écolier de Mayenne se tient les côtes. Avec le vice, pas de quartier ! N'aurais-tu pas fait ton profit des jugements derniers que sculptent nos statuaires ? Les âmes dont les péchés pèsent trop lourd, les archanges n'en veulent pas. Ils ne lèvent pas le petit doigt pour les arracher à la soldatesque de l'enfer. Les marmites de Satan ont bonne contenance et ne chauffent pas pour les chiens.

Yves attend pour répondre. Son cœur bat vivement. Il prend conscience qu'il imagine un autre jugement dernier que les statuaires. La moitié de l'humanité ne peut pas être projetée dans les flammes ou ce ne sont pas des flammes éternelles. Il revoit les paysans de Kermartin, les artisans de Tréguier, les camarades avec lesquels il faisait route, il ne veut de la damnation pour aucun. Nous ne connaissons pas les limites de la miséricorde que Dieu pratique.

— Les études que tu as menées te donnent,

Jacques, autorité sur moi. Le ver de terre que je suis implore seulement Jésus, la Vierge et tous les saints pour que tu glisses vers moins de sévérité. La théologie, pour autant que je sache, est en fermentation. Des écoles se battent. Je me réjouis, à Paris, tout en étudiant les arts libéraux, d'entendre les échos de cette guerre d'idées. J'espère que dans un jour proche la tendresse triomphera.

— Puisse Dieu t'écouter, déclare Jacques après un silence. Tes phrases me touchent plus que les discours de certains maîtres. Qui vivra verra. Retournons à la cathédrale. Nous disposons de quatre heures de jour, elles ne seront pas de trop.

L'intensité du monument n'avait pas bougé. Il semblait là depuis toujours, et toujours le même dans la force et le fuselé de chaque détail puissant ou infime, lui qu'il avait fallu restaurer sinon reconstruire après des mutilations sauvages et dont la majeure partie de l'ensemble n'était même pas centenaire, cathédrale en même temps nouvelle et antique, une et multiple, aérienne et abyssale.

Deux clochers dans le même bonnet de la chrétienté. Un cri en langue d'oil et un cri en langue d'oc, pour signifier une seule ferveur.

— Il faut le savoir pour le croire, bougonnait avec joie l'aîné des écoliers. Ce sont des paysans, avec leurs épis et leur beurre, qui ont offert cette beauté au monde ! Le Grand Moulin, la Grande Étable, de Notre-Dame-de-Chartres.

Yves rêve en silence à un buisson d'alleluias. Dans un champ de Kermartin, à cinq cents pas du manoir, des métayers avaient accoutumé de jeter dans les ronces des détritus de plantes. De grandes fleurs inconnues, ocres et dorées, y poussent maintenant.

Il écoute avec fièvre le doux cliquetis des tailleurs de pierre derrière une palissade et le bruit de velours froissé, les cris profonds des oiseaux qui volètent dans les hauts de l'édifice. Qui peut affirmer ces pigeons et ces corneilles fermés à la splendeur ? Les cormorans et les goélands du Trégor ignoreraient-ils la beauté d'un récif ? Les poissons, la souplesse immense de la mer ? Saint François, est-ce que je déraisonne ?

Jacques le tire par la manche. L'individu à tête de renard qui a posé les yeux sur nous et froncé le sourcil, je peux te dire son métier. Il vend des reliques. Il nous a repérés deux écoliers, nous ne l'intéressons pas. Il veut des seigneurs, des gens de commerce, des fermiers aisés, des curés naïfs.

— Je ne lui vois pas de sac.

— Il est malin. Il sait ce qu'il risque. L'évêque de Chartres, l'année passée, a fait fustiger et marquer au fer rouge une vingtaine de comme lui. Alors, pour nouer conversation, il joue l'acheteur de reliques. S'il flaire un amateur, il suggère qu'on aille ensemble chez tel homme qui, peut-être, consentirait à se défaire de tel ossement, telle pièce d'étoffe.

Devant la mine scandalisée de son jouvenceau, Jacques n'en dit pas plus. Il tait le cimetière du voisinage où ces individus allaient la nuit moissonner la marchandise dans l'ossuaire. L'écrivain public authentifiait dérisoirement les pièces.

— Allons voir le Christ en gloire. Sa vue nous nettoiera de la saleté de cette racaille.

Yves préférerait peut-être commencer par l'image

de la Vierge — il obéit. Mettant les pas dans ceux de Jacques, il se faufile dans un groupe de pèlerins de Compostelle qui ont fait le détour de Chartres, des Flamands robustes à cuissardes et manteaux de laine. Lorsque Jacques s'arrête, il se place à sa droite. Il lève un regard de chien battu vers le Christ qui siège dans le tympan, le trône incrusté dans une étrange nacelle ovoïde. Il frissonne. Plutôt que la majesté, le visage du maître reflète l'humilité. On devine qu'un sourire tout simple se cache dans ces yeux, ces joues, cette bouche. Je me souviens que je fus l'un d'entre vous. Le Dieu qui est assis là et dont les genoux pointent sous les plis de la grande tunique est encore le frère de l'homme des douleurs, le condamné qui se laissa percer de clous les mains et les pieds et hisser en croix entre les croix de deux larrons. La bonté qui ruisselle de la Vierge habite ce Dieu : Christ mon Dieu, pitié pour le monde. C'est-à-dire tous et toutes. Jacques, Jean de Kerhoz et tous mes camarades, la gourgandine et sa nièce, le vendeur de fausses reliques, ma famille, Louis le neuvième, la Bretagne comme la France, encore une fois protégez tous et toutes. Moi compris Yves de Tréguier. S'il vous en reste le loisir. La plus petite de votre immense famille de créatures.

— Veux-tu que nous lisions ensemble ce portail ?

Yves eût aimé à dormir dans un bas-côté de la cathédrale, à même le dallage. La crainte des incendies, voire de la débauche, a entraîné qu'on verrouille le monument à la nuit comme une forteresse. Après avoir chanté les Litanies de la Vierge dans un jardin en compagnie de pèlerins auvergnats, déclamé sous les étoiles comme bergers de Chaldée, Jacques et Yves se sont allongés sur le sol de l'esplanade, la tête contre leur bagage, et le sommeil a éteint leurs discours et clos leurs paupières…

… mais Jacques, premier debout, n'aura pas tenu parole. Puisque les coqs et le retour de l'aube ne réveillaient pas son jouvenceau d'ami, il ne le réveillera pas non plus. Lui en vouloir ? Sous le sac d'Yves, il avait glissé une petite bourse, pleine de piécettes d'argent. Sur un morceau de parchemin, le donateur sollicitait indulgence en langue latine pour la modestie d'un cadeau destiné à couvrir quelques dépenses de route. *AMBULA BENE. TE AMPLECTOR. TUUS JACOBUS*[1].

Yves se gratte la tête. Jacques a-t-il vraiment existé ? Une procession de moines frais tonsurés avec hymnes et bannières le détourne d'y réfléchir, d'autant qu'un carillon dont le bourdon est le chef hautain s'est emparé des tours et du ciel, tintamarre auguste en l'honneur de la Vierge. L'aurore suinte à peine, mais il fait grand jour. Les portes de la cathédrale ont été déverrouillées. Pêle-mêle avec les moines, des oiseaux chantent.

Filer à grandes enjambées pour rattraper la troupe qui a sur lui quinze heures d'avance ? Yves se confie à la Vierge, à saint Modeste, à François. Sans oublier Tugdual et Hervé. Accomplir d'abord la fin du programme. Le cœur battant, il gagne le portail royal, demande pardon au peuple des statues de passer comme un fuyard et, entré dans l'immense vaisseau, il en baise le dallage. Sœur la Pierre, chaste et

1. Marche bien. Je t'embrasse. Ton Jacques.

humble comme la mer. Il se sauve en direction des verrières du fond. Jacques lui a prêché la beauté savoureuse des vitraux de la façade, les plus anciens, les plus surnaturels de tous — et hier soir, dans le couchant, ils flamboyaient en effet, nuages de cristal bleus et rouges, merveilles de l'art fraternisant avec les merveilles de la création, chantant avec elles, comme hautbois avec flûte. Jacques n'oublie pas plus cette fantasmagorie que l'éblouissement des deux rosaces du transept offertes l'une par Blanche de Castille, l'autre par le Breton Pierre de Mauclerc, personnages qui se sont défiés et combattus farouchement, mais réconciliés dans le service de Dieu. Chartres est un univers de formes et de couleurs. Redevenu pèlerin hâtif, Yves n'a pas à rendre les milliers d'hommages que tant de beautés appellent. En cela il suivra l'humilité. Comme ces évêques du lieu, seigneurs parfois entichés de leur puissance, qui ont renoncé, par respect envers le domaine marial, à s'y faire enterrer.

La poignée d'instants que l'écolier s'accorde avant la longue étape, il veut tout uniment la consacrer à une admiration enfantine : contempler l'aurore et le premier soleil par verrière interposée. Jacques lui a touché un mot de ce spectacle avant leur sommeil. C'était un acte, disait-il, de rafraîchissement spirituel.

Yves descend la cathédrale deux fois moins vite qu'il ne le souhaiterait. Sa méditation lui pèse trop. Ses oreilles brûlent. Dieu qui permet au soleil de se mêler dans la matière d'un vitrail sans l'incendier, révélant en lui une profondeur de lac ou d'océan, comme tu nous éclaires sur la virginité de Marie !

— Qui veut mon cadeau ?

C'est un innocent, visage blafard et l'écume aux lèvres, qui brandit un chiffon. Les pèlerins qui s'agglutinent devant la châsse où l'on conserve la sainte Chemise l'avaient attiré. Ils sont là, papotant des oremus en se bousculant pour faire toucher au meuble n'importe quel objet : un chaperon ou un bouton, aussi bien qu'une médaille ou une croix. Le pauvre garçon les a imités avec son étoffe sale. Pas plus sot que tous ces maniaques. Yves lui adresse un sourire et l'invite courtoisement à se taire. L'autre le regarde. Il a de grands yeux bleu fleur de lin, étonnamment accordés avec les vitraux.

Dehors, le ciel lui aussi est bleu. Dans la familiarité surnaturelle des ensembles de statues, l'on s'attendrait à y lire des étoiles. Celles-ci habitent le cœur. Des pèlerins hongrois battent des mains et des pieds en l'honneur de la Vierge. Une délégation germanique venue s'inspirer de Chartres pour une abbatiale s'est assise dans les herbes. Elle écoute un chanoine lui exposer en latin l'agencement du portail royal. En retrait, des comédiens s'affairent à monter des estrades. Le futur âne de la crèche de Bethléem broute son fourrage dans un sac blanc encordé à sa gueule, tandis que les angelots jouent aux billes et que saint Joseph promène un marmouset.

« Je raconterai tout cela aux camarades. » Yves est de nouveau guilleret. Il offre une piécette à un truand pied-bot et déjà il cavale. Chez la tante Rosette, il trouvera collation pour la route...

Il loue Dieu, car la halte fut bénéfique. Il aura touché des yeux l'immensité du monde chrétien dans le temps et l'espace. L'immensité d'un effort collectif des hommes pour exalter la divinité le plus bellement de la terre. Il sourit à un poulain qui se frotte le cou sur un tronc, à une branche de hêtre dont le feuillage, pardessus sa tête, est transparent comme un vitrail, et finalement il chante à plein gosier. Après avoir suivi un cantique breton dans les méandres de ses dix couplets, il improvise, en latin, une chanson de marche.

Il s'en convainc, il rejoindra sa bande à mi-chemin de Paris. Le paysage change sans cesse. Les croix de talus ne sont pas aussi nombreuses ni belles qu'en Bretagne, mais elles sont là, preuves agrestes de la foi et de l'espérance. Des coqs vocifèrent un peu partout. Avec les chênes et les hêtres, les châtaigniers et les frênes, apparaissent des arbres au tronc pelucheux blanc d'argent que la Vierge Marie eût aimés et qui portent des myriades de petites feuilles. Il y en avait sûrement tout un boqueteau dans le jardin du Paradis.

— Alors, on va sur Paris en France ?

— Oui, monsieur.

— Nous autres on se retourne en Anjou. Le pays du meilleur vin. Bonne route, marcheron solitaire. Arrête-toi la nuit. Les voleurs de grand chemin ne sont pas fariboles.

— Merci pour le conseil. Bonne route à la grâce de Dieu.

— C'est vrai : à la grâce de Dieu.

Yves ne reprend pas tout de suite sa chanson latine. L'allusion faite par ces gens à leur « retour » l'a conduit à s'interroger sur la date du sien. Il cherche à terre et y contemple des marques de fer à cheval, pointées dans le sens contraire de sa marche. Tout seul sur la route, à moins de vingt-cinq lieues désormais de Paris, il sent que son cœur souffre. Chartres a tenu un langage sublime, mais quand reverra-t-il Kermartin et le Ménez-Bré ? Les vasières bleuâtres du Jaudy dans le soleil ? La tour de Hastings[1] enveloppée de crachin ? Quand réentendra-t-il sur l'horizon le roulement invisible d'une tempête marine ? La chute des glands et des faines dans le sentier qui conduit à la source ?

Il attaque une prière. A quinze ans, on n'est plus nouveau-né ni bambin. On pourrait tâter de la croisade.

... On ne décevra pas l'évêque de Tréguier ni Jean Kerhoz. Il saura secouer Paris comme un arbre loyal pour qu'il lâche des fruits spirituels en abondance.

— Un gobelet de cidre, l'ami suant ?

— ... De l'eau, si cela ne vous blesse pas. Pas trop fraîche. Et que Dieu vous le rende.

... Une vache lève la queue pour ne pas la souiller et bouse à tire-larigot une large et haute galette molle. Ce n'est pas la vision la plus ragoûtante, mais les vaches de Kermartin n'étaient pas des idées abstraites. Dans les discussions parisiennes sur l'essence et l'existence, qui sait si l'on ne regrettera pas de temps en temps cette simplicité ?

L'eau fleure le cresson et la pâquerette. Elle ne vaut pas la source de Kermartin, qui dit la mûre et la prunelle, mais elle est bonne.

— S'il vous plaît, monsieur, comment appelle-t-on les arbres qui... blancs, comme de l'argent, le soleil glisse dessus comme sur de la cire...

— Des bouleaux ?

1. La tour romane que la cathédrale de Tréguier a conservée porte mystérieusement ce nom.

— Oui, peut-être.

— De toutes petites feuilles qui scintillent ? Toute une foule ?

— Oui.

— Des bouleaux.

Yves répète : « Des bouleaux ». Il connaît le bonheur du fermier qui voit entrer dans sa cour une charretée de blé. Il rend grâce à Dieu pour la beauté du monde et des vocabulaires.

Les bouleaux existent.

II

YVES a troqué les habits campagnards tout-temps tout-terrain contre la tenue semi-officielle de l'écolier, copiée sur le costume du clerc. Il porte, sinon la robe, au moins la chape noire en drap uni qui bat les talons lorsqu'elle est neuve. Ils sont dix mille et plus, dans l'espace étroit dévolu aux étudiants sur la rive gauche de la Seine, entre les abbayes Saint-Germain et Saint-Victor, la montagne Sainte-Geneviève et la Cité, vêtus de cet uniforme. L'oiseleur, le mercier, le tavernier, la ribaude, qui en voit marcher un, l'étiquette sur le champ. Une époque déterminée, une tranche de ce que les modernes ont appelé le Moyen Age, s'exprime par cette silhouette. Avec cela, l'Yves Hélory que son Trégor a dépêché vers la capitale du royaume de France pour que la tête celtique emmagasine une masse de savoir, n'en est pas moins l'universel jeune étudiant enfermé loin de ses bases dans une métropolis. Paris n'est pas encore tentaculaire : les chevaux boivent à la Seine et des vaches, passées dans un bachot, broutent parmi les canards les herbes et la roselière de l'îlot désigné de leur nom ; il y a *intra muros* un espace dégagé de maisons, le Pré aux Clercs, où l'on se détend, l'on baguenaude et on court... Néanmoins, l'agitation des ruelles et des ponts, le tintamarre des métiers, la multiplicité des carillons, le sentiment partout de se situer au centre d'un royaume, dans un lieu de décision et de force, dépaysent le familier de la ville campagnarde bretonne, noyée dans un grand paysage où l'on se figure connaître chaque verger et chaque pierre.

Si fortes que soient la ferveur aux études, l'admiration instinctive envers les maîtres, tôt ou tard l'adolescent éprouvera un déracinement, une solitude. Il subira des poussées d'acrimonie envers des odeurs, des visions, des usages. Il découvrira les sentiers de la nostalgie, un mal et un charme si coutumiers aux Bretons.

En face de Tréguier, Paris était une mini-Babel, une merveille et une provende pour les sens et pour l'esprit. On n'eût jamais fini d'y grappiller. D'y rencontrer du spectacle inédit, des gens savoureux ou admirables... Et puis à des moments c'était comme si un pont-levis s'abaissait. On perdait le fil. On était en France, dans un pays différent. Paris semblait se métamorphoser en un château-fort moqueur et hostile, réservé à des initiés et à leurs fantasmes.

On habitait à faible distance de la rue de Fouarre où les écoles, petites salles garnies de paille, étaient installées presque toutes. Juste le temps de jouer des coudes et de se tremper les pieds pour les atteindre ! A vingt ou trente camarades, tous Bretons, presque tous de Tréguier, on s'entassait dans le même logis fruste à colombages, en encorbellement sur un passage et qu'on baptisait avec une fierté rieuse collège ou nation. Un droit coutumier, inspiré d'une communauté religieuse, réglait les tâches. Le réveil à la cloche. Le balayage. La préparation et la cuisson des légumes. Le rassemblement des reliefs pour les mendiants. Les ordures. Les prières. La petite librairie...

Nombre des gaillards de cette maisonnée, retournés en Bretagne par la suite, survivaient lorsque la papauté, des années après la mort d'Yves, ouvrit une enquête sur ses mérites. Ils vinrent témoigner. La concordance de leurs exposés déconcerte. Non qu'elle ne rassure tout de même. Mais l'on voudrait des nuances. L'on ne s'attendait certes pas qu'ils se pourlèchent les babines en relevant chez le condisciple un des vices habituellement reprochés aux écoliers, la fainéantise, l'ivresse et le goût de la rixe (beaucoup portaient une dague), mais de là à tracer le modèle pour enluminure de l'étudiant chrétien ! Assidu aux cours. Aussi coopératif que possible avec ses frères d'études, leur prêtant ses notes, les soignant dans leurs maladies, leur soutenant le moral quand celui-ci défaillait. Le premier levé. Frugal comme un ascète de la Haute-Égypte. Ne buvant jamais, ô Bretagne ! une goutte de vin. Passant une partie de la nuit à prier. Une espèce d'anti-Villon.

Ah ! Dieu, si j'eusse étudié
Au temps de ma jeunesse folle...

Car celui-là, Yves Hélory, déroule une jeunesse ultrasage, il étudie à toute chandelle ! Avec un acharnement monotone, les condisciples préviennent les enquêteurs contre tout soupçon de légèreté à son égard. Ils étaient là, le voyaient, le touchaient, savaient exactement quand il faisait ses besoins, quel pain il mangeait et sur quel matelas, avec quelles couvertures il dormait, ils n'ont jamais aperçu ombre de dissipation dans sa conduite. Vingt sur vingt. Moins appliqué moins jeune chrétien archifidèle que lui, tu meurs.

Un dingue de sagesse... Trop est trop. Une perfection aussi formelle eût craqué à la longue. Saint Antoine du désert mettait en garde les moinillons contre une pénitence rigoriste... Sans mentir jamais de façon éhontée, les bons camarades se laissent aller à embellir. Chipoter sur les vertus d'un ancien compagnon en passe d'être canonisé, privilège qui avait manqué jusqu'ici aux « saints de Bretagne », ne serait-il pas une honte ? Quand des chefs d'Église se déplacent et se concertent avec un vaste cérémonial, force interprètes en langue bretonne, pour t'offrir un saint tiré de ton entourage, tu leur facilites la besogne autant qu'il est en toi.

Tels quels, ces certificats d'excellente vie, excellentes mœurs, délivrés par une bonne volonté peu regardante, laissent filtrer des lueurs. Ou c'est un camarade qui relève, avec l'insistance de l'étonnement, la joie dont Yves faisait constamment preuve ; ou c'en est un autre, pour souligner chez Yves l'esprit de charité, qui avoue la mélancolie où les écoliers armoricains pouvaient choir.

Les saints se fignolent dans la pâte commune. Yves n'était pas plus tout d'une pièce que le fameux « homme de la rue » et son allégresse ne lui tombait pas du ciel toute ficelée. Une rude volonté assurait le travail de la grâce. Pour suivre son cheminement spirituel durant ces années parisiennes, la bonne référence est la confidence que reçut de lui, beaucoup plus tard, un religieux. Elle touchait le combat mystérieux et sauvage qu'il avait dû livrer, fini par gagner. Les biographes la réservent pour une période post-parisienne, elle s'applique déjà. L'entrée dans la discipline des études et dans le désordre d'une grande ville a tout de suite été, plus ou moins, conflictuelle. Yves n'a pas échappé à la souffrance qui accompagne les joies du curé d'Ars et qui marque les personnages de Bernanos.

Elle n'était pas du tout factice, la belle humeur où les compagnons venaient puiser. Elle trahissait un besoin essentiel. Comme la reconnaissance d'un droit et d'un devoir de l'homme au rire et au bonheur... Mais l'âme avait ses régions basses et le corps ses faiblesses. L'esprit de tenèbre et de découragement rôdait. Le camarade qui s'émerveillait de trouver son Hélory immédiatement disposé à le remettre d'aplomb, à plaisanter avec lui de la forme d'un soulier ou d'un vers d'Horace, ne se doutait pas que ce même Hélory, un instant plus tôt, avait, soudain, négligé son écritoire et s'était accoudé à sa table pour suivre des yeux une petite mouche. Une sœur mouchette pareille aile par aile et patte par patte aux mouches qui fréquentaient le manoir de Kermartin, sérieuse et heureuse, humble et active. Et la Bretagne avait suivi l'insecte. Les roches de Plougrescant, les futaies de La Roche-Derrien, la tour de Hastings, et jusqu'à ce menhir aperçu un soir debout sur l'horizon comme un doigt étrange. Et cette odeur de foin coupé, ces coquelicots, ces meuglements. Paysages abolis pour combien d'années ? Et de quel prix fallait-il payer cette privation ? Combien de scandales, d'énigmes spirituelles, fallait-il supporter ? Paris Alexandrie. Paris Babylone.

Le vacarme et l'embarras des rues, cours, ruelles, places, impasses et passages, Paris sur Seine ancienne Lutèce, ville en pleine expansion, les pratiquait du matin au soir, avec l'agitation de la batellerie et des lavandières sur le fleuve, les embouteillages sur les ponts, les enterrements, les épousailles, les cortèges religieux et militaires. Officiellement, le quartier de l'Université se vouait aux études, ce qui aurait dû entraîner le silence, mais les jeunes écoliers réclamaient du tapage en sortant des écoles ; et de grandes voies de passage, le chemin de Monsieur saint Jacques le premier, traversaient leur domaine. Pas de cloisons puissamment étanches entre le reste de la ville et cette principauté. Plus d'un métier bruyant et voyant comme ceux de tonnelier, de charron, d'aubergiste ou de bordelier s'exerçait ici. Les moines mendiants, les marchands d'eau, les vidangeurs, les montreurs, les gens de police et toutes honnêtes personnes vaquant à leurs affaires y allaient et venaient de plein droit, sans oublier filous, maquerelles et ribaudes.

Ce vacarme auquel les sens ne s'habituaient jamais tout à fait accompagnait, ou manifestait d'une manière brute et naïve, un vacarme, un remue-ménage de subtile essence, mais non moins considérable, celui des mœurs et des idées. Paris ne cesse pas de remuer lorsque ses chevaux se taisent et qu'en dehors du guet ou des fêtards l'on ne piétine plus dans ses rues. Non seulement la vie domestique nocturne se déroule dans le secret des foyers avec tout son théâtre bourru, mais, avant que les rêves fassent tourbillonner les inconscients, les esprits qui cherchent vivent des heures extrêmement fécondes. Sans que le silence du dehors soit troublé, les conversations et discussions, la lecture, l'écriture et la méditation solitaires, secouent les âmes. Sans qu'une maison abandonne ses assises, le quartier de l'Université fuit dans toutes les directions du temps et de l'espace. Durant les cours publics de la journée, une prudence retenait le langage. Elle a disparu. En chaque début de nuit, mille systèmes de pensée s'échafaudent, originaux comme des cathédrales et prêts comme elles à enthousiasmer les foules.

Agé de seulement quinze ans, l'Yves Hélory, qui affronte la nostalgie du semi-exilé semi-reclus, expérimente autour de lui l'activité d'une ruche : le Paris intellectuel et spirituel où il s'est insinué. Dans les dernières cent années, la ville s'est parée de monuments religieux décisifs. La foi dans le Christ et Notre-Dame y est unanime — comme le respect de tous les princes et pays européens envers le roi Louis IX. Paris le très célèbre reçoit aujourd'hui dans ses écoles les maîtres les plus célèbres, les fonceurs du verbe. Ils enflamment leurs auditoires, jeunes gens issus comme eux de toute l'Europe, et de l'Orient lui-même. Le bouillonnement de la chrétienté a trouvé une autre traduction que les croisades et les cathédrales. Dans les estrades en bois dur des petites écoles nichées au long de la rue de Fouarre, c'est encore, par de grandes voix d'hommes, la chrétienté qui bouge, qui tente de bouger, qu'on veut empêcher de bouger et qui bouge quand même.

Le grand compatriote tardif d'Yves Hélory, Ernest Renan, a étudié avec passion toute cette période, où il voit des années-charnière. Il s'émerveille des efforts que tels penseurs y accomplissaient pour entraîner vers de nouvelles conquêtes un Moyen Age en possession du meilleur de son génie mais qui flageole. Ils invitent au redressement de l'Église. Elle qui a si bien milité, sur plusieurs siècles, pour la dignité humaine, la beauté, la science, et au point que le mot clerc avait pour synonymes savant et humaniste, ne doit pas perdre la face en attaquant l'esprit de libre examen. C'est elle qui a contribué à le développer. Qu'elle s'occupe donc d'harmoniser avec sa doctrine les mœurs d'un clergé qui se relâche.

Arrivé au terme d'une fouille minutieuse, Renan déclare sa stupéfaction que le grand mouvement de réforme qui allait beaucoup plus tard secouer cette même Église ne se soit pas produit alors. Un *aggiornamento* sage et net eût permis la bienheureuse économie des guerres de religion. La Renaissance eût été le bel enfant joufflu et rieur du Moyen Age.

On ne refait pas l'histoire en ce sens qu'on ne peut charnellement revivre le passé. Les meilleurs historiens refont tout de même l'histoire quand ils présentent, devant tels événements, leurs regrets ou leurs critiques : cette réaction n'offre un sens que si les événements en cause n'étaient pas inévitables. Régine Pernoud, qui s'est acharnée à relever clairement l'évolution du Moyen Age, ne dit pas autre chose qu'Ernest Renan lorsqu'elle s'attriste devant une stagnation de la civilisation chrétienne dans la fin du XIIIe siècle. Le Moyen Age commence à se scléroser. La sève, la grande sève de Citeaux et de saint Bernard, de Chartres et d'Amiens, ne monte plus.

En quittant sa Bretagne natale pour Paris, Yves Hélory ne changeait pas de chrétienté. Le duché de Bretagne, un pays de réflexion et de franc parler, n'était pas du tout arriéré. Il connaissait les mêmes élans mystiques, la même confusion de mœurs que Paris. Seulement Paris rassemblait par son renom international une élite de maîtres et des foules d'élèves. Pour un jeune écolier qui brûlait de s'instruire, il était beaucoup plus nourrissant et provocateur que son terroir.

Après la houle marine, la houle des idées. Après les petites chevauchées hivernales, le tumulte de foules en colère.

Mai 1968 n'a pas innové. Dans un contexte apparemment beaucoup plus simpliste, mais non moins nuancé, l'Université de Paris pouvait déjà faire grève. On appelait cela faire une cessation. Il y avait des cessations de plusieurs types, elles étaient plus ou moins longues. Dans tous les cas, elles existaient, tangibles et rudes, reflet inquiétant des divisions, de l'imbroglio entre les pouvoirs spirituel et temporel. Une cessation avec bagarre se produit en 1266, dont le souvenir est vivace quand Yves débarque à Paris. Les suivantes ne tarderont pas. Le jeune Breton venu pour apprendre et retenir, pour chercher aussi une profession durable, y participe de plein gré ou malgré lui. En dépit du prestige de Louis le neuvième, le climat spirituel et intellectuel s'était dégradé. Les excommunications que brandissaient et se lançaient les dignitaires de l'Église avec la même aisance que des boulettes de pain ou des cailloux, les accusations d'hérésie qui tombaient du jour au lendemain ou avec un savant retard sur les maîtres les plus populaires, blessaient profond la jeunesse étudiante. Elle n'avait pas lu, bien sûr, une ligne de Machiavel, de Marx ni de Marcuse. Tout naturellement, parce que jeunesse allie la fronde aux astuces d'une dialectique, ses meneurs avaient deviné le mécanisme du cycle provocation-répression et ils en jouaient sans scrupules. Il faut que ville se passe. Tant pis pour le sommeil de la chrétienté. On cernait et on rossait des gens de police, on leur jetait de la boue et des excréments, on diffusait des chansons vengeresses. Des meurtres pouvaient s'ensuivre, qui débouchaient sur des condamnations, des supplices. Le corps d'un écolier, toujours vêtu de sa chape, allait se balancer au gibet parmi ceux des malandrins et des infanticides. RIP. On citait des hommes d'Église qui auraient dû prendre sa place. Les squelettes aimaient à serrer de près cardinaux et Pères abbés dans les danses macabres. Allez donc, peuple, voir les murs de la chapelle des Saints Innocents.

La passion bretonne du voyage qui jetait le garçon Yves Hélory sur les routes de son Trégor, menait l'écolier du même nom dans les lieux extrêmes de Paris, aux confins de ville et campagne, là entre autres où l'on pendait. J'imagine son regard pour le frère dévoyé qui servait de pitance aux corneilles. L'avocat, le magistrat soucieux de réformer le droit, s'éveillaient en lui bien tristement.

— Qu'est-ce que tu fais là, bouffeur d'encre, au lieu de tracer tes lettres ? Ça pue par ici. Viens-tu regarder comment tu finiras ?

— Mais toi qui si bien m'interroges, pourquoi le premier es-tu là ?

Le personnage trapu et sale qui a interpellé Yves éclate de rire. Il n'a presque plus de dents.

— Je viens voir comment mes clients s'amusent. C'est moi qui ai pendu ton camarade. Il avait sur lui une pièce d'argent qu'il m'a remise pour un cierge et une messe. J'ai acheté un cierge à Julien le Pauvre. Le reste, je l'ai bu.

— Voler un malheureux qui te faisait confiance !

— Il n'avait qu'à ne pas poignarder son sergent. Un Picard franc de collier, dzang, un coup en pleines tripes. S'il va chez Satan, bien fait pour lui.

— Tu n'as pas le droit de juger ton frère. Pends-le, c'est ton métier. Ne l'insulte pas.

Le bourreau médite. Jamais un morveux ne lui a parlé sur ce ton. Cet écolier n'est pas une petite nature. Il lui propose de l'accompagner à cheval vers une cabane, proche, où il conserve des crânes. Il a ainsi un moine mendiant qui avait assassiné deux vieilles. Un morceau pareil intéresserait un futur grand clerc.

Une corneille croasse. Un carillon tinte. Un coup de vent, et tous les pendus oscillent.

Yves a-t-il accompagné le bourreau ?

III

Louis IX a eu son Joinville, historien aussi vivant et plus riche qu'un film documentaire. Yves Hélory n'a eu personne. Les témoignages divers, souvent pittoresques et drus, recueillis durant l'enquête papale sur son compte, n'éclairent pas en profondeur. Trop de questions restent sans réponse.

Pourquoi baisser les bras ? Les pièces d'archives relatives à la présence d'Yves dans une paroisse du Quartier Latin et sur les bottes de paille de l'Université de Paris durant telles années du XIIIe siècle ont disparu, ou n'ont même pas existé, mais comment négliger la somme gigantesque de documents en tout genre, conservés sur l'époque et les lieux où il a vécu ? où s'ouvrit la fleur sauvage de sa sainteté ?... Plusieurs de nos contemporains, historiens ou romanciers, ont puisé dans cette masse pour réveiller un Moyen Age plein de grandeur et de vivante variété. Victor Hugo,

Michelet, Péguy, Claudel, avaient montré la voie. Si nous allions jusqu'à dire que le *Notre-Dame de Paris* de Victor Hugo renseigne mieux sur saint Yves que la suave notice du Frère Prêcheur de Morlaix Albert le Grand, on nous soupçonnerait d'avoir abusé du whisky irlandais. Ce paradoxe ne souffrirait pas moins discussion.

Un trait éminent du personnage tel que ses laudateurs les plus respectueux de son humilité historique le décrivent est à coup sûr la sociabilité. Le juge saint Yves que l'iconographie commune a retenu est tout à tous. Il se place entre le riche et le pauvre non pas comme le Christ entre le bon larron et le mauvais, et pour faire gagner à tout coup le démuni contre le puissant dans une opposition strictement manichéenne, mais comme le témoignage de l'écoute, de la réconciliation. *Audi et alteram partem* [1], conseille sur la grand-place de Gouda, haut-lieu du fromage, une devise moyenâgeuse... Personne, dans une société chrétienne, ne doit se sentir isolé, victime de passe-droit, quel que soit son rang. Chacun, lors d'un conflit, doit pouvoir se faire entendre des magistrats impartiaux dans lesquels s'incarne la justice.

Tous les exemples de jugements rendus par Yves que citent les biographes témoignent pour un humour bonhomme. Rien chez lui d'un pisse-vinaigre. Il procède à la Salomon, dans une sagesse personnelle qui s'appuie sur la connaissance, directe, de l'humain. Alfred de Musset fait dire à son personnage de Lorenzaccio, dans une scène cruciale : *Je ne méprise pas les hommes je les connais.* La modestie eût gardé Yves

1. Écoute aussi la partie adverse.

d'une formule à l'emporte-pièce, mais il n'eût pas démenti celle-là dans la bouche d'un autre, quitte, par devers soi, à l'enrichir d'un *Et je les aime*.... Toute sa vie, il a fréquenté l'humanité. Près de Dieu, il ne se lassait pas de retrouver le Christ et la rude fraîcheur des Évangiles.

Pour corser la carte de visite de son héros, le frère morlaisien Albert le Grand conte en fin de biographie une liste impressionnante de miracles. N'aurait-il pas manqué — par force, évidemment — le plus beau ? Le témoignage, très simple, qu'Ernest Renan a délivré à Yves Hélory sur ses charismes : *A la mort de mon père*, écrit-il, *ma mère me conduisit à la chapelle du saint et le constitua mon tuteur. Je ne peux pas dire que saint Yves ait merveilleusement géré nos affaires, ni surtout qu'il m'ait donné une remarquable entente de mes intérêts : mais je lui dois mieux... il m'a donné contentement, qui passe richesse, et une bonne humeur naturelle qui m'a tenu en joie jusqu'à ce jour.*

A-t-on mieux rendu justice, jamais, au caractère d'un homme qui eut pour métier d'exercer la justice ?

Avant de gagner Paris, le Trégorois ne conjecturait guère tout ce qu'il allait y voir, y affronter, y apprendre. Il acceptait d'avance la découverte, sur laquelle, ensuite, il ne devait jamais revenir. Il se sera jeté dans la ville comme il se jetait dans la campagne bretonne, instructive autant que les psautiers. *Nisi Deus condiderit civitatem, frustra vigilant qui custodiunt eam*[1]. Eh bien Paris, de longue date, plus tôt même que la Bretagne, s'était mis à l'écoute de Dieu. Les édifices religieux y grouillaient. Le roi de France qui y tenait son palais,

1. Si Dieu n'a pas fondé la cité, c'est en vain que veillent les gens qui la gardent.

Louis IX, observait scrupuleusement, à la croisade comme dans le quotidien, ses devoirs envers Dieu et le prochain... Assidu aux écoles de la rue de Fouarre et au discours des maîtres, Yves ne se détournerait jamais d'une nourriture intellectuelle qui ne figure pas dans les parchemins ni dans les exposés magistraux, mais qui est aussi de premier ordre : celle qu'offrent la rue, la rencontre des hommes et des femmes de chair et de sang.

La sainteté qui se formait là était celle d'un être jeune et dru dans une ville drue. Une sainteté opiniâtre et qui gardait ses refus. Mais, d'abord, une sainteté du bon accueil et du sourire. Toujours une sainteté du dialogue.

L'ancien gamin breton, le futur official, cohabitent avec le titi parisien et le ménestrel. Il n'est bon bac que de Paris ? Sympathique exagération. Ou il ne serait bon auditeur que de Bretagne.

... Nous ne soutiendrons pas qu'Yves expérimenta la débauche pour savoir de quoi elle retournait, et si le péché de la chair offrait la succulence vantée par les fabliaux, mille dictons goguenards, et que la lettre du *Cantique des Cantiques* semblait confirmer. Nous croyons seulement qu'à défaut de satisfaire à la ribaude qui cherchait un client, il ne lui refusa pas un mot de solidarité, demi-joyeux, demi-triste, et qu'à toute personne engageant la conversation, sauf urgence professionnelle impérative, il accordait son attention, son temps, ses sols s'il en avait et qu'on lui en demandât, la bonté de ses propos et de son cœur.

Beaucoup plutôt que l'anti-Villon présenté par l'enquête officielle sur ses mérites, il était l'antipapelard et l'anticuistre. L'écolier doucement ballotté entre des parchemins, des maîtres, des compagnons, des inconnus, tous riches et précieux chacun à sa manière.

Les truands qui venaient quémander les reliefs ne sonnaient pas creux. Dans leur langage — même dans leurs jugements (Dieu leur pardonnât !) — tintaient des pensées, regrets ou moqueries, de bonne substance.

Et ce moine poitevin, tombé dans le concubinage et l'ivrognerie, qui s'était pris d'amitié pour Yves depuis le soir où celui-ci l'avait ramassé dans le ruisseau et nettoyé avant de le conduire jusqu'à sa porte. Caché dans une encoignure, il guettait le retour des écoliers bretons à leur collège et il appelait Yves en catimini. A l'entendre, il avait été un moinillon grand lecteur et grand enlumineur, et d'autre part il avait passé une nuit entière à discuter avec le Docteur Angélique.

— Les critiques, je m'assieds dessus. Des tabourets pas chers ! En vrai, de quoi m'accuse-t-on ? Tout le monde le sait, les Apôtres étaient mariés. Saint Pierre avait un garçon qui lui mangeait de la soupe sur la tête. Si si. Toi, tu te passes de femme (tu racontes ! et ça vaut pour le moment) moi non. Bois une chope avec moi. *Bonum vivum laetificat cor hominum* [1].

— Est-ce que j'ai l'air malheureux ? Je ne voudrais pas te vexer, ton nez rougit trop. Offre donc à des pauvres l'argent des chopes inutiles.

— L'évêque de Sens boude-t-il les crus de son terroir ? Si tu savais comme c'est bon, un vin gouleyant. Quand tu as vu la robe rouge de certains bourgognes, tu penses que les vitrailliers de Notre-Dame n'ont fait qu'une mauvaise imitation.

1. Le bon vin réjouit le cœur de l'homme.

— Serait-ce, mon petit frère, que ton nez veut copier les teintes du bourgogne ? Dieu a jeté à profusion les belles couleurs. N'as-tu jamais regardé les feuillages à l'automne ?

— Tu n'es pas drôle. Je retourne chez Rosalie.

... L'âne arrêté avec sa charge devant chez le mercier, on le caresse. On fait un signe de tête à maître Ori, le vidangeur très malodorant, pour qu'il ne se croie pas méprisé, lui qui rend service à tous. Une femme qui veut s'accroupir demande qu'on lui tienne son marmot, bien sûr ma chrétienne. Suivre les cours du *trivium* et du *quadrivium* ne confère pas de supériorité. A Dieu ne plaise qu'Yves Hélory le plus petit, le moins méritant des écoliers parisiens, se dérobe. Un chou tombe d'un chariot sans que le cocher s'en aperçoive — il le saisit, court le remettre sur le tas.

La neige choit en silence. Elle s'attardera sur les pavés et les toits, elle qui fondait tout de suite sur les champs de Bretagne. Yves admire sa blancheur herminale. On lui dit que la Seine, tels hivers, se glace et qu'on marche dessus. Qu'on creuse des trous dans la glace pour attraper le poisson...

... mais tu ne vois pas ici les goélands ni la mer. Les îles de la Seine sont belles ; mais les eaux qui les bordent coulent toujours dans le même sens. Leurs rivages ne s'enluminent pas de goémons ni du rire des vagues.

IV

Le *curriculum vitae* d'Yves Hélory est d'une sécheresse à déconcerter le *Who's who* le plus économe. Arrivé à Paris sans doute en 1368, il le quitte sans doute en 1376 — il y passe huit années. On le crédite, sans précision aucune, d'un séjour de bon aloi pendant lequel il parcourt le cycle des arts libéraux, décrochant les diplômes voulus. A peine insinue-t-on, ici et là, qu'il effleure la théologie. Comme il désire (?) poursuivre dans le droit et que Paris n'assure pas les études juridiques, il faut maintenant, dit-on, qu'il gagne Orléans, dont l'Université a d'ailleurs belle réputation dans ce domaine.

Un bloc monolithe de huit années parisiennes. Servi comme incassable.

Ni pour un pays ni pour un homme, huit années ne s'écoulent avec cette simplesse. Nous accusera-t-on de faire du roman si, tel un locataire qui a perdu sa clef, nous secouons la porte ?

J'espère devancer, ou clairement exprimer, une curiosité normale de lecteur quand je demande : « Yves n'aurait-il donc jamais quitté Paris entre 1368 et 1376 ? De par au moins son celtisme, n'a-t-il pas des fourmis dans les jambes ? du rêve plein la tête ? Ne serait-il jamais retourné au ''pays'' revoir les siens, la campagne bretonne et la mer ? Les écoliers ne prenaient-ils donc jamais de vacances ? »

Ces questions, on l'aura deviné, en entraînent d'autres : « Quel était donc le statut financier des collégiens trégorois ? Qui payait leur logement, leur nourriture, leurs études ? »

Des éléments de réponse objective peuvent être donnés à toutes ces interrogations. Une imagination contrôlée par le bon sens doit les nourrir.

Nous sommes là dans une époque ardente, magnifiquement riche en vitalité comme en ferveur, mais aussi des plus violentes et des plus légères. La civilisation chrétienne qui s'épanouit en Occident se sent apte à un nouveau bond, mais elle se heurte aux blocages de ce que Charles Péguy appelle *une âme habituée.* L'œuvre d'un délicieux poète illumine ce temps. Elle aide à notre approche fraternelle des collégiens trégorois. Avec la même force que les vitraux de Chartres et de la Sainte Chapelle, les sculptures de Notre-Dame et de Vézelay, les journaux du sire de Joinville.

Rutebeuf — il s'agit de lui — n'est nullement un démolisseur à tout crin. Il vénère les dogmes, la prière. Un de ses ouvrages se termine par :

Quant à moi qui ai nom Rutebeuf, tiré de rude et de bœuf, et qui ai rimé ce récit, que cette dame très Sainte (la Vierge) *prie celui dont elle est l'amie, qu'il n'oublie pas Rutebeuf. Amen.*

Le XVe siècle aura Villon. Le XIIIe a Rutebeuf. Il pratiquait beaucoup les « dits », poèmes qui ressemblent à des proses. Moins de strophes de sa voix chantent aujourd'hui à nos oreilles, mais ce fut une abeille créatrice de la même géniale tendresse, de la même divination que Villon.

Avec les vacarmes et les monuments de Paris, la Seine et la rue de Fouarre, Yves et ses collégiens [1] ont Rutebeuf, dont les écrits pénétraient partout, tels les couplets des chansonniers modernes. Ils ont reconnu un frère aîné, ouvert à leurs préoccupations, les sublimes comme les matérielles.

Lisaient-ils d'aventure sa *Vie de Marie l'Égyptienne*, une sainte révélée à la chrétienté occidentale dès le VIe siècle et tout de suite popularisée par elle ? Ils y retrouvaient le ton épique, plantureux, de leurs récits de veillée... Pour se rendre gratis à Jérusalem, Marie l'Égyptienne paie avec son corps les « pieux pèlerins » qui l'ont acceptée sur leur bateau. Elle devient nymphomane. *Il n'y eut aucun être né de mère et tenté de la posséder, qui n'assouvît son désir. Par l'orage, par la tempête, elle ne cesse de se livrer à la débauche. La compagnie des jouvenceaux ne lui suffisant pas, il lui fallut les vieux.*

Les Armoricains tressaillent de toutes leurs fibres à la phrase qui suit celle-là : *Je m'étonne fort que la mer nette et pure ait supporté ses vices et son infamie.* C'est bien

1. Qu'on nous pardonne de présenter Yves comme un chef de jazz.

envoyé, mon Rutebeuf ! Si je te rencontre dans la rue, rien que pour cette phrase je me précipite sur toi et je t'accole ! Comment toi, né des pavés de Paris, devinestu la pureté de la mer vers laquelle ta Seine traîne sans vergogne tellement d'immondices ?

Tandis que ses camarades écoutent chanter en eux le bruit des vagues, Yves le futur avocat et official reçoit aussitôt son cadeau personnel :

Mais Dieu attend et pour en avoir le droit il s'est fait étendre les bras sur la croix. Il ne veut pas que la pécheresse meure, mais qu'elle se rende à sa justice.

Le Christ en gloire du portail royal de Chartres n'oubliait pas qu'il avait été le supplicié du Golgotha. Justice et pitié se confondent en lui. Toute sentence d'un tribunal humain doit s'éclairer à sa patience.

Car Marie l'Égyptienne, une fois descendue à terre, se déchaîne encore. Si elle entre dans l'église de Jérusalem, c'est pour y raccoler des clients dans la pénombre comme les gourgandines qui travaillent rue de la *Putte s'y musse* [1].

Sperate in Deo, amis écoliers. La pécheresse pleurera un jour sur la souffrance qu'elle a causée à Dieu et à la Vierge. Elle finira au désert expiant dans la pénitence. Quarante années. Inspiré du ciel, un Alexandrin mâtiné de piété celtique et nommé Zozime s'en ira la découvrir, à point nommé, pour recueillir son histoire. Il lui apportera une autre fois la communion. La troisième fois, il l'enterre. Par sa poésie chevaleresque, cette dernière scène aura séduit chez les Trégorois les fanatiques de la chevalerie arturienne...

1. La putain s'y cache. Le nom s'est pudiquement transformé en *rue du Petit Musc*.

Zozime, homme d'âge, était embarrassé pour creuser une tombe. Surgit un lion, comme dans un dessin animé. Sans plus de façons, Zozime le recrute comme fossoyeur :

Beau doux ami, cette femme avait nom Marie... Je te prie donc que nous l'enterrions, je t'en prie par dessus tout et je te demande de creuser sa tombe.

Pas du tout gêné, le lion attrape un pic (heureusement que tu étais là !), il l'assujettit à son museau et il creuse. Il jette le sable et la terre *en telle quantité qu'homme n'aurait su le faire*. Mieux : il aide à la déposition de Marie dans la fosse. Il tient le corps par les pieds.

Le poète qui a rédigé cette histoire est un homme selon l'humaine nature. Rutebeuf a épousé une femme enceinte. Il joue aux dés. Il s'emporte contre les gens qu'il méprise et il a ce mépris trop facile. Il se dispute avec les siens... Yves et sa bande négligent ces ombres. Ils exaltent la solidité chrétienne du personnage et son essentielle bonté. Plus d'une fois, au hasard des rues ou volontairement, ils ont rencontré Rutebeuf. Il peut changer de logis, ils savent toujours où il crèche. Paris leur semble très grand par rapport à Tréguier, mais cette ville internationale reste une ville piétonnière, que la sinuosité de ses voies, sauf cohue au passage des ponts, n'empêche pas de traverser vite. Après quelques mois de séjour, on y connaît bien des têtes, bien des lieux. Rutebeuf ? Une silhouette, une voix, familières autant que le bourdon de Notre-Dame ou les remous de la Seine contre l'Ile aux Vaches. Sans porter le titre de maître ou de docteur comme les grands enseignants de la rue de Fouarre, il compte pour une autorité morale aux yeux d'une population estudiantine qui le sent proche d'elle.

Rutebeuf en veut à la prolifération des moines mendiants, trop aisément flemmards et cupides. A l'intolérance intellectuelle du clergé... Il a pesé le poids de l'Université, il l'estime considérable. Loin de flatter les écoliers, il les met en garde contre les vices qui les guettent, et d'abord l'indiscipline, le goût de la dispute. C'est parce qu'il les respecte et les aime qu'il les gourmande. On pourra l'en croire lorsqu'il salue leur profession.

Sauf une minorité, qui se recrute surtout chez les étrangers lointains, les écoliers ne sont guère des fils à papa. Les chevaliers de la bourse plate y abondent. Beaucoup sortent de familles paysannes qui envoient piocher l'étude comme une terre difficile, à la sueur, à l'endurance. Les garçons qui viennent de noblesse ou de bourgeoisie sont à peine mieux lotis. Un baronnet père de dix-huit enfants ne gâte pas ses fils.

Le jugement que porte Rutebeuf dans la pièce intitulée *Ci commence le dit de l'Université de Paris* est net. Pour autant qu'ils veulent faire des études sérieuses (Yves entre dans ce groupe), les écoliers exercent un métier *plus dur qu'un portefaix. Ils ne peuvent pas rester longtemps à table. En somme, leur vie n'est pas moins convenable que celle des moines*.

N'était-ce pas pour secourir des étudiants pauvres que Robert de Sorbon avait acquis de la pierre *rue du Coupe-Gueule* (un nom qui ne l'envoyait pas dire) ? Presque tout étudiant, en fait, s'acoquinait avec la pauvreté. Elle n'était pas vice, on le savait de Nanterre !, mais pas forcément bonne conseillère non plus.

Un étudiant sur deux sombrait dans Paris et il ne tournait pas à la Villon.

Les intuitions spirituelles du Moyen Age, sa simplicité, sa gravité, nous comblent. Nous nous sentons chez nous à Chartres et à Bourges comme sur les routes de Compostelle. François d'Assise, Bernard de Clairvaux, Louis IX, nous parlent avec la même force de présence que la fleur des champs, la confidence d'un ami... Seulement un constat s'impose : l'accélération de la vitesse des transports, les découvertes spatiales, ont réduit pour notre imagination les dimensions de la planète. Que nous soyons ou non de la *jet society*, ce qu'on nomme *les distances* ne nous y arrête plus par principe. Aller en Terre de Feu ou en Alaska pose un problème à nos finances, non aux moyens techniques de l'humanité.

Croisades et pèlerinages, sinon explorations, le démontrent : ce Moyen Age chrétien du XIIIe siècle ignorait la plus grande partie d'une terre qu'il ne soupçonnait pas planétaire, mais il bougeait. Tréguier se trouvait sensiblement moins loin de Paris que Jérusalem ou Compostelle. Yves avait déjà expérimenté sans difficulté majeure les cent trente, cent cinquante lieues qui le séparaient de son Kermartin. Elles flattaient ses jambes de bon marcheur. En matière de couches grossières et de nourriture insipide aux étapes, il ne craignait personne non plus.

Il n'empêche, selon nous, et sans qu'on puisse le taxer d'inhumanité, qu'il n'a pas interrompu son séjour parisien pour revoir la Bretagne. En de telles équipées, on savait quand on partait, non quand on arrivait, ni en quel état. Avec les aléas des routes, le voyage dans les deux sens ne risquait-il pas de durer deux mois ? Coupant sur la rudesse des études, il eût représenté une évasion, une escapade. Une voix murmurait qu'une fois à Tréguier le courage manquerait pour revenir sur Paris *Perge viam, sancte puer*[1].

A grand renfort de visites dans des oratoires ombreux où l'on retrouvait le Christ et sa mère, comme de sorties vespérales sur le cap ouest de l'île Notre-Dame face à l'invisible Bretagne, Yves, non sans larmes secrètes, a renoncé. Des camarades se montraient moins intraitables. Leurs départs provoquaient un crèvecœur. S'il avait su qu'au bout de la route il embrasserait sa mère, Yves eût peut-être lâché. Il aimait son père, acceptait sa marâtre, mais leurs visages ne le bouleversaient pas. En reprenant femme, le père n'avait certes pas agi en mauvais chrétien, mais il avait jeté de l'ombre sur une douce enfance qui désormais appartenait à Yves et à lui seul.

L'enfance... La grande explication à la dureté d'un écolier envers soi-même se résume dans le désir de sainteté qui, dès Kermartin, à l'aube de la vie, avait gagné un cœur opiniâtre. Yves se fermait aux joies des retrouvailles avec le pays natal parce qu'il maintenait le cap. En s'offrant des effusions à revoir son village, il n'eût pas offensé Dieu (le père, en se remariant, ne l'avait pas fait), mais des exigences plus hautes conduisaient l'ami dc saint Tugdual et de saint Hervé, voué par sa mère à suivre leur exemple quand il bougeait à peine dans son ventre.

Paris le débraillé, le débauché, le tintamarre, le

1. Continue sur ta lancée, enfant saint.

jureur, Paris le tourbillon des doctrines allant au vent comme fumées par tempête, Paris qui pue l'égout, la tripaille, la misère, Paris qui vide ses pots de chambre sur les passants, ses lazzi sur les moines bafreurs, Paris est dans le même temps une ville de saints, qui pousse à la vertu comme elle pousse au crime. Élevée au christianisme par des martyrs, elle n'a pas cessé de constituer un verger fécond de saints et de saintes, et tout se passe comme si le roi Louis le neuvième, son dernier maître, se réservait une place dans la liste. La vénération qu'Yves porte au suzerain de son duc est sans faille. Il se répète les anecdotes qui courent à propos de son dévouement joyeux, de sa fièvre de justice. Sans en demander permission à homme d'église, ni même s'en ouvrir à Jean Kerhoz, il l'invoque dans ses prières. S'il ne prononce pas les mots « saint Louis », c'est par une concession de modestie qui l'amuse. Dès que celui-là sera mort, Yves se persuade qu'il deviendra personnage de vitrail et de statue de portail, modèle proposé à tous comme un saint Martin, un saint Hervé, du temps présent.

Paris n'a pas les petits édifices de granit au toit d'ardoises bleues où Yves aimait à entrer dans la campagne trégoroise, sombres et humides, sentant la fougère et la vieille cire, des chauves-souris dormant aux encoignures et des statues polychromes prenant la pose sur un autel vermoulu. Il offre, sinon mieux, il offre autre chose — et qui stimule, conforte avec la même énergie. D'un coup de pied, on gagne Notre-Dame en quittant la rue de Fouarre, pour la lecture enchanteresse de ses porches et de ses verrières. Les écoliers trégorois se disputent sur la rosace qu'ils préfèrent : la réponse n'est jamais la même. Quel éblouissement, quelle consolation. Malgré la hauteur des voûtes, ils se sentent chez eux dans un édifice où les imagiers, en accord avec maîtres d'œuvre et conseillers religieux, n'ont pas oublié les écoliers lorsqu'ils sculptaient les métiers, le travail et la peine des jours. A fignoler ces petits personnages affairés, les artisans n'ont pas employé moins de talent qu'à représenter ailleurs la Fuite en Égypte, le désespoir de Judas.

Quelques centaines de pas dans les ruelles, et la Sainte Chapelle accueille l'orant avec la même simplicité que Saint-Julien-le-Pauvre ou Saint-Merry. Louis IX a traité la Couronne d'Épines aussi courtoisement que les évêques de Chartres la sainte Chemise de la Vierge. La Bretagne l'approuve. Une vague monte dans cette nef resserrée, vague haute et poignante comme les rouleaux de Plougrescant. Les vitraux semblent chanter. La musique change de couleur selon les douces et vives directives de la lumière du jour.

Après des mois, après une année de labeur, l'écolier breton dispose encore à Paris de toutes les ressources d'un pèlerinage en fraîcheur d'émotion.

Autant à la réflexion nous admettons sans peine que le jeune Hélory trouve dans sa piété le courage voulu pour s'abstenir d'un saut en Bretagne, autant nous ne doutons pas qu'à de nombreuses reprises, avec un ou plusieurs camarades, il ait circulé en Ile-de-France, Picardie ou Bourgogne. L'été surtout. D'abord à des fins d'hygiène et dans les environs. Les maîtres, aussi bien que Jean Kerhoz, autorisaient ces déplacements quand ils ne les favorisaient pas. Ne faut-il pas que le cheval change de pré une fois le temps ? Le XXe siècle français a oublié l'origine et le sens profond du mot *sport*, qu'il prend pour un terme anglais. Issu de l'excellent français *desport*[1], *sport* veut dire le changement d'occupation. En allant à Saint-Denis, Vincennes, Saint-Sulpice-de-Favières, Senlis, Fontainebleau, Yves fait du sport non seulement parce qu'il marche en plein air, escalade les talus, grimpe les côtes, mais parce qu'il se trouve dégagé des astreintes universitaires et de leur savante monotonie. Des conférences et lectures. Des controverses farouches.

Ces sorties, pour autant, ne nuisent pas aux études. Les brèves ont pour objectif des visites de monuments admirables ; les longues, des séjours dans des centres de piété, en premier lieu des abbayes, dotées de bibliothèques extrêmement riches, où il ne manque jamais de vieux moines à la spiritualité aiguisée pour accueillir la jeunesse.

Il paraît inconcevable que le mysticisme d'Yves ait dû l'essentiel de sa finesse et de son endurance aux maîtres de la rue de Fouarre, si brillants pussent-ils être. Leur enseignement trouvait ailleurs sa cime. A Longpont, dans l'est de la forêt de Retz, un site choisi et une abbatiale dressée par saint Bernard. A Vauclair...

Encore et toujours saint Bernard. Facétieux comme religieux peut l'être, il avait baptisé en verlan une filiale de *Clairvaux*. Le nom de la maison-mère, en se retournant selon cette méthode, faisait *Vauclair*... Lumière et vallée. Une large vallée de joie, de travail, d'émotion, créée entre collines dans la sauvagerie des

1. Qui, hélas ! a produit le mot sinistre de *déportation*.

bois et des marais. Le premier abbé du lieu avait été un Gallois, rat de bibliothèque sollicité par Bernard tout exprès pour qu'il s'imprègne de sylve — les arbres enseignent autant que les livres.

Est-ce à Vauclair ou dans une autre abbaye, du Soissonnais encore, ou de la Thiérache (ces sanctuaires foisonnent, quadrillent la campagne), que le Père abbé entend Yves en confession et discerne ses dons mystiques. Loin de s'entretenir avec lui comme avec un sujet qui serait une recrue de choix, il lui parle, humblement, comme à un supérieur dont il cherche le regard neuf. Yves ne s'en aperçoit pas. Air, confiance, espace, arbres à feuilles, même ensemble. Prié de visiter toutes les constructions, il questionne sans retenue, comme il admire. Ces religieux ont maîtrisé le sol. Ils ont dressé l'eau comme l'oiseleur le faucon, le cavalier sa monture, elle circule, distribuant sa pureté, sa force, dans un réseau de canalisations aussi adroitement tracé que lacis de dentelle de Bruges. Ni Kermartin, ni le collège des Trégorois ne possèdent ces lavoirs, ces toilettes, ce tout-à-l'égout. Ce vivier où le poisson frétille. Blocs de pierre et mosaïques, poutres et meubles, sont francs et nets.

L'abbé saisit le bras d'Yves.

— *Nonne audis ?*

— *Ita. Pulcherrimus est hic sonitus*[1].

Il a reconnu le son du cor. L'ancien croisé qui les accueillait si bien, Jean Kerhoz et lui, accoutumait les soirs d'été de gagner un haut et d'y lancer des airs de trompe. Cela vibrait une profonde plainte, accordée

1. — Est-ce que tu n'entends pas ?
— Si. Le son est très beau.

à la fin du jour, aux heures du couchant, comme une voix aux parois d'une grotte. On aurait dit un pâtre qui hèle sa brebis en sachant qu'il ne la reverra plus.

— *Ivo, si noveris, non dixisses talia verba*[1].

Le Père abbé a levé les bras au ciel. Il s'explique. L'on entend sur une colline, à une lieue, les cris assourdis d'une meute. C'est la chasse de l'évêque. Monseigneur en personne dirige la troupe. Il aime le cheval, poursuivre et forcer les bêtes de poil et de plume, il aime la venaison.

Sans réfléchir qu'avec ses quinze ou seize années il n'a l'autorité que d'un godelureau, Yves énonce qu'il faudrait interdire ces jeux cruels, indignes pour un évêque. Il devrait suffire que le Père abbé tance Monseigneur ?

Le compagnon ne s'est pas ému de cette familiarité. Il objecte que les choses ne sont pas simples. L'abbaye s'est édifiée voici un siècle sur des biens-fonds de l'évêché. Elle en a reçu la jouissance, moyennant des redevances en céréales, fourrages et légumes — non la propriété. Les évêques se sont réservé le droit de chasse. Ils pourraient, s'ils le voulaient, forcer le cerf dans le parc des moines. Ils ne l'ont jamais fait, mais le dernier évêque, ce gaillard en train de tremper sa chemise dans les bois de là-haut, n'oublie jamais, en riant, de rappeler son droit. L'année dernière, une curée a eu lieu derrière le lac. Monseigneur reçut les honneurs du pied pour son pauvre cerf épuisé, rattrapé à la nage par les chiens.

Yves s'est rembruni. Le son du cor a perdu ses

1. — Yves, si tu savais, tu n'aurais pas dit de tels mots.

charmes. La société chrétienne patauge. Il faudrait, dans cet embrouillamini juridictionnel, cette confusion du temporel et du spirituel, un essartage, un drainage, menés avec la même ardeur que ceux des forêts marécageuses.

Il demande consolation à une fleur sauvage dont il a humé le parfum clair et plein de nuances. Un religieux la lui a nommée : *la fausse dravière*. Pourquoi l'adjectif « fausse » ?

... L'abbé a deviné le dégoût de l'écolier pour les chevauchées épiscopales. Il lui montre une statue de la Vierge, dressée à l'abri d'un surplomb de roche, un enfant Jésus dans les bras qui tient une pomme ronde.

— *Auxiliatrix preciosissima*...

— *Ita*[1].

Le Père croise ses yeux noirs avec les yeux bleus de son visiteur. Nulle malice n'y loge... L'adulte confie donc le chant de louange qui monte sans cesse en lui. Marie n'a pas été la première femme. Les doigts de Dieu ne l'ont pas modelée. Mais elle a été, elle sera toujours, la première créature qui a reçu physiquement la présence de Dieu. L'Évangile de Jean : *Et habitavit in nobis* a un sens idéal et un sens littéral, tous deux considérables. Dieu a habité parmi les hommes, dans des maisons, dans un peuple, et Dieu a habité dans la masse d'un corps humain, fœtus lié à lui par un cordon ombilical. Le corps de la Vierge, cela va de soi, n'a pas subi la destruction. Les théologiens fixeront un jour qu'elle a rejoint le Christ son Fils dans son intégrité physique.

1. — Notre très précieuse auxiliatrice.
— Oui.

La voix de l'homme tremble un peu. Yves mesure cette fois qu'il est, près de ce grand moine, un étudiantillon, un moucheron du savoir. Il admire la tendresse avec laquelle un adulte sur le penchant de la vie évoque la Mère de Dieu. Il se souvient des verrières de Chartres. Le soleil incendiant le vitrail sans le détruire, comme le Christ dans le corps maternel.

V

SEUL dans l'église abbatiale. Seul, avec le Saint Sacrement. La flamme droite d'un cierge, une mouche qui ronronne par instants, un rayon de soleil à pans nets comme celui d'une ruche.

Yves a rempli toutes ses tâches : recopier une Épître ; laver des nappes d'autel ; éplucher des navets ; couper des fougères ; porter à l'infirmerie des tisanes. Jusqu'aux tintements de la cloche qui appellera Pères et Frères dans une demi-heure, pour Sixte, il peut s'offrir méditations, oraisons personnelles. Les camarades venus de Paris ont mieux aimé faire le tour des lacs. Explorer la bibliothèque. Soit. Ils n'empêchent pas que l'on prie à leurs intentions.

Il examine sa conscience. Un bonheur l'inonde. Aurait-il trouvé sa voie ? Aux heures de conversation, il a interrogé des moines, des anciens, des jeunes, des gros, des efflanqués, des tacites, des rigolards. Le contentement de ces gens ne prête pas au doute. Tout à l'heure encore, les deux Frères malades. L'un, tout curieux de savoir s'il avait rencontré l'ami du frère portier, un grand renard roux baptisé Théophile... L'autre, ce qu'il pensait de la fleur du *Sceau de Salomon*... Derrière des visages parfois revêches, rien que des hommes de sûreté, de fraîcheur. Ils ne cachaient pas que le vœu d'obéissance — le seul dont ils s'inquiétaient vraiment — leur coûtait des efforts. Beaucoup d'efforts. Et que certains jours d'orage, ils pouvaient, entre eux, manquer de patience. *Amen. Amen*, les mauvais nuages s'en allaient. *Vade retro, Satanas. Et Satanas fugiebat* [1].

Les premières matines auxquelles Yves avait assisté dans le monastère, en cette église même, lui laissaient un souvenir d'une acuité bouleversante. Il revivait les débuts de la religion. Dehors, des chouettes ululaient par un clair de lune bleuâtre. Les moines chantaient leur hymne *a capella* et de mémoire, dans une extase, grand bouquet de voix brunes, personnages de vitrail. Abolies toutes les discussions et complications des salles d'étude parisiennes. Il n'y avait place ici que pour l'entretien avec Dieu.

Sans y penser, Yves hoche la tête. Ni au milieu de la confession, ni dans la visite du monastère, le Père abbé n'a lancé ni murmuré : *Viverene nobiscum tibi placeat ?* [2] Cette curiosité, des Pères l'ont manifestée avec des rires. Ils fabriquaient la réponse eux-mêmes :

1. Retire-toi, Satan. Et Satan s'enfuyait.
2. Te plairait-il de vivre avec nous ?

Nunquam ! Graviores estis ![1] Il suffirait, presque certainement, que le Trégorois parle de son trouble et le Supérieur se déciderait à le sonder. Prononcerait — pourquoi non — des mots tels que *vocation, noviciat. Vocatio, noviciatus.*

L'écolier regarde le vase de pensées sauvages dressé par le frère apiculteur à la droite de l'autel et il salue par un sourire l'ingénuité de ses couleurs... Il ne hâtera rien. Nombreux les ordres religieux, divers leurs mérites. Dans les bois de l'est, à quelque cinq heures, un Père lui a dit que deux ermites se terraient, leurs cabanes à mille pas de distance l'une de l'autre, entre elles un oratoire commun, bâti près d'une source et dédié à saint Hubert. Ce type de vie ne pourrait-il non plus le séduire ? N'était-ce pas l'idée du cher Jean Kerhoz ? Il rit comme un enfant. Il a songé à ces bêtes gluantes qui s'introduisent dans des coquillages vides et que le Trégor appelle des Bernard-l'ermite. Quoi qu'il en soit des raisons qui ont fait créer le terme, Bernard de Citeaux, le fanatique des arbres, serait bien empêché de blâmer le religieux qui se fixe dans le secret des bois, loin du luxe et du tapage...

Une piété, en somme, à la Marie l'Égyptienne dans le désert ? Cela signifierait-il qu'elle concerne les grands pécheurs, honteux de leurs fautes ?

Abbayes comme ermitages, l'écolier admire les existences fermes et pleines qui s'y abritent ainsi à l'écart des villes, mais elles le laissent sur sa faim. Paris n'est ni le centre ni le modèle du monde. L'esprit de Dieu

1. Jamais ! Vous êtes trop ennuyeux.

souffle où il veut. Les maîtres de la rue de Fouarre n'expriment qu'une partie de la pensée chrétienne. Désormais, pourtant, Yves le sent bien, il ne vivrait pas à l'aise dans sa peau, dans son effort de toujours vers la sainteté, si une belle solitude, une belle communauté fraternelle le séparaient définitivement de l'ordinaire des hommes. Il se promet que durant ses années d'études il fréquentera de son mieux ces couvents sylvestres. Dans leurs églises qui sont toutes des chefs-d'œuvre et près de la bonne volonté de leurs moines, le cœur et l'œil se purifient. Il viendra donc là par intervalles s'aérer, se nourrir mystiquement.

Qu'il ne joue pas l'écolier. Il doit des comptes à l'évêché de Tréguier, qui règle la plus grande partie de ses frais d'études (le sire de Kermartin fournit le reste) et garde un droit moral, nullement théorique, sur son avenir. Aucun message formel ne rappelle jamais ce lien. L'évêché ne gaspille pas le parchemin. Il communique avec les autorités parisiennes. De temps en temps, un voyageur, laïc ou religieux, missionné par lui, frappe au collège. Il inspecte les lieux, se renseigne sur les dépenses, les besoins matériels. Il est naturellement prié à un souper où, pour une fois, l'on sert du bon cidre (à son corps défendant, Yves en boit une goutte) et l'on s'efforce de ne parler que le breton. Les questions doctrinales sont évitées : une dispute pourrait naître. On préfère commenter les faits divers de Bretagne, les baptêmes, les morts, une tempête sur la côte — Paris en a subi le contrecoup : les toits de l'abbaye Sainte-Geneviève ont été malmenés—, la christianisation d'un menhir, un vol de reliques. Une nostalgie s'ensuit. Sur les terres du roi de France, les écoliers ne sont pas tout à fait dans le pays de leurs ancêtres. Ils regardent, non sans envie, l'homme jailli de là-bas. Qui retourne là-bas. Qui ne remarque pas la valeur extraordinaire d'un tel voyage.

Le seigneur Hélory a-t-il remis à ce visiteur une petite lettre pour son fils ? Il se sera contenté d'un message oral et de pièces d'argent qu'il faudra changer. Yves répond par cinq lignes où il mélange breton et langue d'oil. Ce serait près de sa mère qu'il aimerait à se confier. Décrire Notre-Dame. Une messe de Noël Une traversée de la Seine en sabots sur la glace. Le jardin médicinal d'une abbaye, surnommé *Hortus Beatarum*[1] parce qu'on y élève des simples et qu'un Évangile proclame : Bienheureux les simples...

L'écolier Yves Hélory veille dans l'ombre ces nuits-là plus tard que d'habitude, priant pour sa famille, le duché de Bretagne et Louis le neuvième, pour la chrétienté, pour le monde. C'est vrai qu'il aime Tréguier, n'oublie pas ses bonheurs de Tréguier, c'est vrai tout autant qu'il s'obstine et entend s'obstiner là où il a été envoyé, où il doit tellement apprendre. Un Père abbé l'a taquiné en lui demandant pourquoi il cherchait en Bourgogne des hauts-lieux spirituels alors que la Bretagne possédait les siens — il citait Landévennec, Boquen, Saint-Mathieu, Beauport... Une vie, une et seule, n'assume pas tous les devoirs. Le Christ a porté sa lourde croix dans les rues de Jérusalem, non pas de toutes les villes, et il l'a fait en un temps donné et qui ne recommencera plus. Yves suit un chemin unique.

Miaulements d'un chat dans la rue. Un théologien retouche sa définition de la Trinité. Les oiseaux

1. Le Jardin des Bienheureuses.

dorment. Une vieille femme impotente vient de mourir. Dieu sourit, car elle avait toutes les vertus d'une sainte et son voisinage, son curé lui-même, l'ignoreront jusqu'au dernier jour.

VI

LA persistance de l'Écriture à louer la *justice*, à souligner ses liens indéfectibles avec la *paix* et *l'amour du prochain*, en faut-il davantage pour comprendre qu'Yves Hélory le chercheur de soi-même ait abouti à une profession de magistrat ?

Comme saint François, ce fils de l'Armorique avait le sens de la vie universelle. N'aura-t-il pas tremblé de joie en découvrant près de Jean Kerhoz la prophétie d'Isaïe que nous appelons le Roi Futur ? Ce texte, adopté aujourd'hui pour les lectures de la messe, associe en toute plénitude lyrique le bonheur à venir de la création et un progrès spirituel dont la justice est un des maîtres-mots. Ami de Dieu, l'homme qui pratique la justice ! N'oubliant surtout pas de se préoccuper des faibles [1].

1. La sensibilité religieuse chrétienne a dissocié *justice* et *charité*. Les deux notions se rejoignaient dans le mot hébreu

Il jugera les petits avec justice
et prononcera selon le droit pour les humbles de la terre.

La force au service de l'amour des pauvres dans le respect du droit. L'homme équitable récompensé par la nouvelle harmonie des êtres.

La vache et l'ourse iront au même pâturage,
Leurs petits auront un même gîte...
Le nourrisson s'ébattra sur le trou de la vipère
Et dans le repaire du basilic
L'enfant à peine sevré mettra sa main.

Avant de quitter le Trégor pour les études, Yves aura recopié, appris par cœur, un texte qui promettait de si beaux lendemains à la droiture. Prononce la sentence qu'il faut et la terre retrouvera le bonheur.

... Sans doute. Il n'en est pas moins vrai, selon les vieilles biographies, qu'Yves l'ami de la justice et de la faiblesse n'a pas semblé tellement soucieux d'entrer dans la magistrature. Ses études officiellement achevées — il a vingt-huit ans —, c'est sur la pression de l'évêque de Tréguier qu'il y fait un stage d'official ; à l'appel de l'évêque de Rennes qu'il devient à Rennes official en titre. Au bout de trois ou quatre années, il retournera à Tréguier. Official titulaire cette fois bien sûr. Il occupera le poste dix-sept années, mais ce n'est pas la mort qui l'enlève à la profession judiciaire — il démissionne. Le déclin de sa santé lui fournirait la

que l'on a coutume de traduire *justice*. « Justice charitable », « justice aimante », interprèterait plus fidèlement l'Écriture. Henri-Irénée Marrou, le grand hébraïsant, insistait là-dessus. Yves, sur son parchemin, lisait *justiria* et sa méditation s'en satisfaisait. Nous reviendrons sur ce thème dans la quatrième partie de ce livre, a chapitre 6.

plus sûre des excuses si malgré son exténuement il ne continuait de vaquer, du mieux qu'il peut, à ses lourds devoirs de recteur. Sa paroisse de Louannec le préoccupe beaucoup plus que le tribunal.

Aussi bien donnera-t-il de lui-même une confidence ambiguë, peut-être amère, sur les causes de son départ de Rennes. Nous sommes fondés à penser que ce grand miséricordieux, qui était un grand consciencieux, n'avait pas emporté un souvenir trop beau de son activité dans cette ville.

Au total, dans une vie humaine qui dure cinquante-trois ans (1250-1303), vingt-et-un ou vingt-deux sont consacrés à exercer le métier de juge ; quatorze aux études. Bien que les études juridiques, commencées à Paris et interrompues, n'aient été menées strictement que pendant les six dernières années, un moderne fronce le sourcil devant un bilan qui réduit à ce point l'existence professionnelle annoncée par les études. Quatorze années, n'était-ce pas beaucoup trop ? Lorsqu'Yves, le bon élève de Jean Kerhoz, arrive à Paris, était-il aussi gravement démuni de savoir ? Une valeur surfaite, l'aigle Yves Hélory le surdoué qui faisait les délices de Monseigneur l'évêque de Tréguier Alain de Lézardrieux ? Yves péchait-il par une lourdeur d'esprit ? « Bon élève, appliqué, mais lent », comme écrivent les professeurs dans les bulletins scolaires ?

Nous avons le droit, sans qu'on nous taxe d'irrespect, de poser la question. L'enquête diligentée (un peu tard) par les autorités papales ne s'embarrassait pas de fioritures. Les témoins avaient le droit à la parole : quoi qu'ils pussent dire, Messieurs les Commissaires les écoutaient. Après tout, nul n'exige des saints un quotient intellectuel pour « bottier » de Polytechnique. Les lumières dont ils sont possesseurs, les ordinateurs ne les enregistrent pas. Malgré ses intuitions psychologiques fulgurantes, le curé d'Ars a pu passer pour un simple d'esprit. La tendresse et l'admiration qu'il nous inspire s'amusent tranquillement de ce constat.

Si nous envoyions promener les doutes que nous avons exposés, les agnostiques de bonne foi nous retireraient tout crédit ; ensuite, nous perdrions une occasion singulière d'approfondir le personnage. La vie de saint Yves déroute par sa sécheresse de lignes. Dans un XIIIe siècle où l'histoire dispose d'une forte documentation générale, elle semble comme trop sommaire pour être vraie. *Rien n'est simple de ce qui s'offre à l'homme et l'homme ne se propose jamais simple à aucun objet*[1]... Un drame spirituel. Le saint qui lègue à son compatriote Renan une robuste bonne humeur, l'écolier de mœurs austères si dévoué pour ses camarades, auront achevé le séjour parisien sur une crise, qu'ils n'ont jamais dévoilée en termes exprès.

Nous ne le connaissons que d'une manière imparfaite, à travers nos procédures (les témoignages du procès de béatification). *Il demeure des zones obscures, impénétrables, et il se peut, en conséquence, que nos interprétations soient infidèles.*

Ainsi s'exprime le biographe le plus récent[2]. Celui qui a fait l'effort le plus large pour atteindre à la vérité d'une âme. Si nous nous réclamons de la même

1. Le lecteur a reconnu Pascal.
2. Jean le Mappian, dans *Yves de Tréguier* (Éd. S.O.S.).

prudence finale que lui — *errare humanum est* —, nous croyons nécessaire, dans ce chapitre, de pousser l'audace plus loin. Les imagiers ont beau, le plus souvent, représenter Yves assis dans une cathèdre entre des personnages qu'il laisse debout, il ne fut jamais un homme de tout repos. Nous le répétons, il y eut chez lui un héros de Bernanos. De Cervantès, pourrions-nous ajouter. Il fut sans cesse un lutteur et, dans une période, ce lutteur a vacillé. Non seulement Don Quichotte, mais peu avant de mourir le Christ lui-même, ont eu à franchir ces invitations au désespoir.

Cela se préparait dès la Bretagne. Cela s'est précisé dans le dynamique désordre parisien, la prise de conscience de la *catholicité*[1] des créatures et de la création. Cela s'est brusquement aggravé. Autour de 1270. Yves en termine avec les Arts libéraux, il passe aux Facultés Supérieures[2], dont les maîtres — surtout en théologie — représentent la plus fine farine de la pensée chrétienne occidentale et justifient le mieux le flamboiement de l'Université parisienne. Entre 1268 et 1272, Thomas d'Aquin y enseigne la théologie. Le Docteur Angélique rencontre près des élèves la même popularité fervente, le même chahut admiratif, que jadis Albert le Grand, son maître, le Docteur Séraphique, dont la place voisine a reçu le nom en hommage : Maubert. Les débats qui suivent les exposés de Thomas d'Aquin sont parmi les événements majeurs de la cité. Yves s'emballe pour un philosophe dont les raisonnements lui échappent plus d'une fois, mais dont l'esprit de lumière, le ton prophétique, la sûreté

1. Universalité.
2. Théologie, médecine, droit canon.

doctrinale, l'émerveillent, avec la prestance de l'homme et de son habit blanc et noir. Un costume de goéland — il n'a jamais entendu parler du pingouin. Il se tâte s'il ne devrait pas jeter l'ancre et postuler chez les Dominicains. François l'Italien et Dominique l'Espagnol étaient grands amis.

... Oui, mais les forces de méfiance et de jalousie continuent d'œuvrer contre les personnes. Dans le temps où le roi Louis invite à sa table le Docteur Angélique, tel un saint ôtant son chapeau devant un confrère, les autorités religieuses de Paris surveillent ses dires, épluchent ses écrits, avec une attention trop terrestre. Des maîtres laïques s'irritent de passer au second plan à cause de moines qui ne sont pour eux que des enseignants invités. Ils montent des cabales. On déforme, on calomnie à tour de langue. On excite Rutebeuf à la méchanceté. Yves le modeste et le clair se trouve constamment, même au collège, jeté dans une bagarre, pressé par un camp de se déclarer contre l'autre. Plus tard, dans les procès, il affrontera la même situation lorsque les avocats des parties voudront s'entredéchirer devant lui. Alors, il réfléchira. Il saura « dire le droit ». Pas ici. Le titre de maître ès arts n'offre aucune compétence pour se prononcer au fond entre des génies qui voient loin et les gardiens de la lettre des dogmes.

Yves en a le cœur brisé. La théologie ne devrait-elle pas être un jardin paradisiaque ? Un immense *Hortus Beatarum* où tout ruisselle de joie et de lumière et où les sages et les prophètes chantent en chœur avec les oiseaux et les sources ? La Querelle s'y est installée avec armes et bagages. Elle a pour hurlement familier : « A l'hérésie ! » Voire : « Qu'il soit excommunié ! Que le bourreau livre aux flammes ses libelles ! » Encore heureux qu'elle n'invite pas le pouvoir civil à dresser des bûches pour y brûler des hommes.

Les vulcanologues plantent des témoins, barres de bois ou de métal, dans les terrains où ils craignent des glissements. Yves ressemble à un de ces témoins. Ni doctrinaire ni contestataire violent, il sert d'indicateur à l'histoire des mouvements spirituels. D'une manière moins brillante, mais aussi nette, que Dante Alighieri.

1270. Le Moyen Age n'a pas épuisé tout son génie, mais il vacille. Saint Louis, reparti pour la croisade, meurt à Tunis. L'affliction de Paris sa capitale, qui lui réserve à Notre-Dame et à Saint-Denis des funérailles étonnamment festives, a une profondeur digne d'une grande époque. Malheureusement, l'irénique souverain, ce modèle pour rois chrétiens, n'a pas transmis ses charismes à son fils Philippe le Hardi qui lui succède. Les troubles de l'Université de Paris auraient besoin d'un grand arbitrage qui fait défaut. Le Docteur Angélique, en train d'achever une *Somme* qui sera le Chartres et le Bourges de la théologie médiévale, un des meilleurs miels de la chrétienté, enchante régulièrement ses écoliers, mais l'hostilité aux novations, toujours vigilante, ne l'épargne pas.

L'ardeur mystique d'Yves de Tréguier, son zèle à chercher la volonté de Dieu, à régler la conduite d'une vie sur la pensée, le menaient à entrer et persévérer dans la théologie. Le climat conflictuel dont souffrait à Paris l'enseignement d'une discipline souveraine l'a scandalisé. Les clercs déchirent la tunique sans couture de la sainte Église ! On a toujours enregistré le départ d'Yves Hélory pour Orléans comme allant de soi. Les

Universités ne se spécialisaient-elles pas ? Il ne s'était inscrit en théologie que pour deux années. Ayant décidé depuis toujours qu'il opterait pour le droit, dont Paris n'assurait que l'enseignement rudimentaire, il devait de nécessité absolue gagner Orléans, la grande Université la plus proche, qui possédait tout le cycle des études juridiques.

Aussi simple que cela ? L'enfant qui s'en va de Tréguier, âgé de quatorze ans et confié à un mentor de vingt-quatre, dans un Paris turbulent comme une foire, tellement gros de découvertes et de pièges, mais quoi, réglé par ordinateur, le sujet connaît déjà qu'après x années d'études, y examens, il sortira de Paris sur les pavés de saint Jacques pour s'arrêter dans la grande boucle d'un fleuve plus large que le Jaudy et appelé la Loire ?...

Nous nous permettons, résolument, de poser ici un point d'interrogation. De souligner des faits qui donnent au changement d'Université une signification plus sauvage. Yves le bourreau de travail et le mystique n'était pas Yves-le-soumis par avance. On ne violentait pas son opinion. Le mentor placé jadis près de lui avait pour tâche moins de le guider que de contrôler son élan.

Sur le papier, les dates et lieux collent avec l'interprétation classique. Si vraiment Yves a choisi une fois pour toutes de se lancer dans le droit, ses deux années d'études théologiques suffiront. L'Université d'Orléans, célèbre par l'enseignement qu'y dispense la crème des juristes, exerce sur lui une attraction toute naturelle...

... à ceci près qu'en 1272, pour un écolier parisien, l'image de marque d'Orléans est complexe. Lors de

« cessations » et autres remue-ménage de sa population estudiantine, l'Université de Paris a utilisé Orléans comme un centre d'accueil pour fortes têtes. 1272 est une année de turbulence dans le Quartier Latin. Comme si elles profitaient de la mort de Louis le neuvième pour donner un tour de vis, les autorités ont sévi contre des maîtres fort populaires — et les écoliers tempêtent.

Yves Hélory, un Cohn-Bendit de 1272 ? Loin de nous l'hypothèse. Mais peut-être un écolier blessé dans ses convictions d'écolier. Un amoureux de la théologie que l'étroitesse de vue de certains religieux afflige. Qui en a par-dessus la tête des accusations d'hérésie, des excommunications. Il change de discipline et d'Université pour changer d'air. Il espérait, par la théologie, servir de près l'Église, Corps mystique du Christ. Il essaiera, par le droit, de viser à la même fin. Qui aime la justice et les faibles aime Dieu.

Comment ne pas sentir une éminente nostalgie des études théologiques parisiennes dans les aveux, déjà évoqués par nous, au franciscain de Guingamp, Guillaume-Pierre Maurel. Ils parviennent à l'historien dans le feutrage d'un discours indirect. L'homme qui les a reçus ne sait plus s'il ne les avait pas entendus en confession. Lorsqu'on l'interroge, comme témoin, au procès de sanctification, il est partagé entre deux obligations morales : éclairer une enquête et ne pas trahir. Il s'en tire par un résumé à grands traits :

Il y eut alors en lui un combat violent entre la ratio *et la* sensualitas [1].

1. Il va de soi que toute la phrase était en latin. Nous avons isolé les mots-clés.

Nous sommes ici en pleine théologie — à la Thomas d'Aquin, à l'Albert le Grand, à la Bonaventure. La victoire de la *ratio*, que la suite de la déclaration annonce, récompense la ferveur avec laquelle Yves Hélory suivait rue de Fouarre l'enseignement thomiste. Le Docteur Angélique — sensible à la force des textes aristotéliciens, révélés par les philosophes arabes — a toujours mis en avant cette *ratio* qu'il conciliait avec les illuminations de la foi. Retourné dans son Trégor, aux prises avec la dure matière des paroisses, un contexte de clergé souvent médiocre et de bisbilles, Yves n'a pas rompu les amarres avec les *leçons* dont il a bénéficié à Paris. Sur le terme *sensualitas*, un moderne bute. Yves ne se chamaillerait-il pas avec le démon de midi ? Le vieux combat de la chair et de l'esprit ? Croyons plutôt à la grande épreuve mystique dite du combat avec l'ange. Deux recherches de la vérité se heurtent. Dans les régions basses de l'être que désigne la *sensualité* ne traînent pas seulement des vices à proscrire, mais se fortifient tout un élan d'audace, tout un désir d'affirmation de soi, qui méritent l'estime. Pensons à une fierté solitaire qui se veut distincte de fatuité, vanité, orgueil, et recherche durement la pureté spirituelle.

Le religieux qui écoute le récit par Yves Hélory de sa grande lutte tend à la postdater. A la rapprocher de la période où il a rencontré Yves. Où il l'a guidé, plus avant, sur les chemins de saint François... La lutte avait commencé plus tôt. On dirait qu'elle avait été en germe dans le cœur d'Yves Hélory. Dans la droiture, volontiers intransigeante, du petit Celte admirateur de Tugdual le saint fondateur, ou d'Hervé le barde aveugle. A défaut de partir pour la Croisade comme

Louis IX et Rutebeuf y invitaient les chrétiens, l'écolier Hélory a bataillé contre lui-même. En suite d'une défaite, clairement assumée, où *tout est perdu fors l'honneur,* il a gagné l'esprit de justice, de charité, de sourire, qui sera la marque de sa sainteté.

Le biographe, dont nous avons souligné le très bel effort de profondeur, écrit la conclusion de son chapitre sur les années parisiennes d'Yves :

Les raisons qui conduisirent Yves Hélory à aborder, dès Paris, la matière juridique, sont inconnues. Rien ne laisse d'ailleurs entrevoir les projets qu'il forme durant ces neuf années.

... Ce constat témoigne d'une humilité, d'une sagesse, qui méritent louange. Mais, parce que nous cherchons à élucider les nuits d'une vie et d'une âme, nous reprochera-t-on de verser dans la *sensualité* ?

Pour autant que le crâne exposé dans la sacristie de Tréguier et promené les jours de pardon soit bien celui d'Yves, il offre au moins l'intérêt d'une ressemblance, un peu sarcastique, avec celui de Voltaire et d'une ressemblance plus fraternelle avec celui du curé d'Ars... Dernier rapprochement révélateur. Très longtemps l'hagiographie a déformé, amoindri, Jean-Marie Vianney. Elle faisait de lui le modèle tous azimuts du curé de campagne inébranlable dans sa foi, son austérité, son dévouement apostolique. Le premier, Bernanos a proposé un personnage beaucoup moins simple. Le curé d'Ars, un homme foudroyé. Un homme piétiné, chaviré comme un terrain de pèlerinage. Il rêve de fuir dans une solitude, on l'en empêche comme s'il était fou. Il est cadenassé en bête curieuse, condamné à entendre en confession visiteur après visiteur, lui qui se traiterait sans arrêt d'âne et d'oie s'il ne respectait les animaux.

Le renom de sainteté dont Yves Hélory jouissait chez les malheureux et près de la majeure partie du clergé local ne l'a jamais transformé, dans la dernière partie de son existence, en un monstre sacré. Les initiés l'honoraient en chrétien hors pair. De toute la Bretagne, ils en appelaient à sa médiation, à ses sermons publics. Mais il n'a pas électrisé les foules de son vivant comme le curé d'Ars... N'empêche que la fraternité de leurs crânes ne triche pas. Les deux hommes furent des lutteurs. La douceur franciscaine à laquelle Yves Hélory aboutit sur le tard a quelque chose d'un refuge. Tout se passe comme s'il avait dû traverser un drame de la vocation. Comme si, pour ne pas blesser le Corps mystique de l'Église par son comportement devant les obstacles auxquels se heurtaient les novateurs, il avait sacrifié la tragique beauté des doctrines théologiques pour des tâches moins éclatantes.

« De quoi se plaignait-il ? » songera tel croyant. « Il brûlait de devenir un saint et il l'est devenu par les voies auxquelles il se résignait. Alors ? »... Sans doute. Les âmes ont leurs complications. Elles se plaisent à provoquer une seconde, une troisième fois, l'ange qui les a vaincues... J'ai fréquenté un grand Dominicain, le Père Joseph Lebret[1], dans le temps où il avait fondé, pour servir les marines de pêche et de commerce, un Secrétariat Social Maritime, tout de suite très actif, et qui faisait de lui sur les côtes françaises un personnage-vedette. Le Père n'était pas entré dans son ordre par caprice. Volontaire à seize ans pour un noviciat, ses Supérieurs avaient éprouvé sa persévérance en le renvoyant dans le monde jusqu'à trente.

1. Le créateur d'*Économie et Humanisme*.

Ils l'avaient laissé entrer à Navale, devenir un officier de marine à trois galons. Tandis que je marchais avec lui sur le sillon de Saint-Malo un jour de grand vent et le remerciais de son action pour les « œuvres de mer », il me pinça le bras. Il me dit combien il regrettait les études théologiques. Il avait travaillé spécialement dans saint Thomas le dogme de la Trinité. Il ne se lassait pas d'y rêver, d'y méditer. Plusieurs jours de suite, jubilant tel un savant qui retrouve son laboratoire, il me l'exposa.

Le Père Lebret, comme Yves Hélory, était Breton... L'ardeur « yvienne » se rattache pour l'essentiel à la piété dont toute âme religieuse témoigne — Platon en offrirait un exemple autant que Thérèse d'Avila, le Psalmiste ou El Hadj [1]. Mais, comme la spiritualité cistertienne conservait le sens bourguignon des arbres et de la terre, le souffle qui anime l'enfant de Tréguier Yves Hélory était celui des vents d'ouest. Les vents du ciel et de l'esprit de la *Bretagne armorique*. Une solidarité de douceur et de violence, d'endurance et de mystérieux espoir, unit à travers les siècles des tempéraments aussi divers que ceux d'Yves, de Chateaubriand, de Lamennais, de Renan — voire de Villiers de l'Isle-Adam, Corbière ou Le Braz — et cela repose sur une fraternité secrète de « gens de la côte ». Le vent du large, le bruit et l'odeur de la mer, l'instinct du voyage, créent un lien une fois pour toutes.

L'affection joviale dont Renan entoure Yves, quelle plus belle preuve ? Inaugurant sa chaire au Collège de France, Renan n'avait pas craint, d'entrée de jeu, de déclencher la foudre. Sa première phrase, lisse et

1. Le grand mystique musulman étudié par Massignon.

résolue, récusait la divinité du Christ. Le tapage fut tel qu'on n'entendit pas la suite et que les cours furent suspendus... Comme au XIIIe siècle, pour l'enseignement d'un hérétique ! En logique, l'homme traité ainsi ne devrait-il pas dénoncer une arriération dans la fidélité, acharnée, de l'écolier de la rue de Fouarre et du recteur de Trédrez envers le magistère de l'Église ? envers la lettre des dogmes chrétiens ?...

Allons donc ! Le père de Renan, un marin, a péri dans un naufrage. Ernest n'a pu entrer dans un séminaire parisien que grâce à une bourse. Il a vécu, sur la rive gauche parisienne, avec la joie des études, une crise morale et la nostalgie du Trégor. Comment pourrait-il mordre Yves son compatriote, natif de Tréguier lui aussi, que son évêque avait désigné tout jeunot pour représenter la Bretagne à l'Université de Paris ? Il n'importe que Renan vive au XIXe siècle, Yves au XIIIe. A six cents ans de distance, ils sont frères. Ils ont combattu avec loyauté le même combat de l'émigrant lâché dans l'enseignement supérieur loin de ses bases. Ils ont servi avec honneur, et la Bretagne, et les causes de la justice et de la vérité. Si Renan a rompu de bonne heure avec les croyances natales, il leur a gardé vénération. Il n'a pas nié comme le secret espoir de s'y réabriter. Il admire en Yves la noblesse d'un jeune Breton blessé par l'inconduite et par la traîtrise intellectuelle de trop d'ecclésiastiques, mais qui se refuse à les lâcher car il est très humble et l'on ne doit pas affliger davantage *Mater Ecclesia*.

Nous adapterons à la circonstance un exemple des grammaires latines : *Eodem spiritu moti alii aliam viam*[1]. La complicité celtique a fonctionné avec

1. Animés par le même esprit, les uns prirent un chemin, les autres un autre.

amour et humour. Les deux destins — l'indépendance et la soumission — n'oublient pas qu'ils avaient pris le même départ. Tu as tourné à droite, moi à gauche. J'ai crié : « Oui », et tu as bredouillé : « Non ». Nous restons frères.

Dans son tableau de la fièvre intellectuelle parisienne au Moyen Age, Chateaubriand réserve une place de choix à Yves de Tréguier son compatriote. Évoquer les écoles de la rue de Fouarre, où se pressaient les meilleurs étudiants de l'Europe, sans célébrer Yves, lui eût semblé capitulation snobinarde. Avec leurs exigences d'absolu, les enfants sauvages de Bretagne comptent plus dans la vie culturelle française qu'un journalisme parigot ne s'en doute ! La gratitude admirative qu'Yves de Tréguier, le défenseur de l'esprit de justice, inspire à Chateaubriand, se prolonge dans celle que le même Chateaubriand, devenu âgé, voue à son jeune contemporain Lamennais. Quand celui-ci est emprisonné pour ses idées libérales, le monarchiste Chateaubriand lui rend visite et l'encourage. Pour qui s'en étonne, il crée une explication typiquement arturienne : *Je ne vais pas voir les prisonniers comme Tartuffe, pour leur distribuer des aumônes, mais pour enrichir mon intelligence avec des hommes qui valent mieux que moi.*

« ... et qui sont Bretons », dirons-nous en plus. Le Celte raisonne avec beaucoup moins d'adresse que le Latin, mais son intuition perfore mieux. Loin de passer pour des attardés, les écoliers bretons étaient crédités à l'Université parisienne du XIIIe siècle d'une grande vigueur. Il ne faut pas s'étonner que près de Lamennais, un autre grand adversaire du libéralisme, Bernanos, mette bas les armes comme Chateaubriand : *S'il n'avait dépendu que de ce petit Breton infirme, avec sa logique poignante... son éloquence naïve et sublime, parfois un peu niaise, et qui fait penser à un bon devoir d'écolier, mais écrit avec tout le sang d'un cœur d'homme, l'immense désastre de l'Église avec le monde ouvrier aurait probablement pu être évité.*

Il faut d'autant mieux comprendre Bernanos qu'Yves possède le même charisme que Lamennais. Il exerce le même pouvoir de séduction que lui sur des hommes et des femmes que son personnage devrait laisser froids... Comme elles sont profondes, les nuits qui l'entourent ! L'érudition historique n'arrive à dégrossir ni sa vie, ni sa sainteté ! Le fameux *tel qu'en lui-même* décerné aux grands disparus se définirait pour lui dans un être fruste... Alors ? Alors, si tant de Français et de Françaises dits « cartésiens » passent outre à cette insignifiance apparente et, prénommant leurs enfants Yves et Yvette, s'alignent sur Chateaubriand et Renan, cela relève des hauts faits du celtisme. Yves est tenu en son principe pour un fin exemple de sainteté, un égal de Thérèse de Lisieux, de Jean-Marie Vianney. La bonne volonté publique refuse d'être flouée devant lui pour cause d'ignorance. Elle sent de toutes ses forces que saint Yves le juge à barrette des statues est une image pittoresque, mais qu'il ne faut pas indéfiniment s'y arrêter. Non que cette image soit une coulisse de Potemkine ! Elle ne cache rien qui prête à la honte. Les gens flairent la grande richesse intérieure de l'homme qui avait accepté pour suivre Dieu de servir ses frères en rendant la justice. Ils flairent le grand mystique.

L'écolier de la rue de Fouarre a vécu un drame que lui-même et les camarades ses témoins ont occulté.

VII

ORLÉANS...
Beaugency...
Notre-Dame de Cléry...
Vendô-me... Vendô-me...

Le convoi d'écoliers, de carrioles et d'ânes qui traverse au petit matin les carrières et les jardins maraîchers ne fredonne pas notre comptine. Devant Saint-Jacques de Montrouge ce sera une hymne qui s'élèvera : un *Regina Coeli Laetare*, entonné par les moines qui le guident... On avance. La grosse route à fondrières, martelée par les fers des chevaux, où traîne la poussière des vieux crottins et s'étalent des bouses. L'allure se brise sans cesse. Dans la lumière d'avril, les entours ont les grâces d'une enluminure. La rosée scintille parmi l'herbe comme le sourire d'un rêveur. Les oiselets gazouillent. Des enfants sont descendus pêcher la truite au trou dans le lit d'un ruisseau. Un renardeau bondit et disparaît si vite que personne ne jurerait l'avoir vu. L'air sent l'eau vive et l'écorce neuve.

Jean Kerhoz regarde Yves marchant tête baissée, perdu en méditation. Il se résout à l'admonester. Si tu désires vivre mieux, ne te courbe donc pas. Je te dis cela comme un père.

Yves se redresse. Il déclare qu'il se moque de vivre vieux. Les arbres tordus font du feu et donnent des fruits, tout comme les droits.

— Le Docteur Angélique n'aimerait pas cette phrase.

— A moins que tu me cites le Docteur Angélique en termes exprès, je ne puis te croire. Souviens-toi. Hier, nous avons appris qu'une fois sa *Somme* achevée, cette montagne des montagnes, il a lâché un mauvais rire. On a eu peur qu'il ne mutile sa dernière page. Il a grommelé : *Sicut palea* ! Fêtu de paille !

Jean promène les yeux sur un groupe de faucheurs. Son pied droit bute contre un caillou. Il jure, mais tout bas. Le temps n'est plus où Yves lui devait l'obéissance d'un élève. Tout écolier qu'il reste, il a sa maîtrise ès arts, plus une bonne teinture en théologie et en droit canon. S'il continue de respecter Jean, c'est comme un frère aîné.

— Sache-le bien, Yves, j'admire le Docteur Angélique. Avoue, pourtant, qu'il cherche les effets de surprise. Il met de l'ail dans ses discours.

— Je me prive d'épices, je ne remarque pas cet ail. Je savoure chez Thomas du pain de froment. Si bon est ce pain que parfois je crains de m'amollir en le croquant. De l'ail ? Messire, votre gosier vous trompe.

Les jurisconsultes que je me réjouis d'entendre à Orléans travailleront en moi un terrain ensemencé. Leur savoir m'éblouira, il n'ébranlera pas les principes que j'ai reçus. Rappelle-toi ce matin où les arguties des objecteurs blessaient le Docteur Angélique. Parlant sans notes les yeux au plafond, et dans la voix l'énergie d'un serment, il a dit que le misérable n'ayant rien à manger pour lui ni pour les siens ne péchait pas en volant de la nourriture. Avec des *quia*[1] et des *quoniam*[2], que ces Messieurs d'Orléans ne s'avisent pas de prêcher le contraire. *Summum jus summa injuria*[3].

— *Viri juvenes, num pulchra dies ? Quae discussio inter vos ?*[4].

Un des moines, un Jacobite, le Père Ambroise, se faufile parmi les marcheurs comme un sergent d'armes, afin que cela ne traîne pas trop.

— *Non discutimus. Loquimur*[5].

— *De qua materia*[6] *?*

Kerhoz répète le propos de Thomas d'Aquin sur le pauvre qui n'a rien à manger.

... Bien que les deux Bretons en aient vu d'autres dans le Quartier Latin, le courroux du Jacobite les choque. Ces diables de Dominicains, leur toupet ! Ils vont démolir l'Église ! Tu appelles ça le Docteur Angélique ? Oui, dans le sens où Lucifer est un ange ! Ce

1. Parce que.
2. Puisque.
3. Je suppose que tout le monde connaît ce proverbe. Trop juste.
4. Jeunes hommes, n'est-ce pas que la journée est belle ? De quoi discutez-vous ?
5. Nous ne discutons pas, nous parlons.
6. De quel sujet ?

Thomas ? Un païen obtus, un bœuf borné, un marchand de drap chipotant Notre-Dame sur la vénération qui lui est due. Quand on pense qu'il lui dénie une Immaculée Conception !

Yves s'agenouille brusquement devant le religieux. Je suis un mauvais chrétien, mais vous vous emportez. Le Docteur Angélique est un homme qui cherche. Il n'a jamais manqué envers Notre-Dame. Jean et moi, nous ne parlions pas de Notre-Dame, mais du pauvre qui vole.

... Le convoi chemine. Le Jacobite mâche et remâche une amertume. Il finit par dire, la voix moins haute, que le docteur Thomas déraisonne sur la pauvreté. Le vol est un péché. Le Christ n'a pas reproché aux Juifs de crucifier des voleurs. L'Évangile appelle un de ceux-ci le bon larron, uniquement parce que cet homme entrevoit la sainteté du Christ, victime innocente. « Nous, nous n'avons que ce que nous méritons », jette-t-il à son camarade, le mauvais larron.

« Ah ! si Dieu nous envoyait un instant le Docteur Angélique ! songe Yves, il remettrait ce mauvais argumenteur à sa place. »

Après avoir invoqué Dieu et la Vierge, il se tourne vers le Jacobite. Le ton serein, il lui annonce que, s'il devient juge, il appliquera aux affamés qui voleraient pour eux et pour leurs familles la politique d'indulgence préconisée par ce Thomas d'Aquin. Il rit. Effleure de son bâton la chaussure gauche du moine. Oui, mon Frère, et je me demande si, non content d'acquitter le prévenu, je ne lui ferais pas remettre du pain et des légumes.

— *Quid non carnes ?*[1]

1. Pourquoi pas des viandes ?

— *Quid non, enim*[1].

Estomaqué par ce calme, Frère Ambroise considère le répondeur, puis il éclate de rire. Débattre avec un farceur, qu'il est donc sot ! Il file vers la queue du cortège...

... remplacé très vite. Le Frère Éloi-Marie, Cordelier. Qui salue les Bretons d'un *Pax et bonum* franciscain. Yves a tressailli. Il se retrouve chez le vieux prêtre du Trégor qui lui a révélé François d'Assise par un matin d'hiver. Il sourit au concert des moineaux, des pinsons, des chardonnerets, hoche-queue et rouge-gorge, qu'il brûle de haranguer comme une assistance de la rue de Fouarre. Il contemple les pieds nus d'Éloi-Marie, noirs de poussière. Savoure l'odeur âcre — bure et vieux linge — que le compagnon exhale. Se penche pour baiser le gros crucifix de hêtre, passé au brou de noix, fiché de travers sur la cape élimée.

On marche... Une troupe d'archers à cheval qui se rend sur Paris et mêle des trivialités à ses formules pieuses détruit l'ordonnance. Trois moulins tournent des ailes sur une petite crête. Cadavre d'un chat. Des poules d'eau qui s'envolent pesamment d'un marécage. Le Cordelier les a désignées de son bourdon. Il grogne contre la légèreté cléricale. Classant ces oiseaux dans la nourriture maigre, elle permet à des goinfres de déjouer le Carême... Yves acquiesce. Voilà une intelligence claire, elle ne confond pas l'esprit et la lettre ! Sûr que le Frère Éloi-Marie est d'une autre trempe que le Frère Ambroise, il lui cite à brûle-pourpoint, en modèle de sagesse, l'indulgence du Docteur Angélique pour les pauvres.

1. Pourquoi pas, en effet.

— *Est Doctor Angelicus lumen pulcherrimum* [1], tranche le moine à l'odeur forte.

— *Quis contrarium diceret ?* reprend-il [2].

Kerhoz a toussé. Le Père le regarde. Ah ah, quelqu'un oserait donc s'en prendre à Thomas ? Le religieux veut savoir le nom de ce fou... Aussitôt qu'il entend *« Frater Ambrosius »*, il ricane. Mes pauvres amis, ne vous troublez donc pas. Les Jacobites forment un ordre pitoyable. Ils racontent des sornettes. Une histoire court les maisons de prêtres — du Jacobite prévaricateur et débauché que ses vices ont conduit chez Satan. Il frappe sur la grande porte rouge. Le Diable regarde au judas. Il reconnaît l'habit que porte le visiteur. Il jure : « Va-t-en au Paradis ! Mon enfer ne veut pas d'un imbécile qui ennuierait mes diablotins ! »

Yves a écouté sans rire. Frère Éloi-Marie le lui reproche. Lentement, puissamment, l'écolier regarde le moine. Il aimerait que celui-ci prenne conscience tout seul de son manque de charité. Quelle mauvaise ardeur pousse les ordres religieux à se déchirer entre eux ? Comme s'ils étaient rivaux !... Le Cordelier n'a pas discerné le scandale. Il tique. C'est toujours lui que le sérieux d'Yves mécontente... La roue qui se détache d'une carriole et conduit les gens à faire halte pendant la réparation survient à point. Le Père Léon, un Bénédictin, improvise une oraison pour la persistance de l'esprit de croisade et le repos de l'âme de Louis IX. Des enfants en haillons se sont approchés. Une ânesse brait. Yves cueille un bouton d'or et il l'admire. Puis il l'apporte aux enfants, qui battent des mains.

1. Le Docteur Angélique est la plus belle des lumières.
2. Qui dirait le contraire.

VIII

YVES a entendu que les habitants du Val de Loire parlaient une langue d'oil plus harmonieuse que les Picards, les Normands et les Bourguignons. Cela ne le passionne guère. Orléans n'évoque pas pour lui un portail de la douceur de vivre. Une région privilégiée où les châteaux succèdent aux châteaux. Où des poètes enferment plaisamment dans des rondeaux, lais, triolets et ballades, la grâce du monde, les secrets de l'amour. Il a interrogé à Paris des dizaines d'écoliers ayant habité Orléans. Tous, ils confirmaient les renseignements de Jacques. (Chartres-la-merveille, je ne t'oublie pas,) Moins peuplée, plus pimpante, aussi ancienne et active que Paris, la belle ville d'Orléans se définissait d'abord par son implantation sur une ample courbe de la Loire, puis par sa cathédrale. Son Université, dont l'Europe entière connaît les maîtres juristes. Enfin par une profonde forêt sauvage trouée d'étangs, de lacs et d'abbayes.

A quitter Paris, Yves ressent une délivrance et un serrement de cœur. Il échappe à des pièges, abandonne une lutte. Tout jeune qu'il soit, il connaît qu'il a vieilli. Qu'il a peiné pour gagner ses diplômes et son expérience.

— Orléans, demande-t-il pour la dixième fois à Jean Kerhoz, est-il plus près de Tréguier que Paris ?

— A vol d'oiseau, peut-être. De quelques lieues. Par les routes, je l'ignore.

Jean a répondu sans impatience. Il devine chez son ancien élève une nostalgie de la terre natale qu'il éprouve lui-même. Il sait la question qui suivra :

— Orléans ressemble-t-il à Tréguier plus que Paris ?

— Je te le dirai en netteté sur place. Pour la taille, je crois pouvoir affirmer que oui... Et puis Orléans et Tréguier ne se sont établis que sur une rive de leur fleuve, alors que Paris, à partir d'une île, s'est installé sur les deux.

D'habitude, Yves interroge encore. La Loire, à Orléans, est-elle, comme la Seine à Paris, un fleuve seulement fleuve ? Elle se jette dans la mer en Bretagne. La Bretagne vit en intimité avec les marées. Ne s'ensuit-il pas qu'au moins un tout petit peu le flux délègue des flots jusqu'à Orléans ?

Aujourd'hui, il se taira de cette curiosité. Il suit de l'œil le serpentement d'une riviérette, bordée de saules, à travers la plaine. Le frissonnement d'un banc d'herbes et de fleurs dans les remous d'un virecourt. Cela ne chante pas la mer. Le martin-pêcheur endiamanté qui zigzague n'a pas la superbe du goéland... Marchons.

... Ils sont à pied d'œuvre. Avant de courir à leurs écoles et à leur pension, ils ont voulu sentir le poids de la ville dans le site. Ils ont descendu la pente qui s'ouvrait. Ils sont parvenus à la Loire. Devant la longue passerelle de bois, faite de plusieurs morceaux, qui sert aux piétons et aux chevaux menés par la bride... Elle s'ouvre quand un bateau le demande.

Choc des plus favorables. Orléans, le nouveau Bologne de la science juridique, ne les écrase pas. Aucune architecture outrancière, aucun tohu-bohu. Au lendemain des querelles théologiques parisiennes, la méditation d'Yves cherchait un repos joyeux — elle le trouvera ici.

En ce début d'après-midi qui s'échauffe, la lumière qui rôde par-dessus le fleuve possède le flou doré, la riche transparence d'un vitrail. Une souplesse, une élégance dont le fleuve s'inspire pour couler dans sa courbe tel un jonc subtil ; une île plate et verdoyante, pour s'allonger telle une galère. En l'honneur de quelque anniversaire, un carillon sonne vastement. Deux lavandières cognent sur des pièces de linge un franc battoir. Un cheval se baigne sans que personne s'occupe de lui.

— Nous serons heureux dans cette ville, décrète Jean Kerhoz.

— C'est différent de Tréguier, mais ça y ressemble, ajoute Yves et il murmure encore : N'aurions-nous pas été heureux partout ?

Par un petit escalier de pierre, il descend jusqu'à l'eau et il se penche pour y tremper la main et se signer.

— N'accomplis-tu pas un rite païen ? Cette eau n'est pas bénite.

— Qu'en sais-tu ? Crois-tu que saint Martin ait négligé son fleuve ? N'aie pas peur : je recommencerai à la cathédrale, où nous irons de ce pas.

— Les Bretons !

Deux de leurs compagnons écoliers, des Picards, Joseph et Maximilien, les hèlent. Entrés dans une auberge fêter l'heureuse fin du voyage, ils ont appris que la mesure de capacité employée couramment dans le pays pour se rafraîchir s'appelait une fillette. Ces Orléanais sont des gens qui savent vivre ! Les Picards veulent offrir une fillette à leurs amis Bretons.

Jean avait soif et comment refuser ce qui est gentiment offert ? Il louche vers Yves, qui consulte le ciel. Un merle trille en haut d'un arbre. *Va d'abord te réconcilier avec ton frère. Ensuite, reviens présenter ton offrande*, écrit l'Évangile. Il effacera donc toutes critiques envers des ivrognes. Il suivra la bande. Il se débrouillera pour ne pas toucher au vin.

... Il ne prévoit pas ce qui l'attend. L'aubergiste, un balafré à bedaine, a lâché un gros rire en voyant Joseph et Maximilien lui revenir avec des gars. Il flaire de futurs bons clients. Il offrira les fillettes. Il se présente comme un ancien pèlerin de saint Jacques, parti jadis des Ardennes, ayant atteint Compostelle en cinquante-deux jours et, sur le chemin du retour, ayant pris femme, feu et lieu en Orléans. Il épousait une veuve, ce fut un beau charivari que ses noces. Plus d'un gros buveur y perdit son équilibre.

— A vos études ! Hé là, le sérieux du bout, te méfierais-tu de mon clairet, un que j'embarrique tout seul ?

Kerhoz demande qu'on excuse Yves. Aucune des raisons qu'il invoque n'est acceptée. Ce petit sec ravigoterait un mort. Les vœux, on s'en délie ou l'on mourrait d'ennui. Le cabaretier se tape sur le ventre. Celui-là en a avalé de quoi remplir la Loire !

— Josette !

Une fillette d'un autre genre ne trouverait-elle pas grâce devant Messire Le Boudeur ? Avant la fillette à boire, il y eut sur terre la fillette femme à la belle nuque et aux belles hanches. Regardez-moi, jeunes connaisseurs, la belle en tablier bleu qui sort de l'escalier à vis. Avance donc ici, ma Josette, et salue ma compagnie. Des écoliers qui en savent long comme d'ici Nantes. Ma femme a eu cette beauté de son premier lit. Avouez que mon prédécesseur (je parle bien n'est-ce pas ?) n'était pas un maladroit.

A la main le torchon qu'elle ourlait, Josette n'est pas l'effrontée que le goguenard de beau-père ferait craindre. Yves découvre les dangers d'un minois gracieux et timide. Les grands yeux noisette à la longue ellipse ne se sont-ils pas arrêtés sur lui avant d'abaisser le regard ?

... Josette prend place parmi les claires Madones devant lesquelles il a prié. Il admire la peau d'un rose églantine de ses mains aux longs doigts. La chute du tablier sur les jambes fermes. Un grain de beauté sur la pommette gauche.

— Qu'est-ce qu'on dit quand on est poli et qu'on voit de gentils messires ? lance le gros homme. Baisez-vous donc et que ça s'entende. Un baiser de bonne frappe, ça bruit comme un bouchon.

... La belle enfant n'appuie pas ses lèvres, qu'elle a frémissantes et fraîches. Le temps de quelques battements de cœur et les quatre écoliers sont servis. Le cabaretier la renvoie. Après qu'elle a disparu dans l'escalier, on entend un pas, à l'étage, qui fait craquer doucement le plancher. Chaude intimité d'une demeure. D'une famille... Une odeur de fruit à mûrir. De vieille armoire. Un chat se lèche le poil sur le seuil de Kermartin.

— Quand vous vous ennuierez d'elle, vous connaissez le chemin : *A la branche de Gui*, rue Traverse de l'Ancien Cloître. Buvons à la santé des dames. Que votre séjour en Orléans soit long et fructueux.

Yves a feint de boire. A la dérobée, il repose le gobelet derrière un chandelier. Il s'en veut d'écouter si le plancher n'a pas de nouveau craqué. Il revoit la bouche de Josette, une ébauche de sourire que sa rétine a enregistrée à son insu comme la marque d'un sceau. Hervé le barde aveugle ignorait certains périls. Douceur des femmes. Péril où Augustin l'Africain a donné tête baissée avant sa conversion tempêtueuse...

... Dehors, le fleuve, l'air, la lumière, ont poursuivi leur lancée blonde, leur chœur silencieux. De son vol flamboyant, multiplement immobile, le soleil gagne l'ouest. Chargée de sacs de grains, une barque servie par quatre rameurs remonte la Loire, une femme assise à l'avant un marmouset sur les bras. Elle chante. Un pêcheur qui vient de tirer une alose la lui montre mais n'obtient d'elle qu'un hochement de tête. La voix féminine continue de bercer, avec un enfant, la Loire, une ville, une époque.

Le séjour d'Orléans sera-t-il aussi paisible ? Les fers d'un cheval écorchent les pavés. Il est monté par un homme d'armes. Des écoliers braillent en plusieurs langues dans le lointain.

IX

En 1330, lorsqu'on l'interroge au procès de sanctification, Jean Kerhoz est octogénaire. Dans la longue série des témoins, il figure le doyen. Il se présente comme jurisconsulte et, s'il est dur d'oreille, parle d'abondance. Il a décroché son titre en 1278 alors qu'il terminait ses études à l'Université d'Orléans où il était le condisciple d'Yves. Cinq années pleines. Il s'en souvient comme je vous vois, Messeigneurs les Commissaires.

A entendre Jean Kerhoz le disert exposer ce que fut le séjour des écoliers trégorois à Orléans, il s'agirait d'années sans histoire.

Ils étaient deux, ils étaient cinq écoliers trégorois, venus pomper en Orléans le suc du droit civil, le romain et le coutumier, extrait selon les procédés les plus modernes. Avec Yves Hélory et Jean Kerhoz, il y avait Guillaume Pierre, Guillaume Adégan, Yves Le

Trégordal. Hélory et Kerhoz partageaient avec Guillaume Pierre la chambre mansardée qu'ils occupaient sous le toit dans une petite pension. Naturellement, notre Yves édifiait ses compagnons — ce qui signifie que parfois il les exaspérait. Après avoir révisé ses notes de la journée, lorsqu'il entreprenait le soir une lecture pieuse par-dessus le compte et gardait la chandelle allumée, ceux qui voulaient dormir ne le houspillaient-ils pas ? En tout cas, il priait, ne buvait pas de vin, ne mangeait pas de viande. Ce n'étaient pas des poules d'eau qu'il s'offrait le vendredi, mais, se traitant comme un prisonnier, du pain rassis et de l'eau.

Kerhoz, sans qu'on l'y invite, cite les noms de deux des maîtres dont Yves et lui ont suivi les cours, en les assortissant du terme : *de bonne mémoire.* Le cardinal Pierre de la Chapelle et le futur évêque Guillaume de Blaye. Il fait sans doute là fonctionner ses souvenirs par déférence astucieuse envers deux des enquêteurs, neveux des dits maîtres. Il n'en livre pas moins pour nous un renseignement de prix et l'on conçoit bien d'autre part qu'un ancien étudiant se plaise à faire sonner sur le tard de sa vie les noms d'anciens professeurs. Qui ne citerait aujourd'hui, ayant été leur élève, Dumézil ou Braudel, Sartre ou Jean Guitton, René Huyghe ou François Perroux ?

Incontestablement, Yves a beaucoup enrichi son savoir théorique et ses intuitions mystiques durant les années orléanaises. Il y éprouva de grandes joies. Quant à prétendre que le séjour alla son train le plus régulier au rythme du calendrier liturgique, entrecoupé seulement de quelques fièvres malignes, de cérémonies imprévues ou d'incidents climatiques, nous en laisserons la responsabilité à Jean Kerhoz. Le témoin dépose dans un procès de sainteté. Il croit de toutes ses forces que le personnage dont on débat et qu'il a fréquenté était un saint. Il y croit comme il croit qu'il parle, qu'il est assis, que des hommes graves l'écoutent. Électrisé par la circonstance, il jette sur l'existence d'Yves un regard nouveau : celui du fouilleur qui sait où il trouvera les caches. Il résume sa quête en omettant des faits ou des idées qui gêneraient le développement d'une sainteté selon son cœur. D'une sainteté bien voyante en manifestations pieuses.

Il n'est pas impossible d'ailleurs que Jean n'ait pas vécu jusqu'au bout tout le séjour parisien d'Yves. Qu'il ait rejoint son ancien élève juste au moment où celui-ci quittait Paris. Qu'il n'eût pas deviné alors, ou ait à peine soupçonné, le drame intérieur d'Yves Hélory. Ce drame qui fut révélé beaucoup plus tard en phrases obscures à un Franciscain.

Les années orléanaises n'eurent pas, selon nous, la belle monotonie que livre Jean Kerhoz. Au sortir de l'agitation parisienne, la nouvelle Université, la nouvelle ville, avaient apporté à Yves un regain de fraîcheur. Un coup de jeunesse. A Paris, déjà, les Bretons avaient la cote. Ici, non seulement on les estimait des écoliers sérieux, intelligents et bûcheurs, mais on les tenait, sinon pour des cousins ou des frères, au moins pour des gens d'excellent voisinage. La Loire et les vents d'ouest expliquent cela. Les barques de Nantes attirent la populace. Elles débarquent du sel, des poissons, des étoffes, des nouvelles drôles et compliquées du duché actif qui trempait dans la mer.

... Mais les vents, la vallée par où s'en venait dans les ciels blonds et les brumes un peu d'une invisible

Bretagne, excitaient aussi une nostalgie. On ne guérissait pas aussi vite d'une secousse qui avait ébranlé la conscience.

Un sourire orléanais satisfaisait, chez Yves, le Breton. Satisfaisait-il l'écolier ? C'était moins sûr. De loin, à Francfort, Genève, Édimbourg, Florence, les juristes et tous hommes cultivés saluaient en Orléans une ville prestigieuse : un centre international de la pensée juridique. Sur place, pour les bourgeois, les commerçants et le menu peuple qui l'habitaient, qui brûlaient dans les âtres le bois mort de la forêt voisine, Orléans était avant tout une vieille ville épiscopale. Dynamique. Son Université figurait une excroissance. Les écoliers jouissaient en Orléans, outre d'une « vie » moins chère, de faveurs financières que Paris leur refusait. L'évêque leur octroyait ces grâces par-dessus la tête de la population, qui grognait. Pas de batailles rangées, tout de même des rixes. Beaucoup de moqueries. Un dédain mutuel.

Orléans, qui a eu Charles d'Orléans, Villon et Péguy, n'a pas oublié qu'il eut aussi Yves Hélory. Bien sûr, Orléans réserve à Jeanne d'Arc une tendresse et une liesse privilégiées ; mais après Tréguier et Paris, nulle part ailleurs on ne fête la saint Yves dans un tel concours de peuple. Tout le barreau vient en tête de la procession. Parmi les « célébrités » qui ont vécu à Orléans, les brochures du Syndicat d'Initiatives mettent Yves de Tréguier en bonne place. Dans ce contexte, le nom de l'enfant de Bretagne ne sonne pas une musique sauvage. Entre les grands qui ont illustré l'ancienne capitale du droit devenue la capitale du vinaigre en restant une ville de bon, fier et gai savoir, Yves est parmi les siens. Aussi à son aise que dans le calendrier des saints.

Embellissant le passé, Orléans aurait-il la mémoire courte ? Non : les petites brimades que les écoliers du XIIIe siècle avaient à subir dans les rues et boutiques, Yves les survolait. Les difficultés qui l'assaillaient étaient d'une espèce à la fois plus rude et plus noble.

L'Orléans de la fin du XXe siècle s'est d'ailleurs efforcé, avec une grande énergie, en compagnie de villes comme Le Mans, Bordeaux, Chambéry, Montpellier, ou Vannes, de quartiers parisiens comme l'Ile Saint-Louis et Le Marais, de sortir de l'ombre son histoire, en particulier son Moyen Age. Matraqué par des bombardements aériens durant la dernière guerre, Orléans n'a pas œuvré ici sans mérite. Il met de nos jour à la disposition du chercheur les étonnantes archives que sont des monuments de pierre et de bois, des groupes de maisons, des noms de rues, des pentes, des pavés, des courettes, toute une leçon de choses, toute une ambiance de vieux tissu urbain. Yves est présent à Orléans comme au Minihy-Tréguier ou devant la tour de Hastings. Dans telle petite église que vous découvrirez, le Balzac du mysticisme qui s'abrite en tout chrétien connaît sur le champ qu'Yves est venu prier à la sauvette plus d'un matin et d'un soir, agenouillé, fatigué, heureux.

Heureux, car il faut que « ma joie demeure » ou l'emporte, mais après une lutte. Qui laissera des séquelles.

La discipline sur laquelle il s'était rabattu — ou sur laquelle on l'avait fait se rabattre — passionnait, comme elle déroutait, le Celte ancien élève du Docteur Angélique. Le droit, ce *jus, juris* dont l'âme sentait inébranlablement la nécessité mystique et dont l'Écriture, en invitant sans arrêt l'homme à la justice, assurait le fondement inébranlable, le droit n'offrait dans la réalité qu'un fouillis. De quelque apparat que les maîtres vêtissent leur latin, quelque autorité qu'ils missent dans leur voix, ils ne prêtaient qu'une chétive lumière.

Le devoir était clair : ne pas se décourager. Pas plus que les moines défricheurs ! Yves se rappelait son abbaye picarde. En moins de vingt ans, ses Pères et ses Frères avaient drainé des centaines d'arpents, créé trois villages forestiers où les chaumières fumaient dans le chant des coqs, fait de vingt marais nauséabonds un lac à brochets et à carpes, érigé un couvent, de cent trente cellules, dont la bibliothèque possédait plusieurs chefs-d'œuvre, le sous-sol un réseau de canalisations. Où les difficultés abondent, la grâce surabonde pour l'homme de cœur. Aide-toi, le ciel t'aidera. Sans doute. Mais le sol et les arbres font moins de malices que les passions. Depuis Adam et Eve, qui plus est depuis la résurrection du Christ, les vices et les péchés continuaient de suivre leurs voies et la sagesse s'essoufflait à cerner leurs démarches. A détordre le tordu, à détruire les ombres. L'aveuglant besoin de justice errait dans le langage ou succombait aux tentations de l'esprit de ruse et d'orgueil. Trop souvent, loin de supprimer les pièges, il multipliait les traquenards.

L'Église des clercs, l'Église qui aimait et répandait le savoir, avait cru remédier à l'immense désordre des juridictions locales et privées en tirant le droit romain à la lumière. Elle tempérait aujourd'hui cet enthousiasme. La Rome conquérante et traceuse de routes avait travaillé dans la sueur et les larmes à unifier le monde. Le terme de *Pax Romana* séduisait une religion qui ne reniait rien de ses attaches romaines même si son pape s'installait à Lyon ou en Avignon. Le droit romain visait à l'universalité tout comme le catholicisme : *Qu'ils soient un comme mon Père et moi nous sommes un.* Des empereurs chrétiens avaient codifié, au prix d'un gigantesque effort, les lois par lesquelles ils régissaient la diversité des peuples de leur empire.

Les invasions barbares, la féodalité, avaient substitué dans la pratique à ce système génial, garanti par des textes, un lacis d'us et coutumes, non écrits le plus souvent, qui reflétaient les changements sociaux, mais variaient selon les lieux et l'humeur des juges. Ce droit civil coutumier, inspiré souvent par un grand bon sens, il importait de le connaître mieux que par les on-dit, afin qu'il fournisse à son tour, comme le droit canon et le droit civil romain, une base de réflexion. Un rassemblement considérable de traditions locales était en cours chez les clercs. Les sentences, qui puisaient l'essentiel de leur vocabulaire dans le droit romain, s'appuyaient de plus en plus sur le coutumier. Les tribunaux ecclésiastiques, recherchés par les plaideurs honnêtes pour une justice plus équitable et qui répudiait les pots-de-vin, n'entendaient quant à eux rien privilégier lorsqu'ils avaient à trancher dans le domaine civil. Théoriquement, par-delà textes et usages, ils se référaient toujours à l'esprit évangélique. Le pouvoir civil s'efforçait, avec succès, de leur retirer toutes les causes n'intéressant que les laïcs ou le droit des personnes, de les limiter le plus possible aux affaires strictement canoniques, mais les évêques se défendaient pied à pied. Les officiaux gardaient une activité, sinon toujours très vive, subtile et significative. Toute la gent juridique s'intéressait à eux.

Un homme, un roi, avait illustré magnifiquement l'effort chrétien pour simplifier et améliorer la justice : Louis IX. Yves le portait dans son cœur. Il le priait à l'égal des saints. Soit qu'il rendît lui-même la justice en son palais ou dans un bosquet, soit qu'il signifiât ses directives par écrit solennel aux hommes qui rendaient la justice en son nom, ce souverain avait fourni à tout magistrat chrétien le modèle du souci de rectitude qui devait l'animer. Droit impliquait droiture. Lorsque Jean Kerhoz signale aux enquêteurs les lectures pieuses qu'Yves s'offrait le soir une fois les tâches terminées et en rognant sur le sommeil, le compagnon remplit son rôle de témoin d'une vie sainte ; mais la petite précision qu'il jette a une portée dont il ne se doutait pas.

Yves bûche le droit pour honorer ses obligations envers l'évêque de Tréguier. *Age quod agis*. On est écolier en droit ? On apprend tout ce qu'il faut pour réussir, obtenir les diplômes, exercer en temps voulu une profession juridique. On écoute, on interroge avec respect les maîtres. On est conscient du travail d'Hercule que les jurisconsultes chrétiens s'infligent en répertoriant, en colligeant les innombrables variantes du droit coutumier. L'on ressent gratitude à leur égard... Mais que le cardinal Pierre de la Chapelle et Guillaume de Blaye ne s'en offusquent pas !, le bûcheur se laisse aller parfois à une impression de vide. Les arcanes du droit existent pour relever les défis que l'esprit de ruse et de dol lance à la sagesse, mais quel gâchis d'intelligence elles représentent !

Le cri de Thomas d'Aquin dénonçant la futilité de

la *Somme* où il a investi tout son être : *Sicut palea !*, l'écolier Yves Hélory le reprendrait à son compte, certains soirs, dans la chambre mansardée, à l'écoute de la pluie sur le toit ou d'un chant d'ivrogne et d'un miaulement de chat dans la ruelle. Fêtu de paille, toutes les connaissances menues et abstraites qu'il doit ingurgiter ! Les lectures de piété lui rendent l'équilibre.

Les grandes marches qu'il accomplit à des fins d'exaltation mystique, de rencontre vivante avec l'élan chrétien monumental de son époque, ne sont pas des escapades. Il va saluer à Tours les reliques de saint Martin. Prend la route d'Illiers, le futur Combourg de Marcel Proust, pour aller de nouveau s'abîmer dans la contemplation de Chartres. Découvre Saint-Benoît-sur-Loire. Découvre Bourges et la frondaison de ses statues. La poésie bleue et rouge, verte et dorée, de grands vitraux buvant le soleil, d'une Notre-Dame chêne de douceur qui se dresse en contre-jour, apporte à son âme celte une preuve de l'existence de Dieu aussi nette, encore plus vibrante, que l'argument de saint Anselme. La Loire, les pierres, les aubépines, les vignobles, le bétail, tout repose mieux ensuite entre les mains divines.

Dieu est le un, le bon, le juste, le vrai, le beau. Yves se promet, quand il retrouvera Tréguier, de penser à l'embellissement de la cathédrale Saint Tugdual. Une statue, un vitrail, un déambulatoire, une croisée d'ogives, peuvent détourner par leur grâce un homme triste de se donner la mort. Provoquer repentance dans le cœur d'un prêtre pervers.

TROISIÈME PARTIE

Au chanoine Henri Jéglot,
né à Saint-Brieuc,
qui fut official à l'archevêché de Paris.

I

L'YVES écolier dont Paris et Orléans se souviennent aujourd'hui cède la place à Yves le juge ecclésiastique — ou official — dont tellement d'églises bretonnes exposent l'image de pierre en certificat de leur bretonnitude.

La défunte église de feue ma paroisse brestoise, Notre-Dame du Mont Carmel, dite Les Carmes, avait la sienne. Dans le bas-côté droit. Emplacement des plus corrects, puisque le mur où elle s'adossait bordait une rue Saint-Yves [1]. La statue avait, quand même,

1. La rue avait changé de nom. Une municipalité « rouge » avait remplacé Yves par Émile Zola. Mes grand-mères disaient toujours « La rue Saint-Yves ». Ce qui devenait piquant dans une expression de ma grand-mère maternelle : « Les femmes du bas de la rue Saint-Yves ». Nous ne savions pas, enfants, que cela désignait les filles des bordels.

Dieu me pardonne !, un petit air d'ennui. Était-ce qu'elle trouvait trop « distingué » pour son granit le lourd costume de juge ? ou la solitude qui lui pesait ? Pourquoi les deux plaideurs l'avaient-ils abandonnée ? Le riche et le pauvre, où étaient leurs statues ?

J'ai dédié à un ami disparu, le chanoine Henri Jéglot, cette partie de mon ouvrage. Aumônier du Lycée Louis-le-Grand, le chanoine portait une seconde « casquette » : official à l'archevêché de Paris. Sans jamais nommer les personnes, il m'a résumé parfois les difficiles affaires qu'il avait à traiter. Trois sur quatre concernaient une demande d'annulation de mariage religieux... L'autorité diocésaine avait certainement eu égard à ses dons de psychologue en lui confiant la charge. Derrière son humour et sa courtoisie lettrée, il abritait une fermeté, une sagacité de premier ordre. Comment ne pas songer à lui en évoquant Yves l'official ? N'était-il pas issu d'un terroir breton tout proche du Trégor et ne partageait-il pas avec Yves ce sens de la vie et des caractères dont je le crédite ? Avant de nommer Yves, l'archidiacre de Rennes et l'évêque de Tréguier l'avaient étudié. Apprécié, avec sa compétence juridique et sa piété, sa connaissance des hommes.

Muni du titre qui vaut renom « ancien élève aux Universités de Paris et d'Orléans », Yves retourne en Bretagne. Par quelle route ? A l'époque, l'on se déplaçait beaucoup par eau. Nous croirions sans peine qu'il a embarqué avec des mariniers. A gagné Nantes au fil de la Loire avec une escale à Tours. A Nantes, où il voit du dehors le château ducal, visite la haute cathédrale, il prend les routes de terre, gagnant Tréguier à pied ou à cheval par Redon, Vannes, Saint-Brieuc.

... Yves aimait la marche. Nous pouvons aussi nous en remettre à lui pour un Tréguier-Orléans entièrement pédestre, par Laval, Rennes, Lamballe.

Angers devait cependant le séduire. Y est-il passé ? Tant de lieux offraient nourriture spirituelle à ce grand clerc sauvage. Avec quelle joie nous promènerions Yves du côté de Tréhorenteuc, dans la forêt de Paimpont où dort Brocéliande.

Nous faisons nôtre, en tout cas, l'hypothèse de Le Mappian : avant que l'archidiacre de Rennes appelle Yves près de lui comme official titulaire de son tribunal, l'évêque de Tréguier l'accrédite à Tréguier comme official stagiaire. Yves se retrempe des mois au pays natal, enchaînant avec gens et choses après la longue séparation, ne s'y reconnaissant pas toujours, attristé ou émerveillé, refusant les gobelets de vin ou de cidre dans un rire souvent mal interprété, baisant dans les chemins creux les grandes croix de pierre fruste, lavant les pieds aux lépreux, faussant compagnie à des fermiers pour courir dans la brume sur une hauteur écouter la voix de la mer.

Femmes et jeunes filles se piquent d'intérêt pour cet enfant du pays qui est allé dans le royaume de France et qu'on dit tellement instruit. Il est clerc tonsuré, marche dans les rues les yeux baissés, mais il n'est pas prêtre : il pourrait se marier. Il est maigre ? Ce ne sont pas les plus gros qui cajolent le mieux. Il ne s'enivre jamais. Il a du bien. Il donne trop aux mendiants ?

aux miséreux ? Sitôt qu'il aurait fait des enfants, il s'amenderait.

Sur les bords de la blonde Loire, l'écolier orléanais a résisté à Josette la douce. Le stagiaire official de Tréguier résiste aux Catherine, Françoise, Claudine, Guillemette, Rosine, de la Bretagne armorique. A cette minaudière qui le prie en se tortillant de lui offrir l'eau bénite. A cette délurée qui lui prend la main pour qu'il la pose contre son sein...

Des ragots alertent Monseigneur. Il rabroue les commères. Sur le chapitre des racontars, il en sait long ! Il ne répète rien à Yves. Il ne déteste pas que le jeune clerc dont l'austérité fait la nique aux chrétiens moins brûlants se voie mis à l'épreuve. Tu ne bois pas de vin, ne manges pas de viande, te dépouilles pour les pauvres et dors sur la dure ? Le Malin pourrait bien t'humilier un jour. L'évêque a pressé Yves, en un long entretien, de se faire prêtre ou moine. Il se heurte à un refus mystérieux. L'impudent !

L'official en titre, un prêtre âgé, se décharge sur son stagiaire d'affaires qui impliquent des interrogatoires audacieux — jurez-vous toujours, femme Rannou, que votre mariage ne fut pas consommé ? Est-il vrai, Étiennette, que vous vous refusiez à votre mari ? Gêné par devers soi, apparemment imperturbable, Yves conduit son enquête... et son vieux supérieur surgit sans prévenir. Il reste debout un moment dans le fond de la pièce. S'il ne dit mot, sa respiration d'asthmatique tombe en un reproche continu.

Le stagiaire dort tantôt à l'évêché, tantôt à Kermartin, où sa présence réjouit moins qu'il ne l'eût souhaité. Le père est mort, Yves hérite du domaine. Bien qu'il se conduise au manoir comme s'il n'en était pas vraiment le maître, sollicitant la permission de recevoir des pauvres, plaisantant affectueusement avec les mioches de la maisonnée et leur apprenant des jeux, l'atmosphère manque de naturel. Plus d'une fois, en regardant du haut de la pente le Jaudy étalé dans son val comme un arbre abattu, il se surprend à regretter la Loire.

Une expédition solitaire jusqu'en haut du Ménez-Bré le réconfortera. Sur sa cime bosselée dont elle est toute la forteresse, la chapelle que des villageois rapetassent par périodes ne souffre pas des comparaisons que la mémoire ferait avec Chartres et Bourges. On dirait la tente que les disciples du Christ, à la Transfiguration, voulaient dresser pour eux et leur maître sur la montagne. La brume qui vient de cacher le grand paysage, conférant au petit sanctuaire la signification d'un trésor, est celle-là même qui tomba devant leurs yeux. Un vaste ciel clair messierrait pour visiter le domaine d'Hervé le barde aveugle. Yves chantonne *Ar baradoz*[1], le poème que le saint composa en quelques instants. Sous la dictée, bien sûr, de l'Esprit.

Dans l'intérieur de la chapelle, nudité humide. Un cadavre de pigeon, une branche de pin cassée en deux. Sur le bois de l'autel dont la porte du tabernacle s'entrouvre sur du vide, quelques mouches mortes... Ce délabrement ne choque pas non plus. La tente où les Disciples invitaient leur maître à se reposer eût été faite d'étoffes rudes sentant le suint de mouton et qui avaient traîné dans la poussière.

1. Le paradis.

Étendu de tout son long bras en croix contre le sol mat qui sent la vieille terre bretonne et palestinienne, Yves prie les Sept Saints Fondateurs. Il invoque ensuite François d'Assise et, timidement, Louis IX, le roi qui rendait justice à tous ses sujets. Il termine par Yves de Chartres et par Notre-Dame.

Il se lève et, entonnant *Ar baradoz*, saisit sans dégoût le cadavre de Frère Pigeon. Dehors, à petits coups, il creuse la terre avec une ardoise. Il baise l'oiseau avant de l'enfouir. Le brouillard a retiré ses bâches. Mystiquement, Yves entend carillonner Saint-Tugdual et Chartres.

Une semaine après qu'il a retrouvé le tribunal avec toutes ses querelles à débrouiller, toute son hommerie et sa femmerie pitoyables à brasser, à râteler, il reçoit l'avis que Maurice de Tréziguidi, l'archidiacre de Rennes, qui signe Maurice, le désire pour son official titulaire. Consulté par Yves, Alain le Bruc, l'évêque de Tréguier, lui conseille d'accepter. L'Histoire n'a rien retenu de ce dernier prélat, sinon ses armoiries, le fait qu'il occupe le siège épiscopal dix-sept ans (l'évêque précédent était mort après cinq années de charge)... et son rôle dans le destin d'Yves Hélory. En lâchant à contrecœur un jeune stagiaire actif issu de son diocèse, il aura songé qu'une nomination rennaise servirait les renoms de Tréguier et d'un clerc trégorois. Il se promettait de garder l'œil sur Yves. Il laisserait passer quelque temps et il le rappellerait.

Il serait dangereux d'identifier le Rennes du XXe siècle avec celui du XIIIe. Non seulement le relief a été chamboulé par l'extension de la ville et le bouleversement des techniques, mais le Rennes de ce Moyen Age, simple centre d'un archidiaconé dans le pays gallo, ville sans Université, n'exerçait pas sur la Bretagne la primauté régionale et culturelle qu'il devait enlever à Nantes.

Il serait moins dangereux — il serait dangereux encore — de ne pas relever néanmoins dans le Rennes actuel des traces du lacis médiéval. Surtout, naturellement, dans les quartiers du centre. Des relents de truculence, de jovialité, n'appartiennent pas au Rennes monumental du XVIIIe siècle ni à celui de la troisième République. Les automobilistes ont arraché aux Commissions des Sites le droit de recouvrir la Vilaine dans sa traversée du centre. Du coup, bien des rapprochements avec le passé deviennent impossibles. Le chercheur n'en fera pas moins des trouvailles. Les vieux noms de certaines rues ne trichent pas. Sur ce sol, le Moyen Age avait planté des maisons, sa ferveur chrétienne et sa gouaille.

La forme d'une ville
Change plus vite, hélas !, que le cœur d'un mortel...

... La forme d'une ville, oui, certainement. Le caractère de ses habitants ? C'est moins sûr. Se livrer à la « psychologie de masse », peut sembler artifice. Un auteur a étiqueté une ville normande [1], « une ville dans les yeux des habitants de laquelle on lit que deux et deux font quatre et quelquefois le regret qu'ils ne fissent pas cinq ». Il se livrait à un mot d'esprit, mais il affabulait... Cela dit, les Rennais avec lesquels Yves Hélory a cohabité des années devaient annoncer leurs successeurs de notre époque. Une société en même

1. Nous préférons ne pas la nommer.

temps conservatrice et sauvage. Courtoise et chicanière. De ces complications on avait eu déjà un excellent exemple en 1257, lors de la « joyeuse entrée épiscopale » de Gilles, le prédécesseur de Maurice, en sa bonne ville. Tudieu, Messires, la fête mouvementée !

Gilles avait passé la nuit à veiller dans un monastère, mais dès le petit matin quels honneurs ! Quelles processions voyantes et chantantes du peuple et du clergé ! Le nouvel évêque, revêtu de ses habits pontificaux, mitre en tête et crosse en main, avait été porté à travers la ville dans une chaise non moins pontificale par quatre barons : les sieurs de Vitré, d'Aubigné, de Chateaugiron, de la Guerche. Qu'on ne se hâte pas de saluer dans ces gentilshommes les ancêtres des zouaves pontificaux. Les cérémonies se terminaient sur un dîner somptueux, offert par Gilles. A la fin du repas, qui se présente dans les cuisines ? Un huissier avec ses gens. Mandaté par le sieur de Vitré, il venait saisir toute la vaisselle d'or et d'argent. Il fit son office tandis que le baron ricanait. Il avait avec l'évêché de Rennes un vieux différend territorial et d'autre part il entendait se faire payer le transport de Gilles dans sa chaise pontificale.

La vaisselle d'or et d'argent, cela sent les Contes de Charles Perrault. On eût été bien en peine de saisir chez Yves, logé rue Saint-Sauveur, une telle vaisselle. Malgré plusieurs documents, nous ne saurions blaguer l'accueil de Rennes à Yves Hélory [1], car d'autres documents font état d'un séjour professionnel actif et sans malice. La pièce qui présente Maurice de

1. Ne dit-on pas qu'il s'en alla excédé par la méchanceté de la population ?

Tréziguidi comme un avare et un homme de « mauvais contact » est contredite par la pièce où l'archidiacre pleure à chaudes larmes en faisant ses adieux à Yves Hélory quand celui-ci retourne sur Tréguier.

Quelque acharnement que déployât la juridiction civile pour limiter le rôle des tribunaux religieux, les cantonner dans les affaires du droit canon — et le roi Louis IX de bonne mémoire, non suspect d'irréligion, avait précipité les choses —, un official zélé, c'est-à-dire un Yves Hélory, assumait à Rennes un gros travail. La ferveur populaire a embrouillé la situation par le succès qu'elle a réservé aux charmants vers de mirliton :

Sanctus Yvus erat Brito,
Advocatus et non latro,
Res miranda populo [1].

Advocatus, Yves ne l'était pas. Il était *judex*, terme singulièrement grand quand il sonne dans le *Dies irae*. Il avait à prononcer des sentences, non à plaider. Si la bonne humeur médiévale l'a viré de la magistrature assise à la magistrature debout, pour l'admettre à bénéficier de la tendresse qui allait à la patronne de Marie l'Égyptienne, Notre Dame, *Advocata nostra*, c'est qu'il aura montré une humanité, une largeur de vues exemplaires dans l'exercice de son judicariat. Après avoir sué dans les écoles pour apprendre la lettre du droit, il faisait régulièrement triompher l'esprit. Chaque fois qu'un plaignant se présentait, il cherchait d'abord à lui éviter le branlebas de la justice par une conciliation avec l'adversaire. Il était le médiateur-

1. Saint Yves était Breton. Avocat sans être voleur, ce que le peuple trouvait bougrement étonnant.

type, allergique à toute vendetta ou rancune. Pleurant et riant, il opérait de merveilleux (c'est-à-dire de miraculeux) raccommodages. Personne ne cédait-il, fallait-il siéger en tribunal, il présentait dans les débats visage et paroles d'une telle loyauté, d'une telle simplicité, que le plus souvent les condamnés, tôt ou tard, approuvaient le verdict.

C'est sans doute à Tréguier que le juge aux allures de bon avocat pratiquera le mieux son art, parmi les biens et les personnes de sa terre natale. A Rennes, il l'avait mis au point. Peaufiné comme l'ébéniste une table ; le sculpteur, un buste. Si les Rennais, comme des auteurs l'affirment, étaient procéduriers, ils auront trouvé à qui parler ou devant qui se taire. Le bruit selon lequel Yves n'aurait pas aimé Rennes a peut-être pour origine une calomnie de mauvais coucheur, plaideur justement condamné.

A lire toutes les louanges, dûment motivées, que les textes décernent à Yves le juge équitable, deux noms viennent constamment aux lèvres : Salomon et Louis IX. Dommage, toutefois, ou en conséquence ?, que les documents ne fournissent pas une illustration plus détaillée de la méthode yvienne.

La mémoire guillerette du Moyen Age a conservé une histoire qu'elle abandonne tranquillement aux chercheurs. Cette histoire a ravi, ou eût ravi, G.K. Chesterton. Peut-être aussi Courteline. Elle n'en appelle pas moins des commentaires.

Car elle n'est pas simple. Ainsi le veut le Moyen Age, comme d'une façon générale ce qui touche aux tribunaux. Yves y déborde les limites géographiques et juridiques de ses fonctions d'official de Tréguier avec une aisance qui enchantait son époque.

On dirait encore du Charles Perrault. Un vieux mot français y brille telle une escarboucle mystérieuse. Rappelons-nous le *Petit Chaperon Rouge* avec ses *bobinette* et *chevillette. ...Et la chevillette cherra*. Le suffixe reste le même : une « *bougette* ». Littré définit *bougette* « un petit sac de cuir que l'on porte en voyage », pour observer ensuite : « Vieux ». Les loubards contemporains se baladent sans le savoir avec des bougettes.

L'histoire survint à Yves quand, pour les besoins de son métier, il a dû gagner Tours. Ce n'est pas la première fois qu'il le fait. A Tours résidait l'official métropolitain dont dépendaient tous les officiaux de Bretagne. Les gens pouvaient en appeler devant lui des sentences rendues par les tribunaux diocésains... et, malgré leurs embarras financiers, ils ne s'en privaient guère. Pas plus qu'on ne se prive aujourd'hui de jouer au tiercé ni au loto. Yves gagnait Tours cette fois pour défendre le jugement qu'il avait rendu dans une cause de promesse de mariage opposant une demoiselle à un gentilhomme. Il avait donné tort à la demoiselle, laquelle contestait.

A Tours, il descendait chez une dame veuve, amie de l'Église, non démunie de fortune, et qui tenait pension. Il arrive sans prévenir, comme d'habitude, trouve son hôtesse en larmes. Elle vient d'être victime d'une grave escroquerie. Elle a naturellement pris un avocat, mais qui augure très mal de la suite. Elle est exposée à devoir vendre tous ses biens et à mendier.

L'escroquerie, comme les plaisanteries de clowns, a ses types. Les vieilles dames victimes de leur ingénuité comme de la malignité de leurs agresseurs, notre époque les connaît trop bien. Celle de Tours avait logé deux messieurs habillés en marchands. A leur départ, avec des chuchotis, ils avaient demandé la permission de laisser chez elle une bougette fermée à clef. (Elle n'obéissait pas à la définition du Littré, car elle était « grande » et « fort pesante ».) Heureuse d'obliger des chrétiens, la Tourangelle acquiesce, ne prenant guère attention à la parole qu'on sollicite d'elle, et qu'elle donne en effet, de ne jamais remettre la bougette à l'un des messieurs que l'autre ne soit présent. Quelques jours passent. Un après-midi, comme elle prend le frais sur la rue, les deux marchands reviennent, accompagnés de cinq collègues. Ils lui commandent gaillardement pour le soir un souper à sept personnes et ils déguerpissent. Une heure après, retour de l'un d'eux, accompagné toujours des cinq collègues, avec lesquels il dit régler des comptes. Il lui faut prendre pour cela de l'argent dans la bougette, que la bonne veuve lui remet illico. Après quoi Monsieur disparaît avec sa troupe.

N'a-t-on pas deviné la suite ? Le second lascar surgit peu après : « N'auriez-vous pas vu mon compagnon ? » — « Nenni, depuis que je lui ai baillé la bougette il n'y a pas une heure. » — « Comment ? Vous avez eu le toupet de lui bailler la bougette ? etc... » Bref, il s'arrache les cheveux, se dit ruiné, dépose plainte contre la veuve pour rupture d'engagement, devant le lieutenant du bailli de Touraine. Il a prêté serment dans les formes que la bougette contenait douze cents pièces d'or. Le bailli doit écouter demain les plaidoiries et rendre sentence.

L'esprit de ruse n'étonne plus Yves. Le serpent qui se tortille sous les pieds de Notre-Dame n'est pas, il le sait, le lézard ni même la vipère. Mais cet esprit de dol et de malice aux mille enveloppements et recourbements qui renait perpétuellement de la destruction. Yves file chez l'avocat de son hôtesse. Après que celui-ci a confirmé les faits, il le presse de lui remettre la cause. Le Moyen Age a le sens des coups de théâtre : le Tourangeau n'hésite guère à obéir. Quoi qu'il arrive dans l'affaire en cours, entre gens de basoche du Val de Loire on en reparlera !, de ce juge qui se métamorphosait en avocat comme un loup en agneau.

Le lendemain, par devant le bailli. Personnages : Yves, la veuve (appelée la défenderesse), l'avocat du plaignant, le plaignant (il entendait ne pas venir, Yves a réclamé sa présence. Sachant qu'un juge ecclésiastique habite l'avocat de la défenderesse, le bailli a obtempéré).

Alors qu'on attend sa plaidoirie, Yves se lève l'air tout de même un peu narquois. Il faut le citer comme le Frère morlaisien Albert, ici fort crédible, le fait parler, dans l'apparat et les affutiaux du vocabulaire de justice. On n'est pas Trégorois pour rien. Yves a suffisamment trimé sur les vocables du droit pour les utiliser à bon escient, le moment venu, en armes de comédie :

Monsieur le Juge, nous avons à vous montrer un nouveau fait qui est péremptoire à la décision du procès : c'est que la défenderesse a fait telle diligence, et si bonne poursuite depuis le dernier appointement pris en la cause, que la bougette dont est question a été trouvée et l'exhibera quand par justice il sera ordonné.

L'avocat du plaignant — appelé le demandeur — flaire le gros piège. Il n'a certes pas tort ! Il écoute vaguement son client lui bafouiller des choses. A tout hasard, il prie le juge, pour couper court à une manœuvre dilatoire, que l'on exhibe immédiatement la bougette.

Mais que n'a-t-il pas dit ! L'avocat de la défenderesse répond :

Seigneur Juge, le fait positif du demandeur est que lui et son compagnon en baillant la bougette à la défenderesse leur hôtesse la chargèrent de ne la bailler à l'un d'eux que l'autre ne fût présent. Et pour ce fasse le demandeur venir son compagnon, et bien volontiers la défenderesse exhibera la bougette tous deux présents.

On n'est pas pour rien enfant de Tours, la ville qui pondra Rabelais. Le bailli rit sous cape d'une repartie qu'il entendait venir comme au tennis le coup du point gagnant. Maître avocat mon compatriote, vous avez été floué par un Breton... Le ton serein, il édicte que la défenderesse n'avait nullement à exhiber la bougette hors la présence, ensemble, des deux hommes qui la lui avaient confiée.

L'avocat du demandeur a senti la partie perdue. Adieu mes honoraires, j'ai été piégé ! Quant au demandeur lui-même, il ne tient plus en place. Il louche vers la porte. De telle façon que le public le houspille et que le juge le cuisine. La fin du fabliau à la bougette sera sinistre :

... ce que voyant le Juge par soupçon le fit saisir et serrer en prison, où il fut si bien poursuivi contre lui qu'ayant trouvé que c'était un pipeur, qui pour tromper et voler cette pauvre veuve lui avait baillé une bougette pleine de vieux clous et de ferrailles, qu'il fut à trois jours de là pendu et étranglé au gibet de Tours.

En quelques lignes, nous avons quitté une société formaliste où les adversaires s'appuient sans s'injurier sur le même code, pour une société cruelle. Cette société-là est-elle encore chrétienne ? Elle ne s'interdit ni de soumettre les prisonniers à la question [1], ni de condamner à mort de simples voleurs *in spe*. Deux types de société pour le même Moyen Age. Pour ces siècles énormes qui obligent aujourd'hui les chrétiens, devant telles scènes, à pleurer d'un œil et à rire de l'autre. Comme Pantagruel.

Nous regrettons que les vieux biographes d'Yves Hélory, avec une gourmandise goguenarde, s'attachent à terminer l'histoire de la bougette sur une pendaison atroce. De l'humour chrétien, ils passent tranquillement à un fatalisme qui n'a rien d'évangélique. Ainsi en allaient sans doute les mœurs de l'époque. En contemplant la dernière grimace du compère hissé haut et court, un Tourangeau cynique aura grommelé que l'escroc avait en effet *« la langue bien pendue »*. Villon pressentait sa propre fin sur le gibet quand il faisait dire aux cadavres malmenés en l'air par le vent :

Ne soyez donc de notre confrérie
Mais priez Dieu que tous nous veuille absoudre.

La scène courtelinesque du tribunal de Tours où Yves conduit le bal ne semblerait devoir finir, sur l'instant, que par une condamnation à la prison préventive. La dite condamnation relève de la justice d'État. Dans les propos qu'on lui attribue, Yves ne prononce pas un mot de trop. Sa tâche d'innocenter la veuve ne le conduit à aucune des vitupérations fielleuses, bien classiques, à l'égard de la partie adverse. Il manie une épée de lumière, elle ne blesse ni n'écorche. A ce calme s'oppose la hâte d'un magistrat civil qui comprend, un

1. L'expression « où il fut si bien poursuivi contre lui... » ne paraît guère pouvoir signifier autre chose.

peu tard, qu'il juge une affaire mal instruite. Qui sait si le plaignant ne lui avait pas graissé la patte, selon les bons usages du temps, ou fait une alléchante promesse ? La sévérité dont témoigne le lieutenant du bailli suit une déception honteuse. Yves n'y est pas mêlé. Il aura vite embrassé la veuve et quitté le tribunal civil pour aller chez l'official métropolitain où une histoire de promesse de mariage l'attendait.

Un film, tiré d'un roman, agite aujourd'hui le public parisien : *Le nom de la Rose*. La rudesse ecclésiale moyenâgeuse en matière de justice y passe un mauvais quart d'heure. Le procès de l'Inquisition y est, une fois encore, dressé pour notre grand malaise. Dans l'histoire de la veuve de Tours, le sang-froid avec lequel un biographe religieux liquide le sort d'un homme scandalisera le lecteur moderne. Sans se réjouir de ne pas trouver Yves mêlé à cette liquidation, il risquera de protester contre une secrète indifférence d'un official trégorois laissant la justice civile se débrouiller. Yves ne montre pas signe de pitié envers un pipeur qui, en bonne religion, figure son frère.

Il est hautement probable que les documents visant à éclairer l'histoire ne s'enrichiront jamais d'une pièce décisive. Établissant qu'après la joie de rouler un escroc, Yves aura clairement ressenti son éternel mouvement de tendresse envers les faibles. Qu'il aura visité dans son cachot le pipeur aux fers. Libre à notre imaginaire de voyager. Les ressources de la générosité celtique sont profondes...

Nous pouvons nous référer à la sagesse pointilleuse selon laquelle un saint pèche septante fois sept fois par jour... Hum.

Plutôt songerons-nous à cette progression vers la

lumière qui marque la vie des saints. Chacun des trois que nous avons étudiés de près, Antoine du désert, François d'Assise, Jean-Marie Vianney, tous grands marcheurs, dévoreurs d'espace à la force de leurs jambes, ont évolué ainsi, utilisant les événements comme autant de leçons, vers un plus de tendresse et de miséricorde. Si l'on comparaît leurs existences à des sonates, le mouvement d'*andante* avec son chant méditatif y serait placé en fin, non vers le milieu.

Yves est une conscience en marche. Il ne fait pas carrière. Il remplit de son mieux les tâches d'official que l'Église lui a confiées. Elles lui permettent, dans son secteur, de servir le bon droit et d'aider les faibles. Avidement, il cherche le Graal, la coupe que Jésus de Nazareth, y ayant consacré le vin, tendit à ses disciples le jour de la Cène. Derrière les austérités, derrière les fatigues disposées sur la route comme des collines à franchir, il sait que le Saint des Saints se dissimule et l'attend — et il s'acharne à gagner du terrain.

Ce trajet inlassable, il semble que le Frère Albert, le biographe morlaisien, l'ait vraiment discerné à travers les faits anecdotiques dont il remplit ses pages et qui émiettent la sainteté. La clé mystique du séjour rennais, il la donne quand même. Il ne l'a pas laissée sur la porte. Comme pour les chapelles bretonnes perdues dans la campagne, il faut chercher du regard quelle maison voisine en a reçu le soin. Dans son gros livre, ce sera le *Catalogue Chronologique des Évesques de Rennes*. L'archidiacre Maurice de Tréziguidi y a sa notice résidentielle clairement désignée par les armoiries *D'or à trois pommes de pin de gueule.* Un *curriculum vitae* de sept lignes : dates du sacre et de la mort, noms d'empereurs du Saint Empire romain germanique, nom du duc de Bretagne Jean premier « surnommé le Roux », et voilà qui va bien. Pour « personnaliser » Maurice, l'historien ne cite que deux faits. Primo, ce qui nous laissera froids, *il fut exécuteur du testament de Guy seigneur de Laval*, et secundo — nous y voilà — *De son temps saint Yves étudia en théologie au couvent des Pères Cordeliers de Rennes.*

Notation doublement lumineuse. D'une part, l'archidiacre accroche son nom à la sainteté d'Yves. Les trois mots *En son temps* accentuent le caractère falot de son personnage. Ils lui retirent l'initiative et même le simple appui dans la démarche du saint. D'autre part — et ceci amoindrit toujours le rôle de Maurice —, aucune référence n'est faite à la nomination d'Yves official de l'archidiaconé. Yves serait un étudiant, venu se parfaire à Rennes dans une discipline et sans nul doute la théologie, qu'Albert n'userait pas d'autres mots. Il témoigne de manière non ambiguë que le séjour d'Yves à Rennes a essentiellement pour lui une signification mystique.

Irait-il trop loin ? Le moine Albert, Frère Prédicateur, est préfet dans un couvent de Rennes. Quand il met en valeur les études théologiques d'Yves chez les Cordeliers, ne ferait-il pas une politesse à des confrères du temps jadis ? Peut-être. Car omettre les fonctions judiciaires d'Yves Hélory apparaît d'une singulière audace. Un désaveu. Des centaines d'églises et de chapelles protestent. Des centaines de statues gauches en bois ou en pierre — Yves, le Riche, le Pauvre —, qui craignent de perdre leur intérêt spirituel…

Le rude moine Albert chérit trop la piété populaire, image de la voix de Dieu, pour prêter consciemment à cette iconoclastie. Une intuition mystique lui a dicté que le saint armoricain dont il raconte la vie à la force d'un poignet bonhomme et d'une documentation, dans de grandes lignes sèches et un flot d'historiettes, avait ses nuits. Que le sourire et la charité de son personnage public trouvaient d'abord leur origine, non dans le jeûne, dans toutes les pénitences qu'il s'infligeait, mais dans son écoute secrète et sa recherche de Dieu. Albert ne cite pas le

Advocatus et non latro,
Res miranda populo...

qu'il a bien connu et répété lui-même pour rire. S'il eut envie de l'inclure dans un paragraphe, il aura estimé qu'il dénaturerait son héros. A tant faire que de céder à l'humour, pourquoi ne pas créer deux autres vers :

Judex et tamen mysticus,
Res miranda monachis[1].

1. Juge et cependant mystique, ce que les moines trouvaient étonnant.

II

MAGISTRATURE assise et magistrature debout sont bien inspirées de ne pas oublier Yves Hélory. Il sera beaucoup pardonné à des avocats marrons parce que, dans le secret de leurs cœurs, à l'abri de la moquerie et du cynisme, ils auront éprouvé un jour un début de tendresse pour ce Breton de malheur. Un bougre qui ne se laissait jamais corrompre. Qui réservait aux démunis le meilleur de son attention.

Des biographes d'Yves, anciens magistrats, ont étudié le rôle qu'il avait pu jouer, en chrétienté occidentale, dans l'évolution de la justice. Ce rôle fut certainement grand, vue l'immédiate et considérable popularité du saint, qui eut très vite à Rome sa chapelle : Saint-Yves des Bretons, sœur cadette de l'église Saint-Louis des Français. Un rôle aussi grand que vague. Une incitation à l'équité, la générosité, la patience, la miséricorde. Quant à une action directe par l'écrit et le discours, sur les réformes qui vont alors se multiplier, nous serions sceptiques. Yves n'a jamais eu la réputation d'un grand jurisconsulte. Louis IX non plus, je le reconnais, mais il s'entourait de gens qui l'étaient. C'est le roi de France qui, lentement, régulièrement, par des enquêtes serrées et des ordonnances détaillées, a changé avec précision les errements judiciaires. Yves a mis son activité limitée d'official et toute son influence mystique au service des idées et des actes de saint Louis.

Les deux hommes n'avaient-ils pas le même maître ? En allant vers François d'Assise, Yves n'ignorait pas que Louis avait accompli déjà la même démarche. Lorsqu'à Rennes l'étudiant inassouvi se réveille en lui et qu'il pioche la doctrine franciscaine avec la même ardeur que tout jeune écolier les arts libéraux, il sait que Louis IX a fait partie du Tiers-Ordre franciscain. Comme il a toujours éprouvé pour ce souverain, ami de Thomas d'Aquin, ami des pauvres, ami de la justice, croisé farouche, une affection révérentielle et qu'il attend sa canonisation avec certitude, il y a là pour lui une grave raison du cœur à pénétrer beaucoup plus avant la pensée de François d'Assise. Il le fait en toute humilité, et en accord avec l'histoire religieuse et les paysages de la Bretagne.

Jamais ses yeux ne se poseront sur un couchant admirable de l'*Umbria verde*. Jamais il ne grimpera vers les rocs sublimes de l'Alverne. Pourquoi faut-il qu'il le regrette ? Sa terre natale lui prodigue des lieux exaltants. Un val enveloppé de crachin, un ciel sombre au-dessus d'une mer moutonneuse, peuvent dire Dieu avec la même force que l'oliveraie dans le soleil. Il se souvient du Ménez-Bré. François d'Assise eût aimé le barde aveugle. Hervé fût entré dans le Tiers-Ordre franciscain. Entre deux courses exténuantes à la quête du Graal, les chevaliers de la Table Ronde eussent entonné le Cantique des Créatures.

Dans le clergé rennais, dans la population des échoppes et des boutiques, l'intérêt d'Yves pour l'étude fait jaser. Qu'a-t-on besoin de toujours apprendre ? Quand on est official, on se doit à ses causes. A s'exciter ailleurs, on perd le temps ! Des gaillards insinuent, ou clament à tous vents, qu'entre un clerc rat de bibliothèque et un qui fréquente les filles et les estaminets de la Vilaine, le second vaut mieux que le premier.

Yves ne soupçonne pas tous les brocards. Il ne manque pas d'amis chez les pauvres, qu'il va panser ou nettoyer chez eux et auxquels il distribue la plus grande partie de ses émoluments, la fourrure de sa robe, ses beaux souliers. Sensibles à son rayonnement, mus par une sympathie apitoyée, des veuves, des commerçants, des religieuses, collaborent avec lui.

La flambée d'amour de la théologie ne doit pas non plus faire illusion. Il est le premier à savoir que tout ne s'apprend pas. Durant les heures où un maître conquis par sa ferveur débat avec lui de la pensée de Bonaventure ou d'Antoine de Padoue, piliers du franciscanisme, plus d'une fois son regard se perd. Pardessus le crâne aux reflets d'ivoire du Cordelier, à travers la pierre du mur, il va dans les espaces. Il contemple.

On lui dit que Thomas d'Aquin surestime la raison ? Il évite de pourfendre cette critique : s'il mord avec un tel bonheur à la sensibilité franciscaine, n'est-ce pas qu'une rigidité le gêne dans le thomisme ? Son affection pour le Docteur Angélique n'a cependant pas bronché. Thomas reste insurpassable. Appelez-le bœuf, comptable, carcan, geôlier, tant que vous voudrez, c'était un homme qui muselait sa tendresse pour le monde, mais que l'Amour habitait. Le *sicut palea* !, l'abandon souverain qu'il faisait de toute son œuvre avant la mort, est une joyeuse pénitence que l'esprit franciscain pénètre. Il arrive que dans un rayon de soleil Yves le rêveur salue un brin de paille en suspension dans la poussière ; il lui sourit comme à un lourd in-quarto et il murmure : *La Somme*.

Pays gallo, Bretagne bretonnante, le duché entier accompagne le nouvel effort de son écolier trégorois. Yves a parlé avec éloge du Ménez-Bré à un chanoine qui compose des odes latines, le chanoine lui a rétorqué la forêt de Paimpont. Les merveilles qu'il en a chuchotées semblaient païennes sur les bords, faut-il s'en préoccuper ? Les lointains ancêtres d'Yves, ces hommes et ces femmes auxquels il doit de vivre et d'aimer Dieu, étaient des païens. L'enthousiasme qui menait les chevaliers d'Arthur dans leur quête du Graal était celui de chrétiens néophytes. Les rudes caracoleurs dont descendaient tous ces caracoleurs étaient, eux aussi, des païens. Comme les ancêtres des Sept Saints Fondateurs et de tous les hommes doux et acharnés venus jadis des grandes îles pour évangéliser la Bretagne.

Tandis que le chanoine, en souriant, invente des mots latins pour exprimer la beauté de la fée Morgane et du Val Sans Retour où elle a égaré Merlin, Yves pense à une clairière hexagonale qui se cache dans une hêtraie. En son centre, une chapelle romane qu'un gazon ceinturé de hautes bruyères sépare des grands arbres. Des chevreuils jouent dans l'herbe avec des goélands et des busards. Quelquefois, un sanglier se présente, admire le lieu et s'esquive. Bâtir une chapelle, toute vie ardente doit le faire. Nicoméda, une vieille paysanne, a grommelé à Yves qu'avant de mourir il eût à planter un chêne, elle se trompait. Il dressera, ou il fera dresser, une chapelle. Au-dessus de la porte basse, une niche moussue avec une pieta de granit. Dans le fond de la petite nef à la charpente bleu vif, un vitrail transmet la lumière du jour. Deux scènes y sont représentées : à gauche, Bethléem ; à droite, la Résurrection.

— *Oportet videas Arturi regis sepulcrum* [1], dit le chanoine. Il cligne de l'œil pour montrer qu'il sait bien qu'il s'agit de légendes.

Yves regarde son compagnon sans répondre.

— *Ubi es ? In luna aut in Britannia ?*

— *In luna britannica* [2].

laisse tomber Yves avec lenteur. Incapable d'en dire plus, il se sauve chez les Cordeliers. Sur la route, il ira porter des fruits à une veuve. Réconcilier pour la vingt-cinquième fois un jeune cordonnier, rendu acariâtre par ses infirmités, avec sa vieille sœur, dont l'esprit se dérange.

1. Il faut que tu voies la tombe du roi Arthur.
2. — Où es-tu ? Dans la lune ou en Bretagne ?
   — Dans la lune bretonne.

Une anecdote souvent citée (ce qui ne garantit pas son exactitude) veut que l'archidiacre Maurice ait offert un beau cheval tout sellé à Yves quand celui-ci a quitté l'officialité de Rennes. Histoire de montrer que Maurice n'était pas un avare, et d'un. Et qu'il appréciait les services d'Yves. Et de deux. Et qu'Yves s'entendait bien avec les gens de Rennes. Et de trois... Yves remercie l'archidiacre. Il caresse la robe du cheval. Pour la frime, il lui examine les dents, lui offre une herbe et le fait marcher quelques pas. Il grimpe dessus... Il ne sera pas sorti de la ville que voilà qu'il descend de sa monture. Il vend le bourrin, selle et harnais compris, à un drapier. Sans regret ni remords. Plus d'un qui gagne aujourd'hui une auto ou une moto dans une loterie se comporte avec la même désinvolture. Une différence toutefois. Elle est de taille : Yves donnera aux pauvres tout l'argent de son cheval.

Dans les débuts de la migration estudiantine Bretagne-Paris, sur la fin du XIe siècle, l'Abélard d'Héloïse se déplace à cheval. Le cheval non carapaçonné ne marque pas noblesse ni luxe. Mais François d'Assise a parlé. Dès qu'il eut renoncé à la carrière des armes pour suivre le Christ, il s'est proclamé, il a proclamé d'avance tous les petits moines bruns ses disciples, piétons. Le Fils de Dieu avait parcouru à pied la Palestine et la foule qu'il associe au miracle de la multiplication des pains et des poissons l'accompagnait à pied. François marche donc et Yves l'imite. Heureux de se confondre avec les petits pèlerins, les manants, les chemineaux, et de jaser avec eux d'égal à égal.

Qui sait si l'archidiacre ne tendait pas un piège ? « Ce tonsuré prétend qu'il aime les pauvres. Lui offre-t-on un cheval, il l'accepte deux fois plutôt qu'une... »

Les biographes qui rapportent complaisamment l'anecdote assurent que Maurice, en apprenant le geste d'Yves, conçut un dépit. Pourquoi pas. Un homme n'aime pas toujours à constater la supériorité morale de son voisin.

Nous ignorons les circonstances exactes du départ d'Yves. Les messages que purent échanger à son propos l'archidiacre de Rennes et l'évêque de Tréguier. Nous aimons tellement sa pureté que nous le verrions d'emblée populaire partout où il passe, nous commettrions là une erreur de base. Lors de l'enquête sur sa sainteté, les témoins qui se présentent ne tarissent guère en éloges, mais dans l'ombre n'y a-t-il pas des gens qui ricanent ? Des hommes, des femmes, qui s'estiment bons chrétiens et ne peuvent comprendre une sainteté aussi obscure ? Aussi proche de la terre et de la pierre ; aussi paisible... Et puis guettez-le donc, notre saint compagnon, vous verrez qu'il manque de cœur. Dans l'affaire de l'année passée, il a condamné un pauvre garçon imprudent à honorer sa promesse de mariage. Alors que, je vous le dis, la péronnelle qui lui courait après était une chipie. Une chipie ? Vous voulez dire une gourgandine ! Elle s'était fait engrosser par un maquignon de passage. Un maquignon ? Vous pouvez dire un moinillon ! C'est même pour cela que le...

A travers les siècles, dans plusieurs paroisses proches de Tréguier, Yves Hélory demeure signe de contradiction. Une jalousie déconcertante entoure le culte de son image bien qu'un homme du pays sur cinq se prénomme Yves. Si l'image n'exauce pas une prière, Yves est un traître. Si elle l'exauce, il a un pouvoir trop grand.

Qu'il pleuve ou vente, à Tréguier, le jour du pardon de Saint Yves, les délégations de dizaines de villages et villes déploient leurs bannières aux accents du cantique rituel. Mais jusqu'à ces dernières années, le petit Trédarzec, distant seulement d'une grosse lieue, refusait avec hargne d'être représenté. Quelle famille du pays, il y aura bientôt sept siècles, l'official Yves Hélory a-t-il pu y mécontenter ? La rancune ignore ses causes, mais conserve sa violence. De génération en génération, elle se transmet comme un devoir impératif. Ernest Renan, qui n'y était pour rien, considérait le phénomène avec indulgence. On l'avait tellement attaqué lui-même sur sa propre terre. Il blaguait et plaignait les contempteurs d'Yves, à qui le liait une solidarité sans faille.

On imagine aisément, au vu de ces ténacités, que la louange n'accompagnait pas toujours, dans une époque encore plus drue, les faits et gestes d'un official aussi méritant fût-il.

Regardons-le dans ses dernières années, quand il s'attendrit sur une cathédrale qui menace ruine et entreprend de la réparer. François d'Assise demandait sans vergogne à droite et à gauche les pierres dont il avait besoin pour restaurer une pauvre chapelle. Yves l'imite encore. Il a besoin de grosses et longues poutres et la forêt de Rostrenen contient de beaux arbres : il va trouver le seigneur du lieu, lui en demande quelques-uns.

— Autant que vous voudrez pour le service du Christ, répond dans l'instant le gentilhomme.

Yves gagne la forêt avec une équipe de bûcherons...

Il choisit les beaux arbres qu'il lui faut. Les bûcherons abattent et les chariots, vaille que vaille, se mettent à tirer les troncs. Cela fait du dégât sur les routes et dans les cultures. Des gens qui manquent de bois pour chauffer leur manger grommellent plus qu'un peu.

Ces récrimination naturelles, le moine Albert ne les a pas entendues. Il lui faut une explication moins grossière. Traitant la seigneurie de Rostrenen comme un petit Louvre, il écrit :

Mais comme la Cour des Grands est d'ordinaire remplie de flatteurs, aucuns de ce métier qui avaient ouï saint Yves faire sa demande au seigneur et l'eussent bien voulu faire dès lors éconduire, mais n'avaient osé en présence du saint, le lendemain dirent au seigneur qu'il était bien simple de se laisser ainsi affronter par cet hypocrite ; que, sous prétexte de bâtir l'église de Land-Tréguier, il amassait un grand argent ; *et qu'abusant du pouvoir qu'il avait eu, il avait abattu deux fois plus d'arbres qu'il n'en fallait pour cet édifice, et des plus beaux qui fussent dans la forêt.*

Quoi qu'il en ait pu être des raisons qui poussaient à cette grogne, le prestige actuel dont jouit saint Yves ne le protégeait pas de son vivant. *Hypocrite*, le moine Albert a prononcé l'injure qui devait fleurir à l'époque dans les méchantes occasions. Volontiers, nous nous amuserions à nommer Yves, comme la presse contemporaine a nommé tel magistrat d'allure indépendante, « le petit juge ». Le « petit juge » de Tréguier a subi autant d'avanies que ses collègues actuels. Ce ne sont pas des valets d'écurie ni des mendiants qui le houspillent un jour sur la grand-place, l'appelant *gueux, coquin, pique-bœufs* en langue d'oil et en breton, mais des ecclésiastiques. Ils réitèreront. Avec la bonne humeur de qui lance un *Dieu vous bénisse !* au voisin qui éternue, Yves accueille chaque brocard par un *Dieu vous pardonne !* Ce flegme exaspère les insulteurs.

Nous n'avons pas connaissance de pressions qui auraient été exercées sur lui par ses supérieurs de Rennes et de Tréguier pour infléchir ses jugements, mais un official se trouvait sans arrêt dans des situations scabreuses puisque relevaient de lui toutes les causes impliquant des membres du clergé. Donner raison à un laïc contre un moine ou un prêtre gênait le cœur. Tant pis. Dieu premier servi et sa sainte justice ! Un brave homme qui descendait peut-être d'une souche irlandaise — il se nommait Leroux — vient un jour trouver Yves. Il a perdu devant un autre official le procès que lui avait intenté un Père abbé. Il voudrait qu'Yves se charge de sa défense, en appel, devant le métropolite de Tours. Yves se concentre. Fixe le sieur Leroux dans les yeux. L'invite à prêter serment devant le crucifix que la condamnation était injuste. L'autre bégaie, le sang lui monte aux joues, il tend le bras et s'exprime enfin avec une telle gravité qu'Yves connaît sa bonne foi. Ayant largement entendu l'affaire, il ira plaider à Tours et emportera le morceau. Le Père abbé n'était pas un mauvais homme. Après quelque temps, il admettra ses torts. Combien n'ont pas suivi sa manière ?

Le petit juge, chaussé de sandales franciscaines, qui rejoint la terre natale, n'est pas au bout de ses difficultés. Il s'est confessé la veille du départ au Cordelier dont l'entretien a illuminé son séjour de Rennes et il lui a, solennellement, demandé conseil. Au point où il en est, ne devrait-il pas se faire moine ou prêtre ?

Il aime Dieu et ses frères. Il a le souci de servir au mieux l'Église, le Corps mystique du Christ.

Cette interrogation brûlante, le religieux l'a entendue cent fois et il l'a lue sans arrêt dans les yeux d'Yves. Il hésite comme d'habitude. Serait-ce bien à lui de répondre ? d'interpréter les préférences de Dieu pour une âme loyale ?

— Demain, quand tu communieras avec moi sous les deux espèces, écoute ce que Dieu te dit.

— Dieu me dit en cet instant que ton savoir est profond. Qu'il ne se borne pas à l'explication des Pères et des Docteurs. Que tu connais ce qui convient aux âmes. Parle-moi comme un maître à un tout petit chrétien.

Le moine étouffe un rire.

— Me prendrais-tu pour un saint ? Laisse cela aux racontars du marché aux légumes. C'est moi le tout petit chrétien. Que ton humilité ne souffre pas : j'admire ta foi.

— Tu me blesses.

Un silence. Dans la vie de saint François, songe le religieux, un épisode ressemble à notre algarade. Étrange, cet Yves Hélory ! Sois prudent, Cordelier. Ne te substitue pas à Dieu dans la direction de ce juste.

— Je prierai pour toi. Nous communierons demain. Si Dieu le veut, tu verras clair. Tu es jeune. Tu peux attendre.

— Et si le démon de midi...

— Laisse-le à ses fourneaux avec le diable de minuit. Poursuis ton jeûne, tes pénitences, tes charités. Et chante comme devant...

... Yves a communié ce matin. Il a reçu hostie et calice des longues mains blanches, noueuses comme des racines d'ajonc. Dieu était là. Dieu n'a rien révélé. Ou... Un oiseau chantait dehors. Il s'était posé en bas d'un vitrail et l'on voyait au travers bouger sa petite masse. Dieu signifiait-il que l'on eût confiance ? Le piéton lance un cri de joie. Un cochon qui dormait dans l'herbe secoue son corps noir et grogne. Frère cochon, écoute les oiseaux. Ils t'apprendront une musique plus belle.

Prêtre ? François d'Assise, obstinément, a refusé cet honneur. Et qui prétendrait à être plus saint que lui ?

Moine ? Jean Kerhoz soutenait qu'Yves était taillé tout net pour la vie érémitique ; mais, si Dieu lui avait choisi cette voie, l'eût-il poussé aux études avec une telle force ?... Alors, se clore dans une abbaye ? Recopier les Évangiles et rassembler des citations ? Former des novices ? Apprendre le grégorien ? Chercher les herbes médicinales ?

Tréguier tranchera. L'Église ne manque ni de prêtres, ni de moines. Qui sait même si elle n'en aurait pas deux fois trop ? Tous ces frocards, hélas, qui ne semblent mis sur terre que pour exciter les auteurs de fabliaux et d'épigrammes. Il en fallait peut-être quelques-uns comme repoussoirs, non pas ces milliers, surtout pas ces milliers.

Une belette traverse le chemin avec la sérénité d'une étoile filante. Une bergère chantonne. Yves, distraitement, siffle une antienne.

QUATRIÈME PARTIE

à Georges Bernanos.

I

ALAIN Le Bruc reçoit paternellement l'enfant du pays.

— Nous avions besoin de toi. La nature humaine est ce qu'elle est. A Tréguier, à Rennes, à Saragosse, à Venise, c'est tout pareil. Un diocèse pleinement heureux serait celui qui se passerait d'official. *In hac lacrymarum valle ignoramus illum locum*[1].

Il cligne de l'œil. Se rembrunit aussitôt.

— Le nouvel official ne chômera pas. Pour commencer, il traitera une vilaine histoire. Un moinillon, deux sœurs converses. Je ne t'en dis pas davantage.

Une averse bat le pavé de la ruelle. Un cheval hennit, qui n'aime pas ce tapage. Ou bien saurait-il qu'Yves s'est débarrassé d'un de ses frères, une belle bête ?

1. Dans cette vallée de larmes, nous ignorons un tel lieu.

L'évêque, difficilement, se lève. L'humidité ne lui réussit pas. Avant dix ans, il se pourrait qu'il boite...

Il a plaqué ses mains sur les épaules du voyageur.

— Tes hésitations, où en es-tu donc ? Il faut que tu choisisses.

Yves chevrote qu'il se sent pareillement indigne du sacerdoce et du monastère. Choisir entre eux lui est impossible. Il tait le dialogue qu'il a soutenu avec le Cordelier. Alain Le Bruc et Maurice de Tréziguidi s'écrivent tous les quinze jours et Alain doit connaître l'attirance d'Yves pour les doctrines franciscaines, mais ce n'est pas à Yves de s'épancher là-dessus.

Monseigneur est allé se rasseoir dans la cathèdre noire. Il joue avec les signets d'un recueil de parchemins.

— Eh bien moi j'ai choisi pour toi, Yves de Tréguier. Je ne laisserai pas le Père abbé de Beauport ni celui de Boquen te recevoir parmi leurs moines. Je t'appelle à la prêtrise. Je te la confèrerai dimanche, dans quatre jours. Tu sais beaucoup plus de notre sainte religion que la grande majorité de nos chanoines eux-mêmes et tu as maintenu à Rennes ta sagesse de mœurs, pourquoi te soumettre à un stage ? Je te nommerai recteur de Trédrez. J'attends tes objections. Fût-ce pour un grand marcheur comme toi, Trédrez est loin. Tu disposeras d'un desservant et ne seras pas tenu à résidence. Pour les émoluments, tu t'arrangeras toi-même avec le desservant. Tu verras comment vous répartir les différents revenus. Il va de soi que tes fonctions d'official seront rémunérées de leur côté.

Il sourit. Un sourire qui, dans sa pensée, veut dire que le recteur de Trédrez ne sera pas matériellement un homme à plaindre.

Yves n'a rien répondu. Il n'a même pas remarqué le sourire épiscopal. Alain Le Bruc tique et se croise les mains. Il pointe l'index vers l'ingrat et, d'une voix hachée, il ajoute que l'official de Tréguier aura droit en sus à un beau costume de ville.

Cette fois, Yves l'a entendu.

— Pourquoi donc ? Celui que je porte est fait pour tenir trois ans avec des rapiéçages.

— Je ne veux pas que mon official ait l'air d'un gueux. N'oublie pas que ton père était un seigneur.

Le futur prêtre a tourné les yeux. Il s'est retenu de lancer : « N'oublie pas non plus l'étable de Bethléem. » Il se lève.

— Mon évêque aurait-il pour moi d'autres instructions ? J'espère qu'il ne regrettera jamais de m'avoir appelé. J'ai visité plusieurs fois Trédrez dans le temps. Son église est priante. Son peuple... ne vit pas selon la perfection chrétienne, mais son nouveau recteur serait-il parfait ?

— Ne critique pas l'Église dans ta personne.

— Je l'ai critiquée dans la personne de mes paroissiens, je puis la critiquer dans la mienne. Vous avez eu la bonté de me nommer votre official. Je prononcerai des jugements sur les erreurs de mes confrères et ne m'abîmerai pas d'abord en humilité ?

L'évêque se prend la tête dans les mains. Il lui paraît qu'Yves raisonne de travers. Le miroir de la perfection n'est-il pas le Christ ? Eh bien, le Christ va et vient dans ses bourgades et ses discours en ignorant les protestations de modestie. Un ecclésiastique n'a pas à se diminuer devant ses ouailles... Pourtant, Alain Le Bruc ne rétorquera pas. La fougue de son Hélory l'impressionne. Il faut de tout pour faire un évêché.

Il agite une clochette. Un valet borgne paraît, auquel il ordonne de conduire le nouvel official chez le tailleur.

Il souffle et chantonne dans la ruelle un nordet acide. A l'ombre, il fait froid, mais des oiseaux chantent. Le ciel est d'un bleu humble de vieux bateau qui rassérène. Yves avance les yeux perdus. Puisque François d'Assise a refusé le sacerdoce, ne fallait-il donc pas résister aux pressions épiscopales ? En liant deux charges, official et recteur, Monseigneur ne commet-il pas un abus ?

Tais-toi, Hélory. Il n'y aura jamais deux François d'Assise...

— Je te le répète : quand on est une buse, on ne prétend pas imiter un aigle.

Il a parlé tout seul. Il roule des yeux. Le tailleur le considère. Il était en train de lui prendre ses mesures et lui avait demandé de lever le bras gauche. Sans le respect qu'il doit à un official, il le tiendrait pour un esprit fêlé. D'autorité, il lève un bras qui se laisse faire.

— On est content, grogne-t-il, que la pluie soit allée ailleurs.

— Je visiterai demain ma paroisse.

« Décidément, il a le cerveau dérangé », se dit l'artisan avec goguenardise. Il va inscrire un chiffre sur une ardoise. Quand il se retourne, il reste bouche bée. Jailli du dehors par la porte ouverte, un pinson s'est blotti dans le grand chapeau d'Yves, où il criaille des chants allègres.

La malice populaire bretonne et gauloise enregistre bruyamment le fait qu'Yves ait fonctionné en avocat sans dépouiller jamais un seul client. Elle aura jubilé derechef en constatant qu'il n'avait pas eu besoin non plus d'être évêque pour atteindre à la sainteté. Le titre de recteur lui avait suffi. A quelque six siècles de distance, il annonçait le curé d'Ars.

L'iconographie a négligé le bel élan des foules pour Yves, petit prêtre pieux et humble. De ses deux « casquettes », elle a retenu seulement la judiciaire : Yves l'arbitre des différends. On le regrettera. Si mêlées que fussent les raisons qui poussaient Alain Le Bruc à entraîner Yves dans le sacerdoce, une intuition mystique l'aura guidé. L'idée, claire ou non, que l'acharné de sainteté, un tant soit peu fanatique, debout devant lui, devait être appelé nécessairement à consacrer l'hostie. En redisant pour son compte les paroles du Christ : « Ceci est mon Corps. Ceci est mon Sang. »

L'évêque sait-il que François d'Assise a décliné plusieurs fois, et de toutes ses forces, un tel honneur ? Chef d'un diocèse, il vaque résolument à des tâches administratives beaucoup plus qu'il n'approfondit une vocation personnelle. Il connaît mieux la richesse des églises trégoroises en ossements et vêtements ayant appartenu à des saints que la spiritualité franciscaine ou bénédictine... A supposer que le débat de François d'Assise avec le sacerdoce lui eût été familier, cela n'eût pas altéré le regard qu'il porte sur la mission d'Yves Hélory. Dans un temps où la puissance matérielle de l'Église séduit dangereusement la jeunesse et où trop de prêtres s'enfoncent dans la luxure, l'ivrognerie, l'oisiveté, Yves donnera l'exemple d'un homme juste : celui qui se croyait indigne de diriger une paroisse et qui n'a passé outre à sa réserve que par obéissance et dévouement.

... Une autre époque, un autre type de difficulté

pour le clergé. L'itinéraire aura été tout différent au départ pour un Jean-Marie Vianney. Il brûle tellement, lui, d'entrer dans le clergé, mais la faiblesse de son quotient intellectuel atterre les éducateurs. En ce début de la Restauration, les paroisses ne manquent pas de prêtres : il s'en faut d'extrêmement peu qu'il soit rendu au monde... Ici encore, un évêque fera le geste décisif. Contre l'avis des experts, il appellera le fou de Dieu à servir son maître. Ce Jean-Marie qui semble incapable d'enchaîner deux idées, de formuler une phrase originale, annoncera de plein droit l'Évangile, tout comme un Augustin ou un Bossuet. Sur ce que fut l'éloquence réelle du curé d'Ars, nous ne nous prononcerons pas. Pour un ami de la recherche intellectuelle et langagière, elle ne devait guère voler haut. Se défiant de ses ressources, le curé d'Ars procédait comme les élèves peu doués : il copiait une grande partie de ses sermons dans des livres. Nous n'en constatons pas moins qu'en une occasion, alors même que l'auteur, éperdu d'extase, tremblant et pleurant, avait perdu le fil et n'arrivait plus à renouveler son verbe — cinq, dix, vingt fois, il répétait sa confiance dans l'au-delà en martelant ou murmurant « Nous Le verrons ! Nous Le verrons ! » —, il bouleversa son auditoire. La familiarité avec le Christ que le sacerdoce lui ouvrait toute vaste par la consécration quotidienne du pain et du vin assurait au prêcheur médiocre la force de conviction qui semble réservée aux grands chrysostomes.

Aucun sermon du recteur Yves Hélory n'a été recueilli. Autant en a emporté le vent d'ouest ! Il faut donc, pour juger son éloquence, s'en remettre à une intuition que des témoignages relativement multiples confortent. A Dieu ne plaise qu'un homme réputé comme avocat hors pair ne sût pas discourir dans une église ! Yves a beaucoup prêché. On l'invitait, on le provoquait d'un peu partout dans le diocèse, voire de force paroisses extérieures au diocèse, gage incontestable de son charisme oratoire.

Le mot d'Orgon ébloui par la (fausse) piété de Tartuffe a fait fortune au théâtre : « Quel homme ! » Nous le reprendrions, à bon droit cette fois, pour louer Yves Hélory. Tant il apparaît, dans l'accomplissement des devoirs professionnels, comme une force de la nature et de la surnature. Un petit colosse tranquille et vif de la tâche et de la charité. L'évêque l'avait appelé à bon escient. Il récupérait en dévouement tous les honneurs qu'il avait accordés. Ne dit-on pas qu'un vendredi de la Passion, Yves prit la parole dans sept églises différentes, attendu dans chacune religieusement, alternant sans défaillance visible marche dans la campagne et discours, solitude et foule, se nourrissant du pain et du vin eucharistiques et d'un peu de bouillie. L'on prétend que dans certaines et longues périodes, il prêchait quatre fois par jour, apparemment inusable. Quimper lui fit l'honneur de l'inviter. C'était pour lui la plus lointaine des villes du *Tro Breiz*. Une foule s'assembla dans la cathédrale Saint Corentin pour écouter le fameux petit recteur venu à pied du fond de son Trégor offrir, comme les Mages, l'or, l'encens et la myrrhe, les secrets de son amour de Dieu. Plus d'une vieille, quand il se fraya son chemin dans l'assistance pour gagner la chaire, se redit le souhait qu'une Palestinienne exprimait jadis en écoutant Jésus : « Heureux le ventre qui t'a porté, heureuses les mamelles qui t'ont allaité ! » Il y eut un flottement, voire un désappointement, parmi Quimpérois et Quimpéroises quand il eut commencé. Sa langue bretonne était le dialecte du Trégor, quelque peu différent du cornouaillais. Et puis l'on se piqua au jeu. Quitte à ne pas comprendre certains mots, les gens savouraient une nouvelle musique des voyelles et des consonnes. Vraiment, le duché de Bretagne était un grand duché, pour abriter ainsi une telle variété de langages.

Avant Yves, plusieurs saints d'Armorique avaient étendu leur réputation sur toute la Bretagne, à commencer par les Sept Pères Fondateurs, mais ce renom, pour incontestable qu'il fût, demeurait bien flou dès que l'on sortait de tel territoire. De son vivant, et sans du tout l'avoir cherché, Yves a diffusé déjà son image de marque sur le duché entier, du Couesnon à Pornic, d'Ancenis à Crozon, de Locronan à Vitré. Même si Tréguier revendiquerait toujours des droits particuliers sur l'enfant du lieu (dont il exhibe aujourd'hui le crâne sans vergogne), il deviendra le bien commun de tous les Bretons. De toutes les villes, tous les villages de Bretagne.

L'Yves que l'iconographie assied trop aisément dans une cathèdre prend sans cesse le bâton du pèlerin marcheur et il va. Ici. Là. Partout où il a reconnu qu'on avait besoin de lui. Pêle-mêle, dirait-on, il visite la paroisse dont il est le recteur en titre ; l'évêché, où son poste d'official devrait le retenir ; Tours, lorsqu'un acariâtre en appelle de sa sentence ; l'abbaye de Landévennec, le sommet de la spiritualité bretonne ; Saint-Mathieu du bout du monde qui chante vêpres dans le bruit de la mer ; Guingamp ; Redon ; Saint-Pol-de-Léon ; Gouarec ; Locronan ; Nantes ?... Le volontaire et le sentimental abritent l'homme d'action ; l'humble et le réservé, le parleur qui se livre et dont le prochain voulu par l'Évangile dévore les jours et la fatigue.

A ce jeu (n'ayons pas peur d'employer le terme : le Moyen Age chérit la festivité) l'inusable s'usera. Aucune cassette ne transmettra jusqu'à nous le bruit des pas, le timbre d'une voix. N'eût été l'enquête diligentée par un pape, le souvenir se fût réduit, comme pour les saints bretons du temps jadis, aux murmures d'une légende.

L'enquête a eu lieu avant qu'il fût trop tard. Elle tire à la lumière un être dont la complexité n'a rien à envier (si tant est qu'elle voulût le faire) aux hommes remuants de notre époque. Ni aux personnages de Bernanos — ce qui, après tout, est naturel. Puisque l'imagination bernanosienne puisait à fond dans la réalité mystique des saints. Tel Jean-Marie Vianney frère d'Yves Hélory.

II

LE moine Albert avait salué ainsi le premier acte marquant d'Alain Le Bruc évêque de Tréguier : *Il fit saint Yves de Kermartin official de Tréguier et lui donna la recteurie de Trédrez.* Pour Geoffroy de Tournemine, qui reçoit la charge du diocèse à la mort d'Alain Le Bruc, il dira : *Il confia la recteurie de Lohannec à saint Yves de Kermartin, qui la posséda jusqu'à sa mort.*

Donner, confier. Faut-il s'appesantir sur le changement de terme ? Le style du moine Albert a ses afféteries. Éviter une répétition par joliesse était dans sa nature... Mieux vaut relever que les deux verbes sont pleins d'égards pour la fonction épiscopale. Les nominations ecclésiastiques se transforment sous la plume d'Albert en générosités. Il semble qu'Alain et Geoffroy y aillent de leur poche. Cela ne fut pas. L'événement regardait les comptes du diocèse, non des bourses personnelles... Pour autant, ne rabrouons pas les mots. Ils traduisent assez bien qu'une réflexion précédait le geste. Dans le cas de Trédrez, Alain, en même temps qu'il donnait à une paroisse un bon pasteur, gonflait les ressources d'un official. Dans celui de Louannec, village deux fois moins éloigné de Tréguier que Trédrez, Geoffroy ménageait le piéton Yves, qui n'abattait plus les lieues à ce moment avec son alacrité de jeunesse.

La sainteté de Jean-Marie Vianney se confond avec la seule paroisse où il exerça : le dru monosyllabe d'*Ars*, qui n'est pourtant pas l'apanage du lieu, puisque dans une île atlantique il existe aussi une paroisse d'*Ars*, dotée d'une vieille et belle église. Mais, précisément, cette rivale a éprouvé de toujours la nécessité d'une désignation plus longue : elle se fait appeler *Ars-en-Ré*. L'*Ars* de la région des Dombes, qui demeure *Ars* tout court, appartient à son curé aussi fortement que celui-ci à l'histoire de l'Église de France.

Avec des temps d'exercice fortement comparables, neuf et dix années, Yves a été le recteur de deux paroisses successives... La Bretagne chérit ses recteurs à l'égal de ses clochers. Du coup, avec un attendrissement respectueux et rieur, elle a donné à Yves, en synonymes, du « recteur de Trédrez » et du « recteur de Louannec ». Le second titre l'a emporté, de beaucoup, sur le premier.

Trédrez se situait à quelque huit lieues de Tréguier ; Louannec, à moins de cinq. L'official avait beau être un piéton qui ne craignait ni pluie ni bise ni côtes, plus un pénitent qui rognait sur le sommeil avec astuce, les affaires judiciaires qui lui tombaient sur les bras, jamais simples, bloquaient souvent à l'évêché ou à Kermartin le recteur de Trédrez. Celui-ci devait donc largement s'en remettre sur le prêtre desservant dont il disposait, qui administrait dès lors le quotidien de la paroisse lointaine. Les dimanches et fêtes relevaient le plus possible de la direction d'Yves dans tous les cas. Il les vivait dans une effervescence spirituelle, préoccupé de se faire pardonner des absences involontaires.

Les rapports avec Louannec furent beaucoup plus souples. Dans tout ce terroir, il avait emmagasiné des souvenirs du temps où il courait maisons et presbytères, en compagnie de Jean Kerhoz, pour préparer les fortes études parisiennes. C'étaient des lieux dont rue de Fouarre, aux heures de décrochage, sa nostalgie rêvait. Ces grèves, cette plage, cette église, voilà qu'elles devenaient son domaine. Sa vigne mystique. Son Capharnaüm, son Lac de Tibériade. Il aimait la modestie d'un presbytère où Kerhoz et lui avaient cueilli des pommes et des poires au jardin pour aider le vieux recteur, très savant homme. A mesure que la santé d'Yves déclina, il s'attachait au toit, aux portes, aux marches d'escalier, comme à des amis, à des ouailles très humbles. La petite maison sacerdotale, où il accueillait tant de misères, devenait un second Kermartin. Lorsqu'il se jugea incapable d'assumer toutes ses tâches et se résolut à déposer une part du fardeau, il résilia sa charge d'official, il garda sa recteurie. Le prêtre qu'Alain Le Bruc avait fait de lui et qu'Yves était désormais à un degré suprême ne pouvait plus, n'osait plus, décrocher d'une paroisse. D'une communauté humaine et géographique. Il fut à ce moment le curé de Louannec, digne de s'appeler ainsi pour la suite des temps. Absolument comme Jean-Marie Vianney, le curé d'Ars.

— Ma paroisse. Ma paroisse…

L'apothéose sacerdotale vécue par Yves à Louannec avait été congrument préparée à Trédrez. Il s'était figuré obtenir du desservant et des paroissiens que l'accueil, pour sa première journée, fût très simple, pas d'évêque, pas de confrères, vous mes enfants et le recteur ensemble avec le bon Dieu — ils n'en avaient fait qu'à leur tête. Ils lui avaient ciselé sa « joyeuse entrée » de petit prince de la côte. Une délégation d'une vingtaine d'hommes, tous des paysans-pêcheurs, attendait depuis plus d'une heure, sur la limite de la paroisse avec les terres de Lannion, leur piéton recteur parti de Kermartin dans la nuit étoilée. Bannière, encensoir, reliquaire, ils n'avaient rien oublié. Même pas trois ou quatre chiens… Une croix de pierre fruste se tenait là, marquant l'entrée du chemin défoncé qui menait à des menhirs. Vous ne pouvez pas vous tromper, *Aotrou* [1] Hélory… En effet. Et un cheval hennissait, tout sellé, le don d'un manoir voisin, ne demandant qu'à porter son recteur. Non, mes amis, que celui-ci s'en aille paître : je ne suis pas l'évêque de Rennes ! A la rigueur, je n'aurais pas refusé un âne, mais, vous allez voir, je peux marcher encore… Un gentil badaud, qui avait trop bu déjà, s'était penché pour lui tâter les mollets et avait juré qu'ils étaient de bonne trempe.

Dans un nuage, Yves donnait le baiser de paix à chaque paroissien et à la bannière. Puis, comme Jean-Paul II, il s'agenouillait. Il avait prié, mains contre la tête, puis il avait béni le sol, avant de poser les lèvres

1. Monsieur.

contre une touffe d'herbes. Elle sentait très vieux, très puissant. L'assemblée d'une foule de siècles. Ma paroisse.

— On pourrait profiter que vous arrivez pour démolir les menhirs païens. Ça marquerait une date.

... Yves s'était remis debout. Il souriait. Haussait les épaules. Vous plaisantez, mes amis ! Quand il traversait la grand-place de Lannion tout à l'heure, des ouvriers y dressaient l'estrade du pilori et il avait failli les inviter à surseoir. C'était fête en lui, ne touchez pas à cette journée... Pourquoi massacrer des pierres ? Dépôt sacré, il gardait la mémoire de Thomas d'Aquin exaltant ce qu'il nommait la religion naturelle. Les païens nos ancêtres avaient leurs lumières sur Dieu. Les menhirs étaient leurs statues pieuses. La fraternité que François d'Assise étendait sur la nature les protégeait, comme elle protégeait les voies romaines, les souches des forêts englouties dans les sables des plages.

L'on avait donc formé le cortège sur la petite route. Au loin, les sonneurs de Trédrez, alertés par les cornes de vache des guetteurs, lançaient les cloches. On braillait des cantiques bretons qui sentaient le lait caillé ou la mûre des ronces plutôt que l'encens. A l'entrée d'un hameau, les femmes avaient juché un garçon hydrocéphale qui brandissait un bouquet de marguerites en hurlant ses *béniguet*[1]. Yves avait donné à ce brave le baiser de paix, honteux joyeusement des grâces que Dieu avait disposées pour lui. Quelle route, Seigneur, depuis la rue de Fouarre et Notre-Dame de Chartres ! Quelles courbes ! Et cependant, quelle régularité.

1. Béni.

Ma paroisse. Mes paroissiens. Mes oiseaux. Mes nuages. Frère taureau...

La procession désordonnée tournait à la multitude quand elle atteignit le cimetière dont l'allée centrale menait au porche de l'église entre deux rangées d'ifs. Entouré d'un essaim d'enfants de chœur aux robes rapiécées et décolorées, le desservant s'avança vers son maître pour lui baiser la main. Yves fit non de la tête et présenta ses joues. Le desservant titubait. A jeun depuis la veille au soir, il avait distraitement demandé force à un pichet de cidre et la première tasse avait été suivie d'une deuxième.

— *Noli bibere magis*, lui murmura Yves [1].

L'autre maniait trop mal le latin pour répondre dans la même langue. Tout bas, dans un breton volubile, il assura qu'il ferait un effort.

Sous le porche, les douze apôtres occupaient leurs niches, six à droite et six à gauche. Un pigeon n'avait même pas jugé utile de quitter le chapeau de saint Jacques et personne ne songeait à l'en éloigner. Au passage, Yves effleura le socle de saint Pierre. Peut-être, comme le Christ, et sans savoir pourquoi, ressentait-il une préférence pour Jean, mais Pierre était le chef de l'Église. Un recteur lui devait allégeance. *Tu es Petrus*...

Deux centaines de femmes, deux fois plus de mioches, occupaient déjà nef et bas-côtés, où ils priaient et caquetaient, mais la *karabassen* [2], debout près de l'autel, leur imposa le silence à l'entrée des prêtres. La cohue du dehors ne tiendrait jamais là-dedans... A la

1. Ne bois plus.
2. « Bonne de curé. »

grâce de Dieu ! L'odeur était celle d'une étable. Parler d'étable revenait à évoquer Bethléem. L'enfant Jésus devait salir ses langes comme tous les enfants des hommes. Ébloui par l'humilité du Christ, Yves s'agenouilla. Sans retenir ses larmes, il baisa la terre nue. Autour de lui, des commères croyaient à un malaise et le saisissaient aux épaules, mais il se redressa. Il s'essuya les yeux de sa manche, puis entonna le cantique du barde aveugle *Ar baradoz*. A Paris, devant Notre-Dame, un soir d'hiver, sur la brusque invite d'un moine, il avait entendu toute la populace faire éclater sa ferveur dans un Noël. Trédrez réagissait avec le même enthousiasme. Aigres, aiguës ou tendres, sombres ou claires, chevrotantes ou nettes, les voix se fondaient toutes dans l'ensemble tribal. Le nouveau recteur frissonna. Sa paroisse connaissait les beaux cantiques. Elle avait envie de suivre la bonne route. Dans le fond de la nef, par-dessus l'autel, un vitrail souriait. Il représentait pourtant le Calvaire.

Sans les longues premières armes de Trédrez, le recteur de Louannec n'eût pas touché à la perfection du sacerdoce.

Une paroisse, un morceau de chrétienté. J'ai reçu les clefs d'une paroisse.

Émotion beaucoup plus profonde que l'orgueil du propriétaire qui salue ses arpents, son bétail, ses domestiques. C'était le bonheur, physique et abstrait, d'une meilleure approche de Dieu et des hommes. D'une initiation. François d'Assise n'aurait-il pas sous-estimé ce sentiment quand il refusait le sacerdoce ? A moins que la direction d'une troupe de moines...

J'habite la réalité de la création et j'habite les confins du monde.

... Que le franciscanisme aille en paix ! Je me réserve le loisir de l'assimiler encore plus profond. La Bretagne doit semer dans le sillon qu'il trace.

Je retrouve la Genèse. Des paysages m'appellent pour que je les contemple d'un œil neuf.

La Bretagne armorique accourait vers Yves du fond de ses âges. Il enchaînait en toute continuité avec la découverte que gens et lieux avaient faite ici du christianisme. Sur ces rivages, la marque des vieux saints était aussi nette que le fer d'un cheval sur une glèbe boueuse. Dans des dizaines d'endroits, une source, une pierre, une faille dans le roc ou les teintes d'une plante, s'expliquaient par le geste d'un de ces robustes personnages. Par une aventure que Dieu lui avait envoyée.

Légende ! Le mot ne signifiait plus ici billevesées. Il reprenait l'énergie qu'il avait dans le *legenda* du rituel : *Texte qu'il faut lire à haute voix.* Pour qu'on écoute clairement, pour qu'on retienne la parole sainte.

Sur la gauche de Trédrez en regardant le large, la côte filait plein ouest avec le soleil. Les marées couvraient et découvraient les grandes étendues sableuses de l'estran de Plestin-les-Grèves. La forêt où un dragon mijotait ses mauvais coups dans une caverne avait disparu du littoral, sinon le relief n'avait guère changé depuis qu'Efflam, le jeune prince d'Hybenie, avait débarqué par là, poussé dans la baie par les vents, pour chercher solitude. C'était vers le Ve siècle. L'official de Tréguier souriait devant l'embrouillement de toute cette affaire.

Le prince fuyait ni plus ni moins le domicile conjugal. Alors qu'il brûlait de se faire ermite en terre étrangère et avait secrètement préparé son départ, son père, par raison d'état, l'avait marié à Honora, princesse du pays voisin. Qu'à cela ne tienne ! Dans le lit nuptial, le soir de la cérémonie, Efflam discourt sur la virginité en si belles phrases qu'il gagne l'épousée à l'idée du mariage blanc... il a omis de dire qu'il ficherait le camp dès qu'il verrait sa dame endormie pour de bon. Pas brillant, mon prince. Vous risquiez de faire éclater la guerre entre père et beau-père. Heureusement pour vous, la légende ne mentionne aucune levée d'armes. Vous doutiez-vous des qualités de votre épouse ? Vexée que son Efflam eût manqué de confiance en elle, Honora, telle une héroïne de la Table Ronde, s'est jetée dans l'aventure. Elle fait gréer un navire et s'en va courir la mer. Trois années plus tard, le bateau, qui se nommait *La Patience*, se met au sec sur les sables de Plestin-les-Grèves.

— Vous cherchez le prince Efflam, gente Dame ? Un ermite de ce nom habite là-bas au bout de la grève. La cabane grise sur la dune.

... Efflam se recroqueville dans sa bure lorsqu'Honora toque à son cabanon — il ne laisse pas d'en être attendri. Une fois sûr des intentions de la voyageuse, il accepte qu'elle s'installe à son tour dans le pays comme ermite. Il va lui bâtir une cabane à l'autre extrémité de la baie. Une lieue de sable les séparera. Une fois par semaine, ils se rencontreront sur le cap sis tout exprès pour cette fin au centre de leurs grèves. Laissant entre eux un intervalle de dix pas et ne se regardant jamais, ils disserteront des choses saintes.

L'official considère le paysage où se sont déroulées de telles prouesses. Étaient-elles inhumaines ? Il cligne de l'œil. Dans les sources spirituelles, comme dans celles de la terre, les eaux n'ont pas toutes même nature ni mêmes vertus. L'histoire d'Efflam et d'Honora doit être une source ferrugineuse. Les luxurieux auraient intérêt à s'y abreuver.

III

DANS la foule des miracles obtenus par l'intercession d'Yves que retiennent comme au moins plausibles les enquêteurs du pape, la mer et les rivières qui y conduisent, les puits et les lacs, les bateaux et les rivages, occupent une place considérable. Comme ses rudes et brumeux prédécesseurs venus trop tôt sur le sol breton pour postuler un label papal, Yves est un saint de la *Bretagne armorique*. Un saint de caractère maritime, ouvert à la puissante vie océane, à la féérie mouvementée des paysages de l'estran et du large, un saint qui connaît les nuages et la hauteur des marées, les poissons et le grincement des barques, aussi bien qu'il connaît les psaumes — et l'insistance des gens de mer à le prier dans le péril en apporte une preuve éclatante. En introduisant saint Yves dans un couplet de la *Paimpolaise*, où il le fait appeler « notre patron » par les pêcheurs, Botrel ne prend pas une initiative de chansonnier montmartrois. Il suit une tradition. Pour tout le Trégor, pour toute une Bretagne célébrée comme pays de pluies et de rias, d'îles et d'abers, de plages et de ports de pêche, et qui parle haut elle-même de sa *ceinture dorée*, Yves n'est pas seulement le modèle des prêtres et des avocats, mais un côtier et un homme de la mer.

Dix hommes de la paroisse de Plou-pezr firent naufrage entre Beg-Milliau et le Guéaudet, leur vaisseau ayant été si furieusement battu de la tourmente qu'il coula à fonds ; en cette extrémité ils eurent recours à Dieu et à saint Yves, lesquels ils invoquèrent de bon cœur à leur aide, et furent miraculeusement jetés à la côte sains et gaillards. Messire Guillaume Tournemine, seigneur de la Hunaudaye, diocèse de Saint-Brieuc, tombé avec son cheval dans une fondrière des grèves de Hilion, en manifeste danger de sa vie, son cheval bondit hors et se sauva et lui aussi. Un jeune garçon de la paroisse de Trédarzec, diocèse de Tréguer, nommé Alain André, tombé dans la mer au port de la Roche-Noire près de Lang-Tréguer en danger de se noyer, fut sauvé miraculeusement à l'invocation de saint Yves. Un bateau où il y avait grand nombre de personnes se brisa contre un rocher en pleine mer, ce que voyant ces pauvres gens tous d'une voix se recommandèrent à saint Yves, ils allèrent premièrement à fond, puis revinrent sus, et furent doucement jetés au rivage sans aucun mal.

Nous nous dispenserons de toute ironie voltairienne pour apprécier ces témoignages. Pour départager entre ferveur et superstition, frousse et ingénuité. La bonne foi des gens saute aux yeux. Il s'agit de scènes prises sur le vif. Elles sentent le panier de pêche en osier, la moque [1] et le sable vaseux, l'algue et le rouleau. Tout

1. Le vieux gobelet qui sert à vider l'eau de mer.

douanier de l'intérieur des terres qu'il fût, le peintre Henri Rousseau eût tiré de chacun un ex-voto savoureux pour une chapelle saint Yves.

On aura relevé qu'un miraculé, *« un jeune garçon »*, était natif de Trédarzec, cette paroisse qui, dans une époque récente — mais cela remontait fort loin —, faisait grise mine à saint Yves, seule de tout le Trégor. Ce ne fut pas l'unique occasion où la protection yvienne joua en faveur d'elle. Après Alain André, voici Jean Le Lièvre. *Un certain nommé Jean Le Lièvre, de la paroisse de Trédarzec, étant allé en mer avec plusieurs autres, le bateau battu des vents et des vagues coula à fond et noya tous les autres, lui seul excepté, qui s'était recommandé à saint Yves.* Dans ces conditions, taxera-t-on d'ingratitude les gens de Trédarzec ?... Qui sait ? Les esprits forts de ce village, ou simplement les familles des compagnons de Jean Le Lièvre, n'auront-ils pas fait grief à Yves d'une mesquinerie ? Grigou bien tranquille dans ton ciel, tu sauves l'astucieux qui pense à t'invoquer, plutôt que les braves marins tout à leur désespoir, si humain, d'attrister par leur mort la femme et les petits ! Vaniteux, voilà ton nom. Ta conduite tourne le dos à la charité.

Si les professionnels de la mer se taillent une belle part dans les miracles, l'anecdote relative à la chute de Guillaume Tournemine démontre, en dépit des chipotages de Trédarzec, la miséricorde impartiale du saint. C'est un très grand personnage que ce seigneur de La Hunaudaye, un des plus puissants de Bretagne après le duc. Son château-forteresse, bâti en pentagone (l'état-major américain n'a pas inventé cette figure) au milieu de bois sombres sur les arrières du pays dinannais et doté de puits intarissables, défie les agresseurs.

Même en ruine, La Hunaudaye offre aujourd'hui une image de l'architecture militaire médiévale plus farouche et aussi altière que Pierrefonds.

Avec ses trésors et ses armes, le sire de la Hunaudaye reste un homme à la merci de son destin et, quand il chevauche, de sa monture. Pour gagner Saint-Brieuc, il s'était mis en tête de couper au galop par les vastes grèves que le flux a découvertes. Ainsi pratique-t-on dans le pays et il l'a déjà fait. Il fonce trop vite. Outre qu'ici et là on traverse des bras de ruisseau et que par zones le sable est mou, la mer laisse derrière elle, à des endroits qu'elle varie, de grands trous d'eau. Leur profondeur peut atteindre deux fois la taille humaine. Lancé à fond de train, excité par les odeurs, par le bruit de sa course, le pur-sang de Guillaume a mal jugé, ou pas jugé du tout, un de ces étangs. Il dégringole. Le caillou lancé par une vieille femme avait jadis occis le grand général Pyrrhus — empêtré dans bottes et habits, le sieur de la Hunaudaye ne va-t-il pas se noyer comme vilain tombé dans une mare ?

Les instants ne chôment pas. Le cavalier, qui suffoque, avait gardé les pieds dans ses étriers. Déclic immédiat de piété, il s'est recommandé à Yves Hélory. Déjà il sent la bête, saisie par la rage de vivre, qui déclenche un ébrouement gigantesque. Il se cramponne. Elle agrippe ses pattes à une pente sans qu'il ait à l'exciter, ce qui lui serait impossible, elle se dégage avec un hennissement... Hors du trou, comme penaude, elle s'arrête. Ses pattes flageolent. Il descend de selle pour la flatter de la main, lui dire des gentillesses. Lui-même, il est nauséeux, fébrile. Il a perdu son chapeau, qui flotte là-bas. Mon fort et doux ami,

Yves Hélory, nous a protégés tous deux. Sans lui, nous y restions. Nous irons ensemble prier sur sa tombe. Je te conduirai par la bride. Nous prierons chacun selon ses moyens. Pour que le pape instruise sa béatification au plus tôt. Ne t'inquiète pas si tu crottines dans la cathédrale. Je serai trop heureux de nettoyer les dégâts moi-même comme le dernier de mes valets.

Quand la statuaire traite la scène d'Yves Hélory écoutant le Pauvre et le Riche, elle malmène le plus souvent ce dernier. Outre qu'elle lui donne un air arrogant, elle place entre ses mains ou fait dépasser de sa poche la bourse par laquelle il se propose d'acheter le juge. Ce parti pris de l'art populaire témoigne bien sûr pour la piètre estime où la grande majorité du « tiers état » tenait la magistrature. Un esprit de revanche l'anime, dont on peut louer la saine vigueur, comme on apprécie la ruée d'un joueur de rugby frappé par un adversaire. Néanmoins, répétons-le, une telle insistance fausse la psychologie du saint. L'ami des pauvres n'est pas l'ennemi des riches, auxquels il ne refuse nullement d'office l'esprit de justice ni même de pauvreté. Le sire de La Hunaudaye n'a pas oublié qu'Yves Hélory fut au service d'un de ses oncles, Monseigneur l'évêque Geoffroy de Tournemine de bonne mémoire, comme official et recteur. Un personnage pas du tout commode ! A telle enseigne qu'un deuxième oncle, prénommé Guillaume lui aussi, et qui servait de trésorier à son frère, entra en conflit avec cet Hélory et l'insulta en public très copieusement... Un morceau du passé à oublier ! Lorsque le sire de La Hunaudaye tombe dans son trou d'eau et se recommande à Yves près du Christ, c'est qu'il songe d'abord que cet Yves-là aimait et secourait, indistinctement, tous les malheureux. Un grand seigneur en péril de se noyer et qui prend conscience de sa petitesse devient aussitôt son frère.

En soutenant qu'Yves Hélory fut un amoureux de la beauté du monde, et en particulier de la mer, nous n'encourons pas le reproche de lui prêter une passion qui serait seulement la nôtre. Nous tirons la conséquence d'une fidélité celtique à François d'Assise. Parmi les précisions, si rares, que fournissent les vieux biographes, et dont l'authenticité ne semble pas douteuse, un fait provoque un intérêt considérable : le besoin d'écrire s'était imposé à lui ; il notait des réflexions, des événements ; il méditait la rédaction d'un ouvrage qui se fût appelé *Les Fleurs des Saints*.

Aucune trace de cette activité littéraire ne nous est parvenue. Nous ne saurions lui rapporter le texte intitulé, ou surnommé, le testament de saint Yves, pièce extrêmement précieuse mais dont le style contourné sent le prétoire, le souci d'éviter les pièges judiciaires. Le grand souffle qui habitait cette âme, le halètement de cet amour de Dieu et des hommes, ne se transmettent pas dans les traînantes périodes. Elles ont perdu le génie lapidaire de la langue latine.

... *Les Fleurs des Saints*.

La sainteté alpha et oméga de l'apostolat chrétien — le feu dont brûlaient le gamin, le jouvenceau et l'écolier, ne s'éteint pas chez Yves avec les années. L'âge mûr frémit de la même vérité que l'enfance. Le besoin de dépassement et d'exploit qui hantait les muscles du mioche tendait vers le même idéal que l'élan mystique emportant le prêtre. *Soyez saints comme mon*

Père lui-même est saint. Aidez-vous dans une telle entreprise par l'exemple de ceux de vos frères et sœurs qui ont notoirement gagné la sainteté... L'ouvrage en gestation — ou même fortement commencé ? — se fût proposé en livre d'expéditions et d'aventures, de voyages et de batailles. *Plus est en vous.* Connaissez-vous vous-mêmes dans la personne des saints. Leur moelle n'était pas à l'origine plus noble que la vôtre. Ils ont pataugé comme vous. Tout comme vous, ils se sont cassé la figure, ils ont pris des claques et des horions. Du temps que j'étais écolier, j'ai lu à Paris le dit de Rutebeuf sur Marie l'Égyptienne. Même dans Alexandrie, ville de toute corruption, celle-là passait pour une putain déchaînée. Eh bien, la Vierge l'a enchaînée oui-da. Marie l'Égyptienne a fait repentance. Elle est devenue sainte comme... Ne cherchez plus : comme l'Honora de Plestin-les-Grèves.

L'humour veut que le titre choisi par Yves, *Les Fleurs des Saints*, rappelle aux oreilles françaises un livre fort éloigné de l'hagiographie. A leur parution, sous le Second Empire, les *Fleurs du Mal* ont choqué la société dite « bien pensante ». Le *mal* aurait ses fleurs, était-ce possible ? L'auteur offrirait-il à son lecteur, bouquet délétère, un tableau des vices ?... Le propos baudelairien n'a jamais eu cette simplicité ridicule. L'âme du poète vivait son « combat avec l'ange ». Dans son libertinage, elle cherchait avec angoisse la lumière. Imprécations, provocations, mais aussi nostalgie de l'amour courtois, de la piété enfantine. Saint Yves n'eût pas changé un mot à la strophe :

Sache qu'il faut aimer, sans faire la grimace,
Le pauvre, le méchant, le tortu, l'hébété,
Afin de pouvoir faire à Jésus, quand il passe,
Un tapis triomphal avec ta charité.

Quand il transformait chaque demeure où il séjournait en lieu d'accueil pour les misères, à Kermartin, Trédrez ou Louannec, Yves n'écoutait-il donc pas l'ordre que les deux premiers vers lancent avec tendresse ? Et comment n'eût-il pas loué l'image ingénue des Fête-Dieu moyenâgeuses présentées par les deux autres ? C'est avec des objets humbles que la charité compose son « tapis triomphal ». En filigrane dans l'évocation baudelairienne, il eût contemplé un vieux prêtre, ostensoir à la main, qui chemine en queue de cortège rue des Bouchers ou rue des Tailleurs. Devant les petites maisons en encorbellement qui se tassent de guingois à droite et à gauche, les familles se sont agenouillées. Comme le jongleur de la fable offrant ses pitreries à la Vierge, elles ont étalé contre murs et fenêtres en l'honneur du Christ les draps et couvertures de leurs maisonnées, piquetés de fleurettes blanches. Certes pas des fleurs du Mal ! Mais des fleurs des champs et des jardins, des fleurs des saints.

La servante au grand cœur dont vous étiez jalouse
Et qui dort son sommeil sur une humble pelouse,
Nous devions pourtant lui porter quelques fleurs...

Inutile de presser Baudelaire de questions pour qu'il l'avoue : les fleurs que l'humble servante méritait ne pouvaient pas être non plus des fleurs du Mal. C'étaient les *fioretti* de la reconnaissance.

Nous ne pensons plus guère au sens littéral du mot « anthologie » : choix de fleurs. Yves l'ancien escholier avait probablement retenu lui-même le titre *Les Fleurs des Saints* eu égard à sa signification symbolique. Il voulait offrir aux clercs de l'Occident chrétien les exemples de sainteté qu'il croyait les plus beaux ou les plus accessibles. N'importe : *fleurs* il y avait. Des païens avaient fait les chrétiens ; des réalités concrètes, les notions abstraites. Le génie celte ne l'oubliait pas. Yves aimait les fleurs et la sainteté son idéal n'était pas grisaille ni fadeur, elle parfumait et s'irisait au loin comme un champ de roses sauvages ; une pente de landaie sous le soleil de Pâques. Rien d'un bouquet sec ! C'était bon pour les fleurs de rhétorique ! Les fleurs de sainteté poussaient en terre. Leurs racines étaient des vies. Si le livre projeté par Yves demeura toujours, plus ou moins, à l'état d'ébauche, là se trouve peut-être la raison : le poète et l'ami du langage qui habitaient en lui redoutaient l'artifice et la lourdeur. Là où il n'eût voulu que la simplicité d'une mélodie agreste, il risquait de construire une démonstration, un plaidoyer. Les saints ne requéraient pas du tout un official.

Était-il peintre ? Son affectueuse admiration pour les saints, sa considération pour la parole humaine, n'expliquaient pas l'ambition de son titre *Les Fleurs des Saints* à elles seules. Les enluminures des psautiers, des Livres d'heures, dansaient devant ses yeux. Avec quelle allégresse, dans des marges qu'ils se complaisaient à laisser grandes, les moines s'entêtaient à tracer, dorer et peindre, pétales et tiges, corolles et pistils ! Sous leurs petits pinceaux, les fleurs et les éléments des fleurs devenaient déjà des hiéroglyphes. Leurs formes chantaient et disaient, jouaient de la cithare et du tambourin, de la viole d'amour. Elles étaient parties constitutives de la sainteté du livre ; de la bonne volonté des serviteurs de Dieu. Ce ne sont pas des théoriciens modernes qui ont lancé « l'art sacré », mais les clercs et artisans médiévaux. Un Évangéliaire, un vitrail, réclamaient même acharnement et même ferveur. Les imagiers de l'Occident chrétien n'œuvraient pas avec moins de piété que les peintres d'icônes.

L'idée, ou les images d'un livre nommé *Les Fleurs des Saints*, ont germé chez Yves aussitôt que l'official se fut doublé d'un recteur de la côte.

Les saints avaient fleuri sur la chrétienté. Les premiers, les lanceurs de tout l'élan, les premières communautés chrétiennes les avaient recrutés comme *ipso facto* dans l'entourage du Christ. Parmi les premiers disciples et martyrs. Tout de suite, elles les avaient proposés en modèles à l'Église. Elles avaient fait mention expressément de plusieurs d'entre eux dans l'ordinaire de la messe. Elles proclamaient d'ailleurs, à la manière de mai 68, que ce n'était « qu'un début »... Le droit et le devoir de la sainteté, son besoin et ses exigences, allaient leur chemin. L'apostolat des missionnaires qui parcouraient l'Europe et mordaient de leur mieux sur Asie et Afrique, suscitait sans cesse, avec de nouveaux martyrs, de nouvelles nominations locales. Il y aurait eu beaucoup à redire, même pour le XIIIe siècle, sur nombre d'entre elles. Parce que justement ils aimaient les saints, les Bollandistes ne s'en privaient pas, émondant, essartant, pour le bien des pousses à venir. N'empêche que, même dans les truculences, les exagérations et les gaucheries, voire les erreurs dont les enthousiasmes d'une masse trop prompte se rendaient coupables, les peuples chrétiens manifestaient une vitalité très saine. Ils traduisaient, rudement, leur confiance absolue dans la Bonne

Nouvelle. Dans le rôle, éminent, assigné par Dieu à l'humanité.

A partir du jour où elle avait commencé d'adopter le christianisme, la Bretagne attirait les aventuriers de l'Évangile. Ceux qui rêvaient du martyre comme les fanatiques de solitude. Entre elle et les grandes îles qui ne s'appellent pas britanniques par hasard et dont les moines de Bourgogne avaient converti les pionniers, un étrange commerce de sainteté s'était mis en branle. De véritables écoles, de véritables fabriques de sainteté, fonctionnaient dans des îlots d'Écosse et d'Irlande. Elles exportaient vers l'Europe, et de préférence vers la fraternelle Bretagne, d'excellents produits frais.

On se gausse en France de la foule des saints bretons inconnus au bataillon romain. On oublie, ce faisant, la généralité du phénomène. De haut en bas, de l'est à l'ouest de notre hexagone, il fut pourtant une période où le peuple chrétien a décoré à profusion, du Grand Collier de la Sainteté, des hommes et des femmes… Mais soit : les saints de réputation plus que modeste et dont les Bollandistes se sont efforcé, à regret, mais avec succès, d'obtenir une discrète mise à l'écart, ont proliféré en Bretagne. Et quand cela serait ? Ils contribuent sans déshonneur à l'image de marque de leur région. Comme ailleurs les vins de pays et les fromages de chèvre.

Sur la ligne de métro parisienne Porte de Clignancourt-Porte d'Orléans, dite ligne Nord-Sud, les étrangers notent parfois avec un certain sourire la succession des stations *Saint-Placide, Saint-Sulpice, Saint-Germain-des-Prés*. Comme si la cause chrétienne n'était pas encore suffisamment entendue, à peine un nom de l'antiquité grecque *Odéon* a-t-il défilé que voici *Saint-Michel*.

Si les toponymes parisiens illustrent toujours la propension du Moyen Age à vêtir de noms de saints ville et campagne, presque tous les saints utilisés par la capitale, grands incontestablement, n'ont jamais vécu en personnes physiques sur son sol. La Bretagne dame le pion à Paris. Non seulement elle a davantage eu recours à des noms de saints pour ses toponymes, mais les saints dont sa géographie se réclame sont en écrasante majorité, ou des natifs de son terroir, ou des évangélisateurs venus pour ses beaux yeux des îles britanniques. Des cousins. Si vous ne visitiez pas le pays de Bretagne, vous ne sauriez jamais leurs noms, c'étaient gens tellement naturels et modestes. Au XVIIe siècle, le moine Albert se frotte les yeux quand il les évoque. Sa pieuse enfance bretonne les mélangeait aux paysages quotidiens. Elle ne s'arrêtait pas sur leurs quant à soi. Adulte et rompu à l'étude, il comprend enfin que chacun d'eux sortait de l'ordinaire, que la sainteté ne tombe pas toute rôtie dans un bec, mais il n'arrive pas encore à s'ébahir devant leur foule.

Attaquant *La Vie de Saint Jacut, premier du saint monastère de Landouärt, autrement Saint Jacut de l'Ile en l'Évêché de Dol*, il écrit des lignes tordues fort révélatrices et qui justifient, sans s'en douter, l'ambition littéraire d'Yves :

Il faut avouer que si nous avons obligation à la Bretagne de nous avoir conservé plusieurs[1] *saints et excellents personnages,*

1. Plusieurs ? Monsieur le moine veut rire ! Dites plutôt un bon millier.

nous n'en avons pas moins à l'Angleterre[1] *de nous les avoir envoyés ; et si, faisant abstraction des motifs*[2] *de ses libéralités, on en voulait seulement considérer les effets, ce serait assez de savoir qu'elle a été la mère d'un saint Paul de Léon, saint Méen, saint Samson, saint Renan, et plusieurs (!) autres, qu'elle a été plus large à en gratifier ceux qui les ont immédiatement reçus qu'eux affectionnés à les publier ; puisque ce que nous avons à regretter en ce point, c'est d'avoir si peu d'instructions des vertus et miracles de ces grands saints, que plusieurs semblent inconnus aux lieux qu'ils ont davantage habités...*

Même si l'acte physique d'écrire est puissamment familier à Yves depuis les écoles, il est homme d'avant l'imprimerie et il est Celte. Le chanteur, le rêveur et le parleur comptent beaucoup plus chez lui que l'écrivain. S'il veut composer un livre, ou, comme le disent les modernes, se mettre dans un livre, il ne cherche pas à deviner les effets de style que le projet lui offrira. Il veut dialoguer avec des saints, avec des lecteurs, avec la Bretagne, dans le bon d'un cœur aimant. Il regrette sans doute, comme Albert, que l'hagiographie bretonne soit pauvre en documents précis, mais bah, il vaut beaucoup mieux manquer d'archives sur les saints que manquer de saints et sur ce sujet il tressaille d'aise. A portée de l'imagination et du songe, les saints de Bretagne qu'il avait eu légère tendance à négliger en Ile-de-France et dans l'Orléanais sont tous là. Trésor inépuisable.

1. Entendez les îles britanniques. L'Irlande peut revendiquer directement un fort tiers de ces saints.

2. Albert sous-entend que les compagnons des saints qui débarquaient venaient tout bonnement chercher des terres. C'étaient des immigrants.

De Trédrez, de Louannec, où que la méditation d'un recteur cheminant sur une plage ou une falaise entreprenne de s'égarer et de fouiller au long de la côte, il bute sur de la sainteté clairement affichée, beaucoup plus fort que le voyageur du XXe siècle dans le métro parisien. Dans les alentours immédiats, saint Efflam. Saint Guirec, le patron de Locquirec et de Perros-Guirec. Saint Milliau, l'ermite de l'île qui lui a pris son nom... Plus loin... Plus loin, écoutez ce très pieux cliquetis, ce carillon, cette aubade. Deux Pères Fondateurs : Saint Malo, Saint Brieuc. Et puis la litanie des Saint-Servan et Saint-Suliac, Saint-Cast et Saint-Briac, Saint-Jacut et Saint-Lunaire... Il éclate de rire. L'Armor et la sainteté s'épaulent. Il songe avec délectation à l'histoire du saint appelé Suliac. A ce congre si drôle qui... Mais chut ! L'anecdote ira dans le livre. Il se baisse pour regarder de près une valve blanchie de coquille Saint-Jacques. Encore la mer et la sainteté. Et la sainte pauvreté. Il frotte et hume la nacre offerte dans toute sa beauté à un petit animal marin. Merveilles. On ne trouvait pas cela Place Maubert. Ni cette jeune laminaire plus souple que la chevelure du Samson de la Bible et que la tempête d'il y a trois nuits a déracinée de son écueil ou de sa grotte. Il plonge le nez dedans. C'est âcre et violent, profond et dur. Au commencement, Dieu fit le ciel et la mer. Les poissons et les algues. Il se baisse et il repose la grande liane sur le sable. Il sourit à un couteau [1] qui a deviné l'humeur paisible d'Yves et dresse gentiment, comme un doigt, le haut de son corps. Il regarde les vagues.

1. Tout le monde reconnaît le nom populaire du solen.

Dans l'île de Calypso, lorsque la nostalgie d'Ulysse contemple ces vagues, Homère accole à la mer l'épithète de « retentissante ». Ainsi disait sur les ports à cette époque la faconde méditerranéenne. Célébrant aussi *la mer aux reflets lie de vin, la mer sans moissons, la mer aux nombreux poissons, la mer aux nombreuses routes*... Toutes ces images, ou des images du même typc, sommeillent chez Yves, tandis qu'il se formule avec netteté la notion de la *mer qui porte les saints*. Aussi vrai que pour aller à Saint Jacques de Compostelle il existe un *camino francés*[1], *les routes de sainteté* sillonnent la mer.

Yves s'assied. Sur le sable, sur le roc. Sur les galets. Il parle à la mer. Te rappelles-tu, mer immense qui m'as réveillé voici trois nuits, comme tu as bien traité le voyageur Brandan ? Le matin de Pâques, lui et ses amis se trouvaient tout déconfits, serrés comme des harengs tels qu'ils l'étaient sur leur vaisseau, de ne pouvoir s'offrir une messe. Juste alors, une île, une forme d'île, sort du brouillard. Ils l'abordent, y dressent un autel et l'office de Pâques, chanté suavement, se déroule. Au *pater noster*, la forme d'île bouge. L'assistance prend peur, Brandan et son ami Malo la rappellent à l'ordre. On termine la messe, plie les saints bagages, regagne le vaisseau, et alors mon amie la mer, je ne t'apprendrai pas ce qu'on découvre : tu le sais depuis le début, alors que moi on me l'a enseigné. Je te le dirai quand même. Car tu es mon amie et j'aime à te discourir. Eh bien, l'on découvre que la forme d'île était une grosse baleine, une comme celle qui avait avalé Jonas. Les conteurs de veillée disent que Brandan et ses compagnons frissonnaient. Je n'en

1. Le chemin des Français.

crois rien du tout. Ils rirent comme des bossus. La baleine, qui riait avec eux, redoubla leurs rires par des cabrioles.

Regarde bien, moine Albert, le biographe d'Yves ! Yves a pouffé de rire comme Brandan, Malo et toute leur bande, et un volier de goélands s'abat devant lui sur le sable en grande liesse. Tu te portes garant, d'après tes lectures, qu'un oiseau d'une extrême beauté pénétra un jour dans une salle où il recevait une troupe de mendiants et qu'il vint se poser sur sa main gauche. Yves le remercia, puis il le bénit. L'oiseau s'envola dans les applaudissements des miséreux qui criaient *Nedelek ! Nedelek !*[1]. Cher biographe, tu soulignes toi-même que ce ne fut pas la seule fois où des créatures « déraisonnables » (je te reproche un terme incivil) l'approchèrent et lui obéirent. Eh bien, regarde ce goéland gris avec pattes jaunes qui vient à trottemenu en caquetant son amitié. Yves lui caresse le col et lui chantonne une berceuse. Une ombre étrange couvre le soleil alors qu'on ne distingue aucun nuage. Des milliers de petits crabes se mettent à courir.

Les journées dont Yves disposait pour ses paroisses étaient comptées. Les affaires de l'officialité, les missions données par l'évêque pour n'importe quel lieu du diocèse, le réclamaient impérieusement. Chaque fois, après un laps de temps assez court, il partait donc. Mais Trédrez et Louannec ont toujours bien su qu'il les portait dans son cœur. Au début, parce qu'il refusait systématiquement les beaux poissons que les gens de Trédrez lui apportaient avec fierté, ils grognaient, se demandaient s'il n'était pas quelque peu lépreux,

1. Noël.

les prenait eux-mêmes pour des lépreux, et puis ils tolérèrent le zèle de ses mortifications, du moment qu'il n'en tirait pas orgueil, n'obligeait personne à le suivre. Le matin où il accepta d'une veuve, la meilleure des pêcheuses à pied de Trédrez, une pince de homard toute cuite, et qu'il mangea sur le champ pour qu'on ne l'accuse pas de tricherie, cette victoire fit le tour de la paroisse avec d'autant plus de rapidité qu'un farceur sonna les cloches.

L'évêque ne leur avait pas choisi un pissefroid, un grimoireux. Yves ne marchandait sa familiarité affectueuse à personne. Il apprenait la godille de celui-ci, l'art de détecter les *pouliks* [1] et de détacher les *brenniks* [2] de celui-là. D'un autre, à interpréter l'aurore et le couchant. Il alla au petit large, vers des étocs et des hauts-fonds lointains, avec plusieurs. Il avait le coup de main pour ferrer un maquereau, secouer les mailles d'un filet. N'eût été sa discrétion sur le pain et le lard, il eût fait un excellent pêcheur.

Il séjournait à Trédrez pendant ces équinoxes de septembre qui se revanchèrent d'années de calme par une tempête de haute volée. Une grosse barque de Morlaix donna contre les sables de Plestin-les-Grèves. Comme le vaisseau d'Honora ! Mais elle, sous la violence des rouleaux, elle se déchira. Quelle nuit ! La pluie cognait sur l'immense plage, les vents hurlaient, des oiseaux affolés filaient dans un ciel en lambeaux. Yves était là. Un soupçon l'avait jeté dehors et il avait entendu des cris. Il a couru sonner le tocsin. Un

1. Tout petits coquillages bivalves. Comme beaucoup d'autres, ils se repèrent à de petits trous dans le sable.

2. Les bernicles.

voisin lui a prêté sa houppelande à capuchon en toile goudronnée et il file pieds nus dans la grève. Douze chrétiens se noyèrent : trois matelots et huit passagers de la barque, dont deux femmes et un marmot, et un sauveteur de Plestin, le sabotier Ambroise Cloarec.

La vraie misère ne sévissait pas dans une paroisse où la mer et la côte étaient généreuses. Où une solidarité de principe jouait entre des familles toujours quelque peu parentes. Personne ne touche aux vêtements des cadavres morlaisiens pour les arracher ni même les fouiller. Le capitaine de la barque, Joseph Ellegoët, dur qui avait naufragé déjà trois fois, appréciait cette discrétion et il le dit. Il remercia, dans le cimetière, en vrac, après l'aspersion de l'eau bénite sur les morts, les familles qui avaient nettoyé les cadavres et offert des linceuls. Il fermait les yeux sur le destin que les côtiers du secteur avaient réservé à un bon quart des épaves. Le seigneur qui possédait dans le coin le droit de bris lui avait dépêché des agents pour qu'il leur dressât l'état complet de la cargaison, mais le Joseph avait subitement perdu la mémoire. Vous savez ce que c'est, on est choqué lorsqu'on voit la mort de près ! Il déclara sept barriques de vin au lieu de onze. Deux ballots d'étoffes au lieu de trois.

Les agents, mal convaincus, sondèrent le recteur.

— Messire Hélory, vous avez étudié le droit très fort. Vous êtes pour la justice, et comme prêtre, et comme official. Pouvez-vous jurer que vous n'avez remarqué aucun vol ?

— Messire l'agent, vous péchez par outrecuidance. J'ai le devoir de ne jamais jurer.

— Si plus tard vous apprenez que des hommes ou des femmes de chez vous ont subtilisé des épaves de prix (des barriques, ça ne disparaît pas par enchantement !), pourriez-vous en aviser les gens de Monsieur le Comte ?

— Vous oubliez que je ne suis pas ici à demeure. Veuillez avoir la gracieuseté de demander ce service à mon desservant, Monsieur Hervé Jacob.

— Lui ? Il est cul et chemise avec les gens de par là.

— Et moi ? Qui vous dit, pour garder votre vile parole, que je ne suis pas cul et chemise avec ma conscience de prêtre ?

— Nous répèterons ce propos à Monsieur le Comte. Il traite une fois par trimestre Monseigneur Geoffroy.

— Présentez mes civilités à Monsieur le Comte. N'oubliez pas de lui dire qu'un natif de Trédrez s'est noyé en tirant de l'eau des Morlaisiens. Si votre maître connaît la route de l'évêché, il saura toujours dénicher votre serviteur.

L'affaire fit long feu. Geoffroy de Tournemine glissa un mot à son official et accueillit ses protestations dans un rire complice. Troubler une paroisse de côte pour des épaves chapardées entraînerait désagrément. Le capitaine du bateau, concerné au premier chef par les vols, ne se plaignait pas. Trédrez, qui enterrait avec piété les noyés, était un agneau en face du pays de Kerlouan et de Plouguerneau, dans le Léon, un que l'on surnommait la Paganie. Là-bas, de nuit, et même à cinq ou six, les gens d'armes n'osaient plus se déplacer dans les dunes. On murmurait que les recteurs du coin, ou s'abandonnaient au pillage comme leurs ouailles, ou disaient adieu après quelques mois.

Yves, de nouveau, avala d'une trotte, avec départ en pleine nuit, la route de Trédrez. Au petit matin, il s'offrit en supplément le mauvais chemin des menhirs. Comme cela. Il ne les avait encore jamais vus. Obéissait-il à un appel du diable ? Deux des pierres avaient été renversées. Il effleura le granit d'une d'elles, bravement mouillé par la rosée, et il fit aussitôt demi-tour. Aurait-il donc imaginé que les menhirs, ces anciens occupants du sol, le renseigneraient sur les raisons de sa conduite avec les agents du comte ? A Trédrez, il se précipita dans l'église. Il était seul. Aujourd'hui, la vieille nef sentait le menhir et le ruisseau. Il éprouvait une sérénité essentielle. Des coqs chantaient. Il devinait au-delà des murs les centaines de petites tombes qui dormaient sans peur. Les renflements de terre, en forme de cercueil ou de berceau, ceinturés par des coquilles Saint-Jacques.

Avait-il souhaité, en éconduisant les hommes d'un seigneur, plaire à la grande masse de ses paroissiens ?

Un coq chanta. Il revit les grèves telles qu'en vérité il ne les avait pas regardées la nuit du naufrage, flagellées par pluie et vent, hallier obscur criant ses odeurs d'espace et martelé par le fracas des vagues. Un parfum de goémon flatta sa langue et il sourit. Il comprenait enfin. L'autre nuit, il avait écouté tout simplement le message d'Efflam le rude et des saints de son espèce. La tradition voulait qu'après une dizaine d'années l'épouse d'Efflam Honora eût pieusement démoli sa cabane pour s'en aller très loin fonder un monastère. A ce moment, un jeune homme avait surgi dans les parages. Épris lui aussi de solitude, il craignait d'importuner l'ermite Efflam déjà installé. Dans les récits d'Écosse et d'Irlande, les grands saints du temps jadis avaient rencontré de ces situations. Elles débouchaient en général sur des luttes à bras le corps où les ermites rivaux roulaient sur le sol, se permettaient tous les coups. Efflam avait récusé les affrontements physiques. Sur le long rivage il y avait de la place pour deux ermites ! Va-t-en là-bas, sur ma gauche, Jestin, et bâtis ton chez toi… Le jeune homme s'appelait Jestin. L'on expliquait par son nom celui de Plestin. Il donnait sûrement dans la sainteté de l'époque.

Après le passage d'Efflam et de Jestin, la grande lieue de grèves que la terre et la mer s'offraient rituellement, et les dunes et falaises qui la bordaient, s'étaient changées sans le dire en *minihy*. Tout cet espace avait valeur d'asile. Les deux ermites qui aimaient tant la mer et ses hommes coriaces avaient laissé derrière eux un pays de la liberté de la mer.

La réglementation du bris, extrêmement fruste, était inapplicable dans la réalité brute. Thomas le Docteur Angélique, plein d'indulgence pour le voleur affamé, eût approuvé la tolérance des vieux saints envers les détrousseurs d'épaves. Dans certains cas, la justice pouvait ou devait suivre les passions de la nature. Elle pouvait, elle devait suivre la mer.

IV

Le franciscanisme s'implantait de plus en plus dans une vieille terre qui reconnaissait en lui, lumineux désormais et magnifié, l'idéal confus de ses ancêtres. Tout ce que les savantes gens du livre et de la chanson appelaient la « matière de Bretagne », il le justifiait. Il l'enseignait pour l'avenir.

En 1283, aux termes d'une fondation qu'ils ont acceptée, les Cordeliers de saint François ouvrent une maison à Guingamp. C'est l'occasion d'une vaste cérémonie. Alain Le Bruc, mitre en tête crosse en main, parcourt la ville entouré de prélats. Les donateurs, le comte et la comtesse de Penthièvre, assistent à sa messe dans leur tribune... Et puis les moines se mettent au travail. Yves sera immédiatement de leurs familiers.

Ne retrouvait-il pas chez eux un vieil ami, confident discret des anciens troubles : Guillaume Pierre.

Brûlant de foi et de charité, rompu à la méditation et à l'étude, mais de parole et d'humeur simples. Un Frère tout paternel... Yves lui réservait ses humbles difficultés d'homme et de prêtre ; ses tendres émerveillements. C'était lorsqu'il voulait débattre sur un point de dogme qu'il rencontrait dans un bâtiment voisin le Prieur des Dominicains, le Frère Olivier. Un théologien, formé par les écoles parisiennes.

A peine Yves Hélory a-t-il renoué avec Guillaume Pierre qu'il lui demande à entrer dans le Tiers-Ordre franciscain. Ou qu'il accepte d'y entrer ? Deux démarches se sont mêlées. Deux gouttes de la même eau. Si le religieux a invité Yves à se décider, il aura senti d'abord que l'autre n'attendait de lui que cette offre.

Pourquoi cette envie, cette espèce de hâte, dans une âme si longtemps rebelle au sacerdoce ? L'amitié respectueuse et admirative que la personne de François lui inspire, l'amour de sa doctrine, suffisent-ils à les expliquer ? Ils auront certainement compté pour l'essentiel. En se faisant prêtre, en accueillant le pouvoir bouleversant de consacrer l'hostie, Yves le franc et le courtois n'avait pas refoulé sans peine la peur de commettre une infidélité envers son modèle. L'adhésion au Tiers-Ordre de François le lavait de ce reproche.

Une boucle, difficile, était bouclée. La règle à laquelle chaque ordre soumettait ses moines l'avait toujours séduit et Jean Kerhoz n'avait pas tort non plus de le croire attiré par l'érémitisme. L'entrée dans un tiers-ordre confirmait la recherche d'une ascèse. Sans avoir prononcé de vœux ni modifié du tout son statut sacerdotal, il abordait consciemment la piété monastique. Les jeûnes et les pénitences, les austérités qu'il pratiquait ou s'infligeait presque depuis l'enfance, prenaient leur éclairage. Elles n'avaient pas à s'accroître, mais à se pratiquer d'un cœur plus allègre. La routine guettait la vie de recteur. Devoir indéfiniment répété. Mêmes conseils, toujours, mêmes objurgations. La prière d'un Tertiaire craignait moins l'atonie. De par tout le monde chrétien elle se savait rejoindre une communauté ardente de veilleurs.

La route de Trédrez à Guingamp s'enfonçait, après Lannion, dans le dru de la campagne et de la paysannerie bretonnes, des terres pas toujours riches des gens pas toujours causeurs, des hameaux, des croix, des chiens égarés, des talus, des mendiants, des bosquets, des fondrières, des vipères endormies, des lépreux, des landes. On approchait le Ménez-Bré. Les endroits où l'hiver criaient des loups. Passé le lourd mois noir de l'arrière-automne, cet Ar-goat pouvait quand même s'illuminer sans cesse du fait des caprices des ciels, rapides comme le vol des anges, qui paraient d'une grâce candide solitude et pauvreté. La fumée d'une mauvaise chaumière. Un verger d'arbres tors sur une pente. Une fontaine brisée où buvaient des vaches. Les trilles d'un merle dans un tronc creux. Un éboulis. Un ruisseau. La senteur safranée, caressante, d'un chèvrefeuille. L'on devinait, même hors la présence des croix, que la sainteté avait séjourné ou vagabondé à travers ce pays innocemment sauvage, lentement usé par les siècles.

Le nouveau tertiaire se réjouissait, qui traverserait désormais ces champs, ces landaies, ces pierrailles, avec une familiarité encore plus enjouée. Sur le Ménez-Bré, François d'Assise et saint Hervé fraterniseraient. Hervé chanterait le Cantique des Créatures ;

François, *Ar Baradoz*. Dans chaque vallon, chaque fossé, naîtraient des Fioretti bretonnes. Le prêtre monacal dont les souliers heurtaient le caillou, giclaient dans une flaque, se souviendrait que son maître saluait en Dieu le principe de la beauté. Les croix de carrefour ne se dressaient pas à l'aveuglette, pas plus que les sablières de chapelle n'avait été sculptées dans l'indifférence. La cathédrale de Tréguier menaçait ruine. Il faudrait la restaurer dans l'esprit d'Assise et de Chartres sans la mutiler. En contrôlant le grain et le ton de chaque nouvelle pierre, afin que le monument s'inscrive dans les crépuscules et les chants des cloches et des corneilles avec la même justesse de bouton de rose que devant, œuvre des enfants des hommes dignes de soutenir le regard invisible de Dieu.

Quel est ce côtier, là-bas, qui s'échine à enfourcher les laminaires arrachées des étocs par le ressac et entraînées sur la grève par le flux. Il les entasse, liane après liane, dans le tombereau qu'il poussera tout à l'heure vers la dune avec le renfort de compagnons. Elles sècheront en meules, ou disséminées à plat retenues par des pierres, au vent et au soleil, avant qu'on les brûle dans les âtres ou qu'on en fasse des litières à bête, des garnitures de matelas. Ou encore elles iront telles quelles s'étaler sur les cultures, engrais bel et bon. Il y en a qui les mêlent au fourrage des chevaux, il paraît qu'elles leur rendent la peau plus brillante... Les goémons de la mer sont de braves créatures. L'homme qui les travaille se nomme Yves Hélory et la petite tache sombre, à droite, contre le sable doré, ce sont ses vêtements de recteur qu'il a enlevés pour manœuvrer la fourche à son aise.

A longues enjambées, le desservant est arrivé près

de son chef. Il cache mal un petit air goguenard. Songer qu'on est un official et qu'on sue tel un valet de ferme. Que sur les trois heures de l'après-dînée on n'a mangé depuis la veille qu'un morceau de pain, trempé dans le bouillon. Le vin de messe ? Yves l'effleure. Il boit trois ou quatre gouttes. Son flacon lui dure des mois.

— Ne pourriez-vous vous reposer, Messire Hélory ?

— Matériellement, oui. Spirituellement, non.

Le vicaire se débonde.

— Ça fait tout de même pitié de vous voir dans cet office alors qu'hier, à Perros-Guirec, vous assistiez Monseigneur pour la confirmation. Prononçant un sermon sur le Saint Esprit en breton pour le redire *ex abrupto* en langue d'oil. Quand vous êtes allé vous asseoir dans votre stalle, vous deviez être satisfait. Les choses de tête, voilà votre travail. Pas le fumier de la mer.

Comme par distraction, Yves jette un morceau d'algue sur une botte de cet homme qui grogne. Il pique sa fourche dans le sable, appuie les mains sur le haut du manche. A contempler le paysage, à ressentir les échanges de vie et de force qui s'opèrent multiplement entre la terre, la mer, l'atmosphère, il s'imprègne de la certitude que la perfection existe.

— Frère vicaire...

C'est la première fois qu'il emploie le mot de frère dans ses rapports familiers avec le desservant. Ils sont abasourdis. Le desservant a ramassé le morceau d'algue jeté par Yves et il ne sait où le poser.

— ... Messire vicaire, dans les abbayes que j'ai fréquentées en France, et la Bretagne n'est pas à la traîne, les moines travaillent aux champs et à la forêt sans honte aucune. Sans ennui aucun. Vous parlez de Perros-Guirec et de Monseigneur. Un proverbe joli dit qu'un chien peut bien regarder un évêque. Croyez-moi : des laminaires peuvent bien se laisser remuer par un prêtre. Vous les qualifiez de fumier. François d'Assise vous eût ri au visage. Il aurait peut-être murmuré : « Mon frère le fumier ». Gloire aux laminaires dans le fond de la mer.

... Sur l'instant, le vicaire s'est émerveillé. Il lui a semblé qu'il voyait la grève et la mer, la dune et le soleil, comme s'il n'y avait jamais pris garde. Et puis son émotion le tarabuste. Le bougre qui l'admoneste a étudié dans les écoles de Paris. Il jeûne et il se prive et il est généreux comme on décrit les saints. N'empêche qu'il déraisonne. Gloire aux laminaires ? On ne glorifie que Dieu.

— Vous devriez, un dimanche, Monsieur le Recteur, servir à la paroisse tout ce que vous venez de me dire. Je me demande si... ils ne vous riraient pas au nez. Tapez-nous dessus, papa recteur, faites-nous peur avec l'enfer et ses flammes, faites-nous honte avec nos personnes, nos mensonges, nos rancunes, nos disputes, nos ivrogneries, nos jurons, et le reste, *Dominum nostrum pater noster*, mais ne nous chantez jamais plus la chanson du goémon et du fumier.

— *Considérez les lis des champs, ils ne sèment ni ne filent...*

L'éblouissement arrête Yves. Il allait dire qu'en effet, un dimanche, du haut de la chaire...

— A vous revoir, Monsieur le Vicaire.

Il préfère soudain être seul. Du geste, il a empêché l'autre, qui commençait à retirer une botte, de s'associer à la besogne... Méthodiquement, il a repris ses fourchées. Entre les dents, avec rage, il répète :

« Notre-Dame des Algues... Notre-Dame des Algues... » ... Car il rêve d'une chapelle que ses côtiers, s'ils avaient du cœur au ventre, devraient mille fois lui construire sur la dune à ce patronage. « Notre-Dame des Algues... Notre-Dame des Algues... » Le bel univers visible possède la coquille Saint-Jacques et l'étoile de mer. Et de petites îles qu'on surnomme « vierges ». Les laminaires montrent autant de prestance que les palmes agitées par la foule dans Jérusalem au passage de Jésus sur son ânesse. Les chrétientés d'Europe ont remplacé les palmes par des rameaux de buis, pourquoi donc dédaigner les algues ? Monsieur le Vicaire parle trop vite. On peut traiter devant les gens de Bretagne d'autres thèmes que l'enfer et le péché. Ils ont leurs réserves d'admiration. Des monceaux. Des montagnes.

Il suffirait de trouver le mot juste...

Plus facile à dire qu'à faire. « Notre-Dame des Algues... Notre-Dame des Algues... » Une chapelle. Où un imagier peindrait au plafond et sur les murs des buissons de varechs, des champs de laminaires.

Il sait que dans une ville bretonne, les gens prient une Notre-Dame du Roncier. Que les sauvages de la Paganie, dans leur Plouguerneau ou leur Kerlouan, ont gardé assez de tendresse pour prier un saint Tariec, expert dans la lutte contre les empiètements de la mer. Plestin-les-Grèves, Saint-Efflam, priez donc une Notre-Dame des Algues.

Il essuie une larme. Il a revu les coquilles Saint-Jacques, régulières comme les colonnes d'un cloître, qui ceinturent au cimetière le renflement d'une tombe. La coquille isolée, placée là où on s'agenouille, avec un brin de buis dedans.

Vitraux de Chartres, lumière du monde, priez pour Notre-Dame des Algues. Faites que la restauration de la cathédrale Saint Tugdual nous laisse un peu d'argent pour une chapelle.

V

A Louannec, la familiarité d'Yves avec la mer ne fait que s'accentuer, tandis que près de nouveaux paroissiens sa conscience sacerdotale se revivifie.

De Tréguier, il gagne Louannec beaucoup plus vite que Trédrez. C'est aussi un territoire que sa petite jeunesse a fréquenté beaucoup plus. C'était alors un bout du monde ! Il y salue des rocs et des vallons, sinon des vagues, comme des connaissances.

La Lieue de Grève l'émerveillait par le mystère des immenses marées basses, les changements perpétuels d'aspect de l'immense pièce de sable. Dieu y déployait l'énergie de sa Genèse. Ses doigts recréaient, sous les yeux d'un homme du XIIIe siècle, la pâte originelle où il cherchait la frontière entre le sec et l'humide. Le Dieu de l'ancien Testament... A Louannec, la puissance marine se pénètre de douceur évangélique. S'il y a toujours âpreté dans ces rivages d'un dessin tourmenté, sculpté dirait-on par des aveugles à la masse et à la hache, son granit rose repose le regard comme bruyère et chèvrefeuille. Au long du littoral tourné vers le nord, le ciel manifeste dans ses variations, pour chacun des villages et des ports qui s'y égrènent avec leurs rias, plages et criques, golfes et grèves, une légèreté de touche évoquant le blé qui lève, le tintement du cristal. Perros-Guirec, Ploumanach, Trébeurden, les îles et les écueils, ont droit à une lumière, à une nébulosité nacrées, qui n'insistent pas, qui jouent et s'en vont.

Encore plus nettement qu'Alain Le Bruc, Geoffroy de Tournemine associe le prêtre Yves Hélory à ses activités épiscopales. Il l'expédie davantage en mission, et plus loin. Il sait en quelle estime des religieux difficiles, tels ceux de Landévennec et de Beauport, le tiennent. On peut être prélat aimant table copieuse et lit moelleux et rendre justice à la sainteté, à l'esprit de pénitence d'un compagnon... Lorsque le recteur de Louannec invite Geoffroy dans sa paroisse pour une bénédiction de la mer, Geoffroy ne peut pas lui refuser.

Le tertiaire de saint François a mis son cœur à préparer une cérémonie dont il a entretenu Guillaume Pierre et que celui-ci approuve avec allégresse. Trois Cordeliers frais tonsurés de Guingamp seront des vôtres ! De fiers chanteurs !

Une heure avant l'étale de haute mer, clergé, femmes, enfants, vieillards, partiront en une lente procession pour gagner la côte, devant laquelle les hommes attendront, massés dans les bateaux, ancres mouillées et voiles descendues. D'un cap, Monseigneur haranguera la grande paroisse de Louannec dans tous ses espaces de terre et de mer, de maisons et de bateaux. Puis, au goupillon, trois fois de suite, il la bénira. Voilà le programme, Monseigneur.

— Haranguer des gens disséminés un peu partout, des marins loin du rivage ? Mais c'est de la folie ! Je ne sais pas hurler comme Démosthène ! Ne comptez pas sur moi.

— Comment le Christ s'est-il fait entendre des grandes foules ? Si le temps est beau, comme nous l'espérons, la voix porte bien. Les marins ont l'oreille fine.

— Et que désirez-vous donc que je leur dise ? Je peux réciter sans livre le canon de la messe, mais je n'ai jamais posé les pieds sur une barque.

— Si ce n'est que cela, Monseigneur, les gens seraient trop heureux d'en mettre une à votre disposition. On pourrait envisager une bénédiction faite de la mer.

— Tu te moques, Messire ! Et si je m'affalais en bénissant !

— Le bon Dieu ne le voudra pas.

— Ne jouons pas au plus fin avec la mer. S'il te plaît, écris-moi mon sermon. N'en écris pas trop long ! En breton, il m'arrive de broncher, tu l'as vérifié.

Yves hoche la tête. Geoffroy écorche le breton, ce n'est un secret pour personne. Un évêque peut tout se permettre !... Le recteur se sent dépité, amusé. Le sermon ne lui coûtera guère à écrire. Il lui suffira de se rappeler son enfance vécue à même la création, et la doctrine franciscaine. Il songe au desservant de Trédrez qui le mettait au défi de traiter des laminaires du haut de la chaire. Et si ?... Non. Il ne peut pas taquiner trop fort son évêque. Laminaire, Monseigneur connaît-il seulement le mot ? Il mange des légumes dont des laminaires ont protégé la pousse, mais il ne s'en doute pas.

… Et la bénédiction de la mer sera célébrée, frappant de respect les paroisses voisines, qui lui ont envoyé leurs délégations. Monseigneur est aux anges. Il ne se doutait pas qu'une mer pût être aussi belle. Quand Yves lui soutiendra que les vitrailliers de Chartres ont deviné la splendeur des teintes de la mer, il ne le démentira plus.

La renommée a vite attribué à Yves le don de charmer les oiseaux. Elle a tenté d'établir aussi qu'il eut le pouvoir de commander à la mer. Malheureusement, ou heureusement, le miracle allégué par elle apparaît comme sujet à caution dans une Bretagne où les marées et leur mécanisme imposent leur présence imperturbable.

Yves, en train de courir le Trégor, est empêché de passer un pont que la mer recouvre. Il récite une prière et il bénit l'eau, qui se retire. Il passe le pont et l'eau revient.

On aimerait à être convaincu. La relative modestie de l'exploit y incite. La rivière en question n'a rien de la Mer Rouge ! Il ne peut s'agir, en fait de pont, que d'un ponceau, d'une chétive passerelle, dans le haut d'un aber. L'on se demande si le recteur de Louannec ne s'est pas simplement offert le luxe d'une petite imprudence. Ce ne serait pas son geste qui mériterait ici le nom de miracle, mais le phénomène, en effet admirable, des marées.

Extraordinaire ou non, si l'événement a été diffusé,

Yves n'en porte pas la responsabilité. Il n'a pas pu empêcher les langues de trotter... Le Moyen Age n'ignorait pas la désinformation. Il n'a pas hésité d'autre part à mettre sur le dos d'Yves des faits qui se promènent comme chez eux dans les vies de saints, dans les folklores. Ils n'ont jamais dû, cependant, au mieux, se produire qu'une fois ! Il en est d'eux comme de ces têtes de célèbres personnages dont plusieurs villes auraient chacune son exemplaire.

Ainsi l'histoire du rôtisseur qui eût cité au tribunal d'Yves un pauvre hère. Ce dernier s'était tenu plus d'une demi-heure devant une rôtisserie pour humer, savourer, les fumets des volailles.

— A combien, rôtisseur, évalues-tu le préjudice ?

— Un écu, Monsieur le juge.

— Aurais-tu un écu ? demande Yves au prévenu tremblant.

— Oui. Un. Après, je n'ai plus rien de rien.

— Donne-le moi.

Yves appelle le plaignant, qui gonfle déjà le thorax.

— Viens ici, baisse-toi, sens de toutes tes forces.

L'autre obéit. Le juge lui met la pièce d'or quelques instants sous les narines.

— Tu as bien senti ?

— Ça ne sent pas tellement.

— N'empêche que te voilà payé. Tu peux t'en aller. Le prévenu t'avait pris l'odeur de tes volailles, toi tu lui as pris l'odeur de sa pièce d'or.

Et Yves restitue l'écu à un malheureux bougre qui le bénit et lui baise la main.

L'histoire a sa place dans la bonne coulée des fabliaux du Moyen Age. Rabelais l'aura savourée. Elle se raconte, avec d'autres personnages, dans les différents pays du Maghreb, sinon tout l'Islam. La tentation était forte de l'attribuer à Yves, dont l'histoire — authentique — de la « bougette » avait consacré la réputation de grand pince-sans-rire. Mais, à coup sûr, il faut la lui enlever.

Il est d'autres histoires qu'il faut, un peu à contrecœur, accepter. Leur authenticité ne se conteste pas. Ou alors Yves n'eût pas existé non plus, ni Louis IX roi de France, ni Thomas d'Aquin, ni le gibet de Montfaucon. La grande bibliothèque d'Alexandrie n'eût jamais brûlé. Jamais le cardinal de Richelieu n'eût fait assiéger La Rochelle. Le scepticisme à tous crins verse dans le ridicule.

Nous tenons à la nuance quantitative de « Un peu à contrecœur ». Quand même ces histoires nous choqueraient, mettant Yves en contradiction avec les principes de justice et de miséricorde, avec la recherche d'une piété franciscaine, nous nous félicitons qu'une tradition sûre les rapporte. Car elles nous lavent du reproche d'embellir à tout coup le personnage.

Nous invitons simplement à les bien situer dans leur époque. Non que le Moyen Age, fût-ce dans une période où sa grandeur décline, figure en profondeur une époque arriérée en face de la nôtre. Pas plus, ô Molière, que l'emplacement du cœur dans la poitrine, les instincts et les élans de l'homme n'ont bougé depuis le XIIIe siècle. Aux yeux du moraliste chrétien, de l'humaniste attentif, les sociétés dites évoluées ont sans doute amélioré dans leurs lois l'expression de leurs exigences, mais le comportement pratique des individus et des foules n'a pas gagné en qualité. Le civisme, la

.onscience professionnelle, ne progressent pas. Le nombre des décorations et des récompenses honorifiques a beaucoup augmenté, mais les actes de violence — les personnels aussi bien que les collectifs — ont maintenu leur rythme. De par le monde les prisonniers disposent en général aujourd'hui de tinettes dans leurs cellules, voire, pour une toute petite minorité, de téléviseurs, mais l'éternelle brutalité, l'éternel sadisme, utilisent dans trop de ces mêmes prisons les merveilles de la technique à inventer des tortures encore plus efficaces et donc plus cruelles. Les camps de concentration ont supporté (ou supportent ?) la comparaison avec les latomies, les oubliettes, les galères, les bagnes. L'appétit de l'argent et la luxure, quant à eux... Je ne prolongerai pas. Le lecteur me comprend.

Cela dit, qu'il importait de dire, sur la constance de l'âme humaine à mieux entrevoir un idéal qu'à pouvoir ou vouloir le vivre, les structures sociales et politiques et les mœurs ont tellement changé entre la France du XIIIe siècle et l'actuelle qu'un halo de barbarie, de sauvagerie dans le mauvais sens du terme, entoure parfois les comportements médiévaux. Si les lenteurs des tribunaux, les complications du langage juridique, continuent de sévir, quel magistrat accepterait aujourd'hui de s'en rapporter, pour la justice d'une cause, à l'épreuve du feu [1] ?

Sans du tout les nier, il faut étudier de près, dans la conduite du cher saint Yves, des faits qui nous paraissent des écarts. Des anomalies choquantes ou ridicules, voire scandaleuses.

1. Le fameux sérum de vérité rappelle très fort ce simplisme du Moyen Age. Heureusement, sa pratique officielle a été interdite.

L'histoire de « la bougette » hante les livres. Nous tenons à redire que sa conclusion sinistre, une pendaison pour vol précédée par des tortures, a la valeur d'un enjolivement macabre. Les mœurs médiévales en répondent, non pas Yves Hélory, simple avocat dans l'affaire en question. Durant toute sa vie de juge, il a œuvré, dans le sillage de Louis IX, à l'humanisation des tribunaux.

Les biographes se plaisent à relater, tel un petit film comique dans la mouvance de Charlot : « Saint Yves gardien de trésor », la bagarre qui opposa Yves Hélory, homme de confiance de son évêque, à un sergent d'armes. Si dans l'occasion il ne fit pas le coup de poing, il n'en fut pas loin ! Comme une violence essentielle d'homme de la côte se révéla en lui. Saint Patrick l'Irlandais expulsant de son île un ermite rival. Des marins éméchés rossant dans le noir un gendarme maritime. On n'eût pas reconnu l'écolier de la rue de Fouarre, buvant les paroles du Docteur Angélique...

Et l'on aurait eu tort ! Puisque l'écolier de la rue de Fouarre a soutenu de la voix, sinon du horion, les manifestations universitaires de sa génération. Et nous ne garantissons pas du tout que spontanément, malgré sa pudeur, il n'y ait braillé quelques-unes des grossièretés lancées dans les rues par les cortèges. A ce moment, il n'était pas prêtre.

En 1297, il est recteur attitré depuis plus de quinze ans lorsqu'ayant pesé en son âme et conscience d'official les prétentions du roi Philippe Le Bel à prélever des droits sur les biens du clergé de France et des terres vassales (c'est-à-dire de la Bretagne), et ce malgré les critiques du pape Boniface VIII, il décide formellement de s'y opposer. Il lui faut un fameux culot. Son évêque ne veut pas de bagarres avec les agents du fisc. Il a autorisé son frère, le trésorier de l'évêché, à négocier avec eux. Yves ne veut rien connaître de ces traccations. Les biens du clergé sont le bien de la communauté chrétienne, ils sont le bien des pauvres, de tous les malheureux, dont l'Église a reçu comme telle la charge matérielle et spirituelle. Il flaire qu'un coup de force va se produire contre le trésor de la cathédrale, où sont entreposées, avec des reliques sans prix, de multiples et très riches ornements. En plein jour, les gens du roi n'oseraient pas envahir la cathédrale par crainte d'un scandale public. Mais dans la nuit ? Une seule personne, un sonneur de cloches inoffensif, à demi sourd, Olivier Lannuic, la garde. Il a dans ses fonctions d'annoncer les heures canoniales et il dort dans la sacristie. Eh bien soit : Yves dormira près de lui. D'un œil.

Comme le dira naïvement le sonneur de cloches aux enquêteurs du pape qui recueillent son témoignage, Lannuic

... *dormait en hauteur, sur un lit fait avec des tréteaux. Le seigneur Yves s'allongeait sur le sol.*

Drôle de seigneur ! Couchant tout habillé tout chaussé, entortillé dans une pauvre couverture, avec une pierre pour oreiller...

De sa mémoire, qu'il sollicite avec une joviale complaisance, le sonneur de cloches extrait des événements bizarres dont il laisse entendre qu'il s'agit d'un miracle, mais que la finesse de Le Mappian, le dernier et le meilleur biographe d'Yves, interprète à juste titre comme la bruyante intrusion nocturne, bien matérielle, des agents du fisc royal. Un fracas semblable à plusieurs coups de tonnerre a réveillé les deux hommes. Ils se lèvent, allument des cierges et vont voir du côté de l'autel. Personne. Yves ordonne à Lannuic de rester là, cependant qu'il avance lui-même en direction du reliquaire de saint Tugdual. Le sonneur n'est pas rassuré, mais il écoute. Il surprend une conversation entre deux personnages dont il ne voit aucun et dont l'un parle trop bas, l'autre beaucoup trop fort, pour qu'il distingue un seul mot. Après quoi Yves et son cierge reviennent et Yves déclare : « La paix est faite. Allons nous coucher. Tu n'as rien vu, rien entendu. Je te l'ordonne. » ... Interdiction que Lannuic néglige de grand cœur lorsque ces Messieurs du pape l'interrogent. « On ne m'enlèvera pas de l'idée que le seigneur Yves causait avec monsieur saint Tugdual puisqu'il avait marché vers son reliquaire. Même que c'était monsieur Tugdual qui parlait avec la grosse voix, une voix caverneuse ; le seigneur Yves avec la voix douce, en petit agneau qu'il était. » Les enquêteurs enregistrent. Sans commentaire. Ils évitent de cautionner la pieuse supposition d'un sonneur de cloches tout dévoué à Dieu, à l'Église et à son clocher, mais qui jongle trop facilement avec le miracle [1]. Le Mappian a cent fois raison de penser que, cette nuit-là, Yves a discuté avec des fonctionnaires royaux qui s'apprêtaient à voler des ornements, pourquoi pas des reliquaires. Ces effrontés gardent assez de sens chrétien pour connaître la peur et la honte d'une telle violence, la nuit, dans une cathédrale. Ils n'ont pas osé

1. Lannuic a entendu dire qu'un pendu avait invoqué saint Yves et obtenu aussitôt que sa corde se rompe. Il a vu, de ses yeux vu, l'intercession d'Yves guérir un malheureux qui avait des testicules aussi grosses que la tête.

malmener Yves, prêt à se battre. Ils se sont retirés sans rien prendre.

Fin d'un épisode. Les agents de Philippe Le Bel vont se rabattre sur des proies plus faciles. Comme un huissier saisirait de nos jours une Mercedes-Bentz ou un piano à queue chez un mauvais payeur, ils songent à l'écurie épiscopale. Le trésorier Guillaume de Tournemine a donné son accord sans le donner tout en le donnant. *Fatte, ma fatte presto*[1]. Tâchez d'enlever un cheval et partez ! Un passant voit les gens de France pénétrer dans l'écurie et il court prévenir Yves, qui gardait encore la cathédrale... Nous avons plusieurs témoins de la scène qui suit. Les différences entre leurs récits portent sur de menus détails. Dans tous les cas, il y eut dispute, et qui manqua de tourner à la bagarre. Yves ne se contente pas de vociférer, il agit. Le témoin le plus prolixe décrit une vraie séquence de film. Peu s'en faut qu'il ne nous dise que le sergent d'armes tirait le cheval par la bride tandis qu'Yves tirait la bête par la queue ! L'un tirait sur la bride, l'autre sur le mors. L'évêque ne devait pas être trop bon cavalier. Il avait dû se choisir une bête spécialement calme pour qu'elle n'ait pas rué ni envoyé les deux hommes par terre. Non, la bride sur laquelle tirait le sergent cède brusque. Le cheval de l'Église, de saint Tugdual et de Tréguier, reste à Yves, qui le reconduit illico devant son râtelier.

Ici, le comique du film devient grinçant. Yves et son adversaire ont été tous les deux blessés à une main. Cependant que les compagnons du sergent hurlent

1. « Faites, mais faites vite ! » (Cavour à Napoléon III, pour la cession de Nice et de la Savoie.)

vengeance, comme par enchantement les mendiants de la ville, les innombrables clochards du Moyen Age, sortent de leurs caches avec leurs bâtons, leurs béquilles, leur collection d'injures et de malédictions, prêts à fondre sur les intrus. Lesquels se regroupent et battent en retraite. Non sans avoir proféré des menaces.

... Mais ce n'est pas fini. Guillaume de Tournemine s'en mêle. Le rapt du cheval, finalement, arrangeait cet homme de calcul. Il a entendu les menaces que criaient les gens de France. Piller des manoirs, brûler des fermes, tuer des bestiaux, violer des filles, qui sait tout ce qu'une troupe se permet. Le roi de France ne peut pas demeurer sur un échec. Il enverra davantage de monde. Ordonnera qu'on saisisse les propriétés de l'évêque en gage des impôts à percevoir. Et Boniface VIII fermera les yeux.

Guillaume est sorti dire son fait à Yves sur la grand-place.

— Coquin ! Par votre faute, nous risquons d'être dépouillés de ce que nous possédons... Vous vous conduisez comme vous le faites parce que vous n'avez rien à perdre.

L'autre ne se démonte pas.

— Dites ce que vous voudrez. Tant que je serai en vie, je lutterai pour défendre la liberté de l'Église.

Le témoin qui rapporte aux enquêteurs la réponse lancée par Yves à Guillaume est un homme droit, ouvert. Comment ne pas le soupçonner toutefois d'embellir les phrases d'Yves pour qu'elles séduisent encore mieux les délégués du pape. Entre le Saint-Siège et les évêques de Bretagne, représentés par le métropolite de Tours, existaient des relations privilégiées. L'idée qu'en protégeant de sa personne les biens de l'évêché de Tréguier, Yves protège la liberté de l'Église, flatterait des prélats. Elle pourrait favoriser la canonisation attendue.

Il semble que les biographes d'Yves se donnent le mot pour terminer à sa louange la querelle avec les agents du fisc, puis avec le trésorier épiscopal. Même Le Mappian, cependant si réfléchi, exulte. Il faut dire que le mouvement de solidarité ébauché par la plèbe trégoroise, lorsque les agents fiscaux — horsins par surcroît — malmènent Yves protecteur des faibles, enchante le cœur. Il fait revivre le Moyen Age dans le meilleur de son élan communautaire... Néanmoins, nous restons perplexe. Si la juvénile ardeur physique d'Yves pour défendre ce qui lui paraît le bon droit nous attendrit et amuse, la justice de sa cause nous convainc moins. Nous songeons à la parole : « Rendez à César ce qui est à César. A Dieu, ce qui est à Dieu. » L'Église chrétienne du Moyen Age, sous les espèces de son clergé, avait peu à peu amassé des richesses considérables et continuait de le faire. Dans quelle mesure œuvrait-elle ainsi pour le bien commun ? Restituait-elle en services de charité, de beauté, tous les revenus de ces possessions matérielles ? Ses hauts dignitaires pratiquaient-ils les vertus qu'ils enseignaient ? Le pouvoir civil, qui veillait à protéger les personnes et les biens, était-il fautif en voulant prélever des droits ?

On ne taxera pas de sectarisme la réflexion de l'essayiste Pierre Escoube dans un domaine délicat. Cet ancien membre de la Cour des Comptes, catholique pratiquant, vérifie chaque année le budget de sa paroisse. Il s'est penché sur le budget de la France dans les années qui ont précédé la Révolution française. Sans aucun parti pris (jamais, loin de là, il ne traîne l'Ancien Régime dans la boue), il estime que la contribution du clergé français à l'effort financier du pays était insuffisante. Que les réclamations du pouvoir royal ne se justifiaient que trop [1].

Vérité du XVIIIe siècle, vérité du XIIIe. Après la caution de la Cour des Comptes, voici la caution d'un roi de France irrécusable puisqu'aussi bien l'Église l'a porté sur les autels. Régine Pernoud, chrétienne elle-même, se délecte quoi qu'elle en ait à résumer le scénario des rencontres annuelles entre Louis IX et ses évêques. Elles étaient réglées comme numéros de cirque. Trichant tels de mauvais contribuables, les évêques ouvraient le débat en criant misère. Leurs caisses étaient vides ! Tristes temps, oui vraiment, pour la charité comme pour le royaume de France ! Quand ils avaient fini de geindre, Louis IX, avec tout le respect dû aux saints prélats, leur présentait la note à payer pour l'exercice en cours. Après un baroud d'honneur, le clergé s'inclinait.

Avec toute l'admiration affectueuse que nous portons à Yves, nous croyons que sa prestation pittoresque sur la grand-place de Tréguier était irréfléchie. Le succès populaire qu'elle a remporté ne suffit pas à l'étayer. Guignol bâtonnant le gendarme, les applaudissements volent. Nous rions quand Yves et le sergent se disputent un cheval. Nous rions d'autant plus fort que le défenseur du cheval est un piéton impénitent. Mais ce beau cheval d'orgueil ne nous paraît guère

1. Nous renvoyons le lecteur à la belle biographie écrite par Pierre Escoube sur *Sénac de Meilhan* (Éd. Perrin).

symboliser la liberté de l'Église. Sur beaucoup de points, Yves précède son époque. Pas sur celui-ci.

Guillaume de Tournemine, malgré sa cautèle, ne mérite d'ailleurs pas qu'on le rudoie. Ce n'est pas un franc mauvais homme. Il admire en secret l'official qui a déjoué ses plans et qui met un tel zèle à protéger les biens épiscopaux. Il ne débinera Yves à sa parenté que très modérément. Lorsque son neveu, fonçant à cheval (encore un cheval !) à travers les grèves d'Hilion, manque de se noyer dans un grand trou d'eau, ce Tournemine invoquera spontanément pour sa sauvegarde un Yves défenseur de tous les malheureux.

Nous ne nous vantons pas d'élucider à fond la conduite d'Yves envers les agents du fisc. Nous songeons au vers de Victor Hugo sur les profondeurs de l'âme :

Et toutes les clartés dont nous sommes les nuits...

Nous doutons qu'Yves ait consulté son ami Guillaume Pierre. L'official a pris le pas sur le tertiaire de saint François, un official qui ne raisonne pas juste. Il adopte l'attitude que l'Église orthodoxe reproche régulièrement à l'Église catholique — confondre les notions d'Église et de clergé. Selon la conception chrétienne, les agents du fisc royal, ayant reçu le baptême, font partie de l'Église. Pour le Moyen Age, le roi de France, couronné à Reims où il a reçu le saint Chrême, exerce un pouvoir qu'il tient de Dieu *(nulla auctoritas nisi ex Deo)*. Un évêque ne doit pas plaisanter les ordres royaux, même sous l'espèce de réquisitions fiscales, à moins que le pape l'y ait autorisé.

Le tertiaire de saint François pourrait faire grise mine à l'official. Celui-ci se comporte en garde-chasse, non en ami des hommes. Un goéland et un bouvreuil sont des frères, une coquille Saint-Jacques et une laminaire des sœurs. Et un agent du fisc royal, créature faite à l'image de Dieu comme tout être humain, ne jouirait pas de cette familiarité ? Allons donc, il est lui-même un frère. Il convient de palabrer avec lui, non de le houspiller. Quand il a délivré le cheval, Yves s'empresse de le mettre à l'abri. Ne devrait-il pas d'abord calmer les nerveux qui s'assemblent pour en découdre avec les gens de France ? Nous aimons en lui le modèle des médiateurs. Alors ?

Quitte à regretter un excès de pétulance qui détonne avec le franciscanisme, et parce que nous avons nous-mêmes des contradictions, nous admirons chez Yves, quinquagénaire, homme public exerçant des ministères graves, la simplicité avec laquelle il se couche dans une sacristie pour protéger des reliques, ou se précipite sur une grand-place pour reprendre un cheval. Tudieu, voilà un sportif ; voilà ce que le parler commun appelle « un homme ».

Sur un autre chapitre nous serions beaucoup plus réservé. Yves, dans ses dernières années, négligeait sa personne et il avait des poux. Force poux. Moult poux. Le pou a obtenu d'entrer dans les grammaires comme spécimen des mots en ou se terminant au pluriel par un x, mais notre époque moderne, férue d'hygiène et de « produits d'entretien », l'exècre.

Si encore Yves Hélory avait eu quelques poux et les avait combattus ? Il en avait énormément (autour du rond de la tonsure il gardait sa tignasse) et il les laissait faire et se reproduire pire que des lapins. Je ne serais pas étonné que dans son langage intime il n'aît murmuré parfois Mon frère le pou, ce qui peut sembler farfelu et provocateur — il faut prendre les saints tels qu'ils sont, en les morigénant après coup. Les collègues d'Yves dans ses diverses fonctions n'osaient pas, quant à eux, le morigéner carrément, mais ils n'en pensaient pas moins et débinaient son incongruité lorsqu'il avait le dos tourné. S'il n'avait tellement baissé les yeux dans les entretiens, il eût compris le langage de leurs regards.

Gloire au témoin, interrogé par les enquêteurs du pape, qui avoue ses nausées ! Par sa franchise, il restitue admirablement le débat de l'homme pieux[1] devant la malpropreté d'un saint homme. Hervé Le Coatrépan a joué le jeu de la bonne volonté. Passant outre à son dégoût, il s'est couché dans le même lit très inconfortable qu'Yves après avoir longuement veillé avec lui, admiré pendant des heures sa science et son intelligence. Eh bien le pauvre n'a pas résisté. Si ce n'avait été que le lit, les bosses pointues du sommier entrant dans les côtes ! Mais les poux, Seigneur Jésus, les poux !

Je sentis venir sur moi tant de poux que je décidai d'aller dormir ailleurs. Par la suite, et trois ou quatre nuits, j'ai encore tenté de coucher près du seigneur Yves, mais à la fin j'ai renoncé à revenir ne pouvant supporter une telle épreuve.

A la défense d'Yves, naturellement, on alléguera la belle origine de ses premiers poux, attrapés au service des malades impotents et des pauvres. La crasse, les excréments, avaient fini par devenir pour lui des spectacles et odeurs de routine et souvent, il ne les

1. Les histoires abonderaient.

remarquait plus. On citera l'incurie d'Henri IV, le plus populaire et le plus joyeux luron de nos rois, allergique cependant aux soins corporels et qui sentait mauvais. On évoquera les poux des poilus de 14-18 qui les baptisaient des totos et s'en accommodaient. Le flegme de certains clochards ou hippies. Ou l'on stigmatisera les exagérations de notre époque en matière de lavage et de parfumerie, une folie qui contribue gravement à la pollution.

Nous accordons volontiers de très larges circonstances atténuantes à l'ami saint Yves porteur et diffuseur de poux, mais nous croyons extrêmement difficile de l'acquitter. Il était prêtre. Il consacrait le pain et le vin au risque de faire tomber des poux sur la patène ou dans le ciboire ? Il confessait, donnait la communion, au risque de communiquer des poux à ses ouailles ? Il était vecteur potentiel de dangers à une époque où les épidémies, quand elles se déclenchaient, foudroyaient les populations. Ni le Christ ni François d'Assise ne célèbrent les vertus de la malpropreté physique. Corps et âmes, soyez purs ! Nous regrettons que quelques saintes vieilles femmes, s'autorisant de l'exemple de Marie-Madeleine et sans attendre l'invention de « la mort parfumée des poux », ne se soient pas entendues pour surprendre un jour le recteur en train de méditer et pour lui plonger la tête dans l'eau bouillante. La lui savonner avec une brosse à chiendent. Toi qui nous absous de nos péchés, nous t'absolvons de tes poux à la manière forte.

Les saints irlandais, formateurs directs ou inspirateurs des rudes hommes qui avaient évangélisé la Bretagne, pratiquaient des macérations à l'eau froide qui les nettoyaient sûrement. Ils se jetaient nus dans des fontaines glaciales pour mater la chair.

La grande sainteté d'Yves n'a rien gagné à s'accompagner de poux. Blaguons-le et ne rendons pas un mauvais service à la sainteté en célébrant le culte de la saleté physique. Yves semait ses poux. Les chanoines de Tréguier, quand ils disaient leur messe après lui, veillaient à ne pas revêtir les habits qu'il avait utilisés.

Quand vous faites pénitence, ayez la joie sur votre visage.

Et ne gardez pas vos poux !

La méthode enfantine suivie par Yves pour rompre le jeûne à Pâques nous touche autant que ses austérités. Exceptionnellement, en ce grand jour de la résurrection du Christ et du triomphe de la vie, il s'accorde un œuf. Certaines années, deux. Il ne se contente pas de regarder le plat comme Jean-Marie Vianney le fit pour des pommes de terre frites ! Il mange, il savoure, il dit que les œufs sont excellents.

Nous empruntons à Le Mappian son commentaire de la scène :

... Hélory savoure l'œuf frais... Tandis que l'évêque, les chanoines et autres riches s'attablent devant de monumentaux pâtés, les amas de cochonnailles, les indigérables venaisons, il ressent, lui, la joie d'absorber le symbole naïf de tous les renouveaux...

Je ne crois pas qu'Yves se soit attardé à troubler son bonheur par une réflexion sur les excès de table de certains chrétiens. Si réflexion il y eut, elle fut rieuse. Une joie de braconnier, d'inventeur du Concours Lépine. Avant l'œuf de Christophe Colomb, voici l'œuf du recteur Hélory.

De sorte que, ô paradoxe !, les confiseurs et les chocolatiers auraient pu, autant que les avocats, se donner Yves pour patron.

VI

CHEF de paroisse. Juge et médiateur. Orant mystique. Étudiant perpétuel... Dans chacun de ses rôles, Yves est tout lui-même, en chair et en os, en chevelure plus ou moins pouilleuse, en ardeur franciscaine. L'imagerie religieuse, qui le représente rivé à des fonctions judiciaires, le trahit. Sa piété multiple irradie. Elle ne se symbolise pas mieux par un don que par un autre. Le juge n'a pas priorité sur le méditatif qu'absorbe un paysage maritime ; sur l'ami du langage qui garde un livre en projet ; sur l'hôte qui lave les yeux d'un aveugle, aide un impotent à boire.

Laver les yeux d'un aveugle. Aider un impotent à boire... Le biographe se tromperait s'il liait la charité d'Yves Hélory à sa grande période trégoroise d'adulte. Dans le Kermartin de son aurore, dès que sa réflexion sur le monde sensible s'était éveillée, il avait vu exercer quotidiennement, quotidiennement entendu prôner, la bonté, la générosité, l'hospitalité, l'amour du prochain, comme vertus aussi naturelles et indispensables que les besoins élémentaires. Invoquées régulièrement dans la prière, elles s'enracinaient dans la vie familiale. Quand Azou demandait à Dieu que son fils rejoignît la liste des saints de Bretagne, l'idée flottante qu'elle se formait d'une sainteté future en appelait le plus souvent à une immense bonté.

Les vagabonds qui couraient les routes, les nécessiteux des environs, pouvaient entrer à Kermartin de l'aube au crépuscule du soir. La nuit, on lâchait les chiens et on fermait les portes. Il suffisait alors de crier et d'appeler pour que le maître sortît s'enquérir.

Un respect essentiel entourait la haute, la vaste huche à pain, dressée contre le mur, tout en face de l'âtre, sous un crucifix de bois. Il allait à un symbole massif de l'abondance. Il allait aussi à un bien mobilier mystiquement confié par la communauté chrétienne. La huche n'appartenait plus au manoir. Issu de l'univers, le pain était fait pour tous. Comme la beauté du son des cloches. L'eau de la mer.

L'étudiant Hélory avait salué l'indulgence de Thomas d'Aquin pour l'affamé qui vole un pain. En profondeur, elle ne l'avait pas surpris. Elle était dans la logique de la grande pièce de Kermartin. Le morceau tiré de la huche pour combler le mendiant ne s'enlevait pas à une famille : il se détachait, tel un fruit de l'arbre, de cette bonté de Dieu que le *Pater* sollicite avec une précision enfantine.

Panem quotidianum da nobis hodie...

Jean Kerhoz n'avait pas entraîné vers Paris, capitale des sciences et des arts, un adolescent pédant, soucieux de briller et de faire carrière, mais un surdoué sauvage et plein de charité. L'écolier de Paris, comme dans la suite l'écolier d'Orléans, ne se laissera pas manger par les études. Il se dévouera pour ses camarades. Autant qu'il sera en lui, il aidera les miséreux de rencontre. Il participera aux œuvres de charité d'un quartier, d'une paroisse, d'une corporation.

L'homme qui retourne dans sa Bretagne natale n'est pas plus généreux que le garçon qui s'en expatriait. Ni que l'étudiant en théologie et en droit qui a lu et retenu la parole du Christ aux Apôtres : *En vérité, je vous le dis, chaque fois que vous l'avez fait à l'un de ces petits de mes frères, c'est à moi que vous l'avez fait.* Simplement, il a vécu davantage, approfondi sa foi. Et un jour, en adhérant au Tiers-Ordre franciscain, il confirmera qu'il sait toute la portée mystique de la charité. Qu'il voit le visage invisible du Christ sur le visage du mendiant ou du malade.

La théologie contemporaine remplace de plus en plus le mot *charité* par celui d'*amour*. L'initiative, audacieuse, ne nous déconcerte pas. Si nous trouvons dérisoire de substituer *responsable de l'équipe paroissiale* au bon vieux mot de *curé*, nous n'avons rien contre l'emploi *d'amour* pour désigner la vertu théologale qui fut la préférée de l'apôtre Paul. N'exige-t-elle pas, au principe de toutes ses manifestations, l'amour de Dieu et du prochain ?

Déviation ? Cela n'apparaît guère. La langue française traduit par des termes de dilection, *cher, ami*, ou *chéri*, l'adjectif latin *carus*. Taillé dans le même terme que *caritas*, *carus* désigne vraiment « celui qu'on aime ». Jean, « le disciple que Jésus aimait », est ainsi l'objet d'une charité de Dieu.

Le premier en France, croyons-nous, à l'avoir

souligné avec une telle vigueur, Henri Marrou, a rappelé d'autre part que l'Écriture assemble deux vertus — la justice et la charité — en une seule et même notion, très large, qu'un seul mot désigne. De sorte que la précision occidentale a fait pour ainsi dire deux pierres d'un même joyau. Elle se plaît à les comparer, à les opposer. Mais, si nous remontons à l'origine, elles forment bloc. Elles s'en souviennent. C'est par un mouvement de charité, un élan d'amour, que la vocation théologique d'Yves Hélory aura évolué, sans s'altérer, en études juridiques. Le juste, celui qui se conforme au « bon droit », est l'homme qui aime Dieu et son prochain.

A Kermartin, et successivement dans ses deux paroisses, Yves, allant jusqu'au point de rupture de ses moyens physiques et pécuniaires, accueille, fait accueillir en son nom, pauvres et malades. Les presbytères et le manoir commencent par jouer le rôle de dispensaires primitifs. Tournent bientôt à l'hospice, au centre de dépannage, au refuge. Ce seront des lieux où l'on trouve, *gratis pro Deo*, les soins physiques ou spirituels dont les malheureux, les errants et les faibles ont le besoin immédiat. Un sourire, un vêtement, une soupe chaude. Un morceau de pain, une tranche de lard, un conseil, des chausses, un gobelet de cidre. Une pièce de monnaie. Un élixir. Des savates. Un lit. Dans la limite du possible, on tient table ouverte et on loge à coucher. Kermartin aura finalement sa maison d'accueil, construite accolée au logis principal, avec ses pensionnaires. Tel ce Raymond le Jongleur, bateleur de foire, qui tombe du ciel et des grand-routes avec sa femme Panthonada et leurs quatre mioches. Ils s'installent... pour onze années.

Bonne franquette médiévale et bretonne, avec le respect d'un horaire et de rites. L'un de ceux-ci a frappé les gens. Lors de l'enquête papale, tous les survivants des frustes agapes de ce compagnonnage le mentionnent avec insistance : avant de s'attabler, se passer les mains à l'eau. Yves, là-dessus, est extrêmement strict. Quand il assiste au repas, il lave lui-même presque toutes les mains.

Même s'il connaissait le texte par cœur, aucun clerc tombé dans la dèche et reçu à Kermartin ne s'aviserait d'objecter Matthieu, chapitre XV. *Car c'est du cœur que viennent des pensées mauvaises : meurtres, adultères, fornications, vols, faux témoignages, blasphèmes. Voilà ce qui souille l'homme ; mais manger avec des mains non lavées, cela ne souille point l'homme.* Peut-être certains convives rient-ils sous cape en apercevant les lentes qui parsèment, comme semences de navets dans la glèbe, les cheveux du maître. Les bizarreries d'une hospitalité souriante sont acceptées, sinon aimées, par tous.

Yves a lu et retenu Matthieu. La tolérance d'un Évangile pour les mains sales ne l'inquiète guère. Jésus a évidemment raison. L'intérieur de l'homme compte beaucoup plus que les apparences. En justice, lui seul importe... Les apparences n'en témoignent pas moins pour la pureté d'intention. Un mot breton qui désigne un repas est calqué sur le mot cène. Un repas en commun, ouvert sur un Benedicite, prolonge et rappelle à sa manière la Pâques de Jésus avec ses disciples. Il mérite donc un effort de propreté.

Il omet de songer à ses poux. Quitte à se contredire au sujet du lavement des mains, il objecterait que ce qui compte d'abord est la pureté du cœur. Inconsciemment, il a érigé en loi de piété une tradition familiale — les parents Hélory vérifiaient avant les repas si les mains de leurs enfants étaient nettes. Une hygiène très élémentaire s'associait à la courtoisie. Souvent il n'y avait pas en cuisine un nombre d'écuelles ni de cuillers suffisant pour que chacun eût les siennes. Beaucoup devaient piquer au plat, installé fumant sur la table, avec leurs doigts. Attrapant pain ou légumes et les enrobant vaille que vaille de bouillie grasse.

L'on blaguait. L'on chantait. Des psaumes et des noëls. L'on imitait les cris d'oiseaux. L'accent de chacun des convives. Raymond enseignait des tours... La sobriété d'Yves, qu'il dissimulait de son mieux en mangeant lentement, en émiettant des croûtes, ne gênait pas les gros appétits ; puisque, loin de jouer les censeurs, il poussait à la joie. Le Christ plaisantait avec ses camarades. Le refrain de pénitence que ses Évangiles fredonnent ne se chante pas sur un mode mineur. Quand tu jeûnes, exulte sans vergogne. La vallée de larmes, bien sûr qu'elle accueille les larmes du rire ! A Louannec, le temps du Carême se déroulait en glorification continue des poissons et des coquillages. Pour leur beauté, leur variété, leur saveur. De la moule à la raie bouclée en passant par le petit maquereau des premiers arrivages de la fin de l'hiver, droit et mince, appelé le Saint Jean. Remplaçant scrupuleusement Judas par Mathias, les mendiants se donnaient les noms des Douze. Ils se proclamaient tous pêcheurs de poissons. Ils se contaient des histoires fabuleuses sur leurs coups de filet en mer de Tibériade, l'Armor palestinien juché en plein Argoat et où habitaient des baleines et des homards.

— Moi, André, je te le dis, Philippe. J'ai regardé quand le Christ a multiplié les poissons. C'étaient des sardines.

— C'étaient des sprats. J'en ai tiré assez de l'eau avec Pierre pour savoir.

— Messire Yves, étaient-ce des sprats ou des sardines ?

— Des harengs...

Plus que la qualité des soins, des dons qu'on y grappillait, c'étaient la simplicité, la jovialité d'Yves et de ses aides qui drainaient sans fin vers ces asiles ingénus et mal outillés leur clientèle. Trédrez et surtout Louannec et Kermartin prenaient des allures de petit Lambaréné, de menue Cour des Miracles. L'ancien escolier frétillait. Plus d'une fois durant ses années parisiennes, il s'était risqué avec des Trégorois dans les rues de la Grande et de la Petite Truanderie, les plus malodorantes et les plus embouteillées de toute la cité, celles où l'on entendait les jurons les plus salaces et où les animaux se mêlaient du plus près à la vie populaire. Il en revenait écœuré. Pourtant, il avait admiré aussi. Le mépris du bien-être qu'affichaient ruffians et pouffiasses le fascinait quoi qu'il en eût. Ce quartier ordurier étalait ses vices, il ne les niait pas. En dépit du surnom d'enfants perdus que s'y prodiguaient les coupe-jarrets, il n'était pas maudit.

Comment le désordre, et la saleté, de ses pauvres et de ses pauvresses, eussent-ils dégoûté le mystique rompu à déchiffrer des symboles dans le monde sensible ? Les séances de Kermartin, de Louannec, de Trédrez, se lisaient, s'interprétaient comme des vitraux, des Livres d'Heures, les espaces de la mer. L'écrivain *in spe* admirait les futurs matériaux de son ouvrage. Les *Fleurs des Saints* ne seraient pas batifolages, racontars, assemblages de sons creux. Il y mettrait le sang et la chair de tous ces frères misérables qui acceptaient les soins de leur frère en faiblesse, petit bonhomme de prêtre, parce qu'ils gardaient comme lui la nostalgie de la sainteté. Quand Dieu envoyait un signe de sa connivence affectueuse, il sentait leurs regards, plutôt qu'il ne les voyait. L'oiseau qui entrait se poser sur la main d'Yves et dont il avait loué la douceur, à peine s'ils respiraient tout le temps qu'il restait là devant eux, inclinant le bec, dodelinant des ailes. Ils se disaient : « Notre Yves est un saint bien sûr puisqu'il attire les oiseaux. » Ils avaient tort : il n'était pas du tout un saint. Mais cette erreur prouvait qu'ils aimaient les saints. Qu'il fallait leur en donner à mieux connaître.

L'ardeur et le succès de l'activité humanitaire qu'un Vincent de Paul trégorois déploie sur la fin du XIIIe siècle ne doivent pas entraîner à une vision trop noire de la Bretagne côtière en cette époque. Simplement, la médecine était dans l'enfance et aucun organisme de protection sociale n'existait. Si la durée moyenne de l'existence n'allait pas très loin, sauf épidémies les naissances l'emportaient sur les décès. Les villages ne manquaient pas de vieillards à la belle chevelure et aux dents toujours saines, qui s'asseyaient près de l'âtre dans les veillées, entretenant l'histoire des familles et du pays.

C'était rarement la misère qui sévissait, tenue en respect par une entraide immédiate et tacite. C'était plutôt la marginalisation qui se manifestait sur une grande échelle. Le caractère celte favorisait le phénomène — l'esprit d'insouciance et de bougeotte. Prendre le sac du mendiant, courir les chemins, exposait à de graves souffrances physiques, mais ne paraissait pas tout à fait déchoir. Cela permettait de voir du pays. De multiplier les aventures. A la limite, cela composait un métier. La prostitution, dans la folie des grandes villes, n'en était-elle pas un ? Le type de clochard chrétien des campagnes, combinaison subtile et grossière du pèlerin, du moine mendiant, du prisonnier en cavale, se développait, qui faisait souvent double emploi avec l'infirme. La Cour des Miracles parisienne avait dû sa naissance à des tricheurs. Aux pieds-bots, aux amputés, aux aveugles, qui étalaient ou revendiquaient astucieusement leurs maux sur les marchés ou à la porte des églises, pour guérir chaque soir entre filous. Le Trégor ignorait ces ruses. Les manchots étaient d'authentiques manchots. S'ils mettaient leurs doigts contre le nez, les aveugles ne les voyaient pas. Ces Armoricains n'en restaient pas moins les frères des truands de Lutèce. Avec moins de science et plus d'intuition, ils pratiquaient le même refus de la règle et de la limite, la même capacité de résignation et d'audace.

Il y avait un peu de tout, et pas seulement du jongleur de foire, dans cette « bande à Yves » qui ne constituait pas un ensemble organique, et que chaque jour trouvait plus ou moins nombreuse, plus ou moins affamée ou patiente. Du prêtre défroqué au fils de famille artiste et paillard. De la pocharde à la dentellière aveugle et sourde-muette. Du macrocéphale ataxique à l'épileptique profond. Du soldat déserteur au moine fugueur qui cherchait sa voie d'expérience en expérience...

L'évêque tolérait, sinon appréciait, ce rassemblement. Un tel apostolat n'était pas le sien, mais il avait une place dans le diocèse. Lui et ses prêtres aiguillaient volontiers vers Yves les malheureux qui les bassinaient. Si le mot de charisme leur était inconnu, ils ne niaient pas la chose. Ils considéraient que le recteur de Trédrez ou de Louannec possédait sans doute un pouvoir secret sur les corps et les âmes. Ils l'entendaient prêcher, ils voyaient que la foule buvait ses paroles. Ils ne comprenaient pas pourquoi : il tenait aux gens, sur un ton à peine plus énergique, les mêmes paroles que les leurs. Mais il plaisait, c'était ainsi, à quoi bon le jalouser ? Mieux valait utiliser ce privilège pour le service de Dieu.

... Le recteur de Plestin, mangeant une soupe solide avec ses confrères de Trébeurden et de Perros-Guirec, leur confiait son ébahissement. Pas plus tard que le dimanche précédent, Monsieur Hélory avait sermonné les Plestinois. Il dissertait sur la croix, ce qui n'offrait rien de nouveau :

— A un moment, il dit : « La croix, nous racontons qu'elle ne nous fait pas peur. Pas du tout peur. A nous entendre, les croix, nous les appelons, les réclamons, puisqu'elles sont la volonté du bon Dieu. Oui, chers frères, mais attendez, attendez. Qu'une croix nous tombe dessus nous nous mettons en colère. Ce n'était pas celle-là que nous voulions ! Pourquoi le bon Dieu avait-il choisi aussi mal ? Nous braillons, nous beuglons, nous insultons le ciel. » Sur ce propos que, vous l'avouerez, nous aurions très bien pu tenir à sa place, il s'arrête pour souffler. De ma stalle, j'entends une vieille, dans les premiers rangs, qui s'exclame : ''Ah ! ce que c'est vrai, Ma doué ! ce que dit Monsieur Hélory !''... Vous avouerez qu'il y a de quoi être chamboulé. Cela fait douze ans que je dirige Plestin. Eh bien, je n'ai jamais entendu paroissien ou paroissienne parler tout haut pendant que je prêche.

Le recteur de Trébeurden caresse une croûte, qu'il sent devenue onctueuse, sous sa cuiller de bois noir. La fumée monte de l'écuelle, chaude, parfumée. Il songe aux privations que s'inflige Yves Hélory. Pour sa part, il les estime fort excessives. Monseigneur, quelquefois, les cite en exemple, et il s'offre alors un petit air vicelard pour regarder ses prêtres, mais pourquoi ne les imite-t-il pas lui le premier ? S'il se contentait d'une paillasse crevée pour y dormir, cela se saurait !

Trébeurden avale et savoure la croûte attendrie, gorgée de sucs, puis il jette :

— A mon idée, et que ceci ne dépasse pas les murs de notre pièce, il se pourrait qu'il soit un saint. Je dis : « Il se pourrait ». Ne me faites pas dire ce que je ne dis pas. Tout de même, des saints, notre pays d'Armor en a reçu et produit beaucoup, c'est un fier pays de saints, alors pourquoi n'en aurait-il pas encore ? Expliquez-moi. Il y a sûrement, dans notre entourage, des choses, des gens, que nous connaissons mal. Moi, je le trouve un peu dérangé, notre Yves, je le préférerais moins pénitent, mais après tout, quand il rit il rit comme tout le monde.

Perros et Plestin se sont récriés. Sainteté, sainteté, il ne faut pas jongler avec ce mot ! Attendons qu'Yves Hélory soit mort pour oser le sanctifier ! Si jamais on le sanctifiait, nous avons beaucoup de chances d'être morts nous aussi à ce moment-là — oui, toutes les chances, puisque les papes de notre époque sont devenus rudement prudents sur le sujet. Ils laissent les histoires de sainteté vieillir comme le bon vin. Il faut des trente, des cinquante années après la mort de quelqu'un pour qu'ils donnent le droit de dire : *« Sanctus sanctus ! »* Et ils ont raison ! Le titre ne se galvaude pas ! On ne va pas hurler : « Cet homme est saint ! » parce qu'il boude les plaisirs de son ventre, visite les malades, donne à manger à des va-nu-pieds et à des souillons.

Au tour de Trébeurden de se récrier. Il attrape la manche de Plestin.

— Tatata, facile de me prendre pour un niais. Mais alors, mon ami, pourquoi nous citer ta bonne femme que le prêche d'Yves Hélory émerveille ? Tu ferais mieux d'avouer que pour toi, notre confrère a tout de même quelque chose.

— Entre ce quelque chose et la sainteté, il y a plus d'espace qu'entre le Trégor et la côte anglaise ! Mangeons. Ce n'est pas parce que tu regagnes ton Trébeurden à cheval au lieu de faire les lieues à pied comme Hélory que tu ne seras pas fatigué ce soir. Reprends des forces.

Trébeurden retourne à son écuelle. Puisque ses camarades trouvent ses propos excessifs, il les confie à la cuiller de bois dont sa main goûte la rudesse. On se moque de moi, ma cuiller, mais je prétends que nous devrions mieux étudier notre Hélory de son vivant. Il faut qu'après sa mort les gens qui veulent le connaître disposent de témoignages sûrs.

Il avale une cuillerée. Tout à l'heure, il fera un crochet par Trédrez. Son cheval ne regarde pas à deux lieues près. Yves est aujourd'hui recteur de Louannec et les paroissiens de Trédrez parlent de lui très librement. On pourrait apprendre des choses.

Entre toutes ses tâches, tous les visages que lui offre le prochain, ct chacun de ces centaines ou milliers de visages est le Christ !, du seigneur vigoureux et fier de soi à l'innocent de hameau, du pêcheur de poissons à la jeteuse de sorts, du moine fugueur tombé neurasthénique au maquignon, Yves bénit l'existence que Dieu lui donne. Cette becquée perpétuelle et toujours diverse de joies et de peines. Les cheveux blanchissent et parfois le matin il éprouve que les jambes se rouillent. Mais le bâton du pèlerin n'a pas été fait pour les chiens ni les oiseaux. La tête reste claire, la voix forte. L'allégresse finit chaque fois par l'emporter. Regarder la mer et les fleurs, regarder les yeux des hommes, des femmes et des enfants pour y contempler leurs âmes, cette suavité, chaque fois originale, demeure inépuisable.

Le qu'en dira-t-on, il a toujours su que cela existe. Qu'il ne faut pas s'en préoccuper. Un official, un recteur, un ami de Dieu et de son Église, un ami de la théorie des saints emmenée par François d'Assise, ne peuvent pas ne pas se risquer. La prudence est une éminente vertu, mais aussi la hardiesse. Tout le temps persévérer, tout le temps se mouvoir. Chanter avec le musicien de foire accueilli parmi les pauvres, écouter les commentaires succulents de Guillaume Pierre sur la Trinité.

Dormir à la sacristie. Délivrer le cheval de l'évêque d'entre les mains des grigous...

Reste qu'une sensibilité à l'usure, qui dormait, s'éveille un jour. Dans la semaine qui suit l'algarade avec le trésorier du diocèse, Yves se confronte à une faiblesse, à un découragement, qu'il tenait pour impossibles. La blessure qu'il a subie à une main cicatrise. Elle va guérir. La morsure intime se révèle beaucoup plus tenace. N'a-t-il pas péché par orgueil et violence ? Franchi les bornes de la sainte sagesse ? L'évêque le boude. Des chanoines fuient son approche... Yves saisit son bourdon. Il part pour Guingamp où l'attend le havre de la cellule de Guillaume Pierre, mais les dernières lieues de sa marche l'épuisent. Il est obligé de se reposer dans l'herbe avant que son cœur se calme. Cela ne lui était jamais arrivé. Il demande pardon à ses Frères les arbres, à ses Frères les oiseaux, de les avoir à peine entendus et contemplés durant la route. Il se relève. Il a la force de sourire, mais il va subir une seconde épreuve. Les mots que prononcera tout à l'heure le franciscain son ami et guide et qui doivent, pourquoi en douterait-il ?, l'instruire et l'exalter ainsi que tant d'autres fois, il les distingue comme des bruits, dépourvus de signification. Le moine questionne, Yves roule des yeux et ne peut pas répondre : il n'a rien compris. Deux journées lui seront nécessaires pour qu'il retrouve sa concentration. Son intelligence pénétrante... Mais l'élan de vivre a été touché. L'esprit d'enfance et de jeunesse a faibli, celui-là même avec lequel, s'il l'eût fallu, il eût marché dans les flammes et sur la mer.

Le dimanche où il édifiait les gens de Plestin par sa prédication sur le thème des croix, Yves parlait d'expérience. Les dérobades où l'âme qui se figure prête au sacrifice aboutit trop facilement, il les avait vérifiées sur sa personne. Depuis des mois, jour après jour, lui qui acceptait les piqûres des poux et une nourriture grossière, portait un cilice et se relevait la nuit pour prier, lui qui avait tellement souhaité jadis prendre la croix et mourir au désert si cela aidait à la conversion des infidèles, se querellait avec sa proche famille. Le chrétien convaincu, le magistrat rompu à lire les codes, le tertiaire et l'ami de saint François n'y pouvaient rien : il souffrait dans son orgueil, dans une croyance obscure en ses mérites.

— Je suis le plus indigne des prêtres, disait-il à Guillaume Pierre. Pour conseiller les autres, je ne manque pas de ressources, oh non ! Mais pour me remettre à mon tour dans le droit chemin, je ne vaux plus rien. Je brûle de l'envie d'être humble. Et puis, lorsque ma parenté fait courir le bruit de ma pingrerie et de mon ingratitude, j'enrage et j'en appelle à Dieu contre une excellente leçon d'humilité.

— Prie encore plus. Calme-toi. Notre François d'Assise a supporté des avanies plus lourdes. Son propre père l'a traîné en justice alors que tout le monde sait que tes parents, même ta seconde mère, ont toujours loué ta conduite et sont morts heureux de t'avoir élevé.

— Alors pourquoi mes frères du même père me brocardent-ils ? J'ai supporté bien des fois sans broncher que des puissants m'insultent, mais des frères par le sang du père ? Tout cela parce que je me sers de Kermartin, que je possède en bon droit, pour les pauvres et les malades, au lieu de l'offrir à des gens de ma famille. Sous prétexte que je n'ai ni femme ni enfant.

S'ils étaient dans le besoin, bien sûr ils pourraient se plaindre. Ce n'est pas le cas. Ils ont largement plus que leur suffisance.

— Tu ne l'emporteras pas sur notre François. L'Évangile dit (ta manière de vivre prouve admirablement que tu le sais) que nous avons beaucoup de frères et de sœurs qui ne sont pas nos frères et sœurs par le sang. François a souffert profondément par certains frères de l'ordre qu'il avait fondé — ils dénaturaient son œuvre. Toi, à Kermartin, tu agis en maître. La parenté qui gronde contre toi ne va pas plus loin que sa gronderie.

— Ils me détestent !

— Et tu es Tertiaire !

— Tu vois mon indignité.

— Je ne vois rien. Je prierai pour toi en union avec toi. Tu es en train de vivre une tentation. D'être meilleur que tous les saints. Calme-toi. Prie pour tes frères par le sang. Continue tes charités.

— Et la mer, est-ce que je perds mon temps à la regarder ?

— Si je te disais oui, tu te moquerais de moi et tu n'aurais pas tort... Écoute ce texte de notre frère irlandais saint Colomban : *Que ceux qui veulent savoir le fond des choses concernant Dieu commencent par considérer l'ordre naturel. Le savoir concernant la Trinité est en effet justement comparé à la profondeur de la mer, dont la Sagesse a dit : "Ce qui est profond, qui peut l'atteindre ?..."* Regarde la mer. Écoute la mer...

Yves se retire, apaisé, ouvert à la confiance. Il hume les parfums du cloître... Dehors, il écoute le chant des oiseaux, il regarde la campagne. Il songe avec gratitude et louange à saint François et au Christ. A la mer et à la pauvreté. L'homme qui marche à travers le Trégor n'est pas l'impur abandonné dans son orgueil. Il reste un enfant de Dieu. Il baise le socle d'une croix de carrefour.

... La souffrance, le lendemain, va reprendre par crises. Il est un Hélory, que la fureur de ses frères par le sang du père et par le nom blesse corps et âme. Quand des prêtres évoquent devant lui, pour le complimenter, certain sermon de Plestin, il sourit mystérieusement et il baisse les yeux. Voilà un thème qu'il n'abordera plus et c'est dommage... A la grâce de Dieu.

L'ouvrage ne lui manque pas. Tâches paroissiales. Le livre à écrire. Les pauvres, les malades, qu'il faut recevoir et visiter... La parenté, des jaloux, colportent des calomnies. Elles n'empêchent pas, au contraire, Kermartin et Louannec d'accéder à la renommée. Tous les errants de la pauvreté en Bretagne célèbrent la chaleur de l'accueil qu'ils y ont trouvé. Ils insinuent, voire ils affirment dès qu'ils ont bu un gobelet de cidre, qu'ils y ont assisté à des guérisons miraculeuses. A Landévennec, Beauport, Daoulas, Boquen, dans tous les hauts-lieux du mysticisme breton, des informateurs sérieux apportent leurs confidences. Des milliers de chrétiens se tiennent à l'écoute de Kermartin et de Louannec. Ils prient pour l'action désordonnée, quelque peu brutale, mais généreuse, qui s'y mène. Des connaisseurs, des imaginatifs, saluent la rencontre du franciscanisme avec le vieil esprit arturien. Entre intimes, l'on reparle du Graal. Pourquoi les petits, les pauvres, les malades, n'auraient-ils pas leur Table Ronde ?

VII

EN l'an 1300, Yves résilie sa charge d'official. Il est juste cinquantenaire. S'il a malmené son corps, il reste fier marcheur, qui abat ses Kermartin-Louannec aller et retour dans la journée. Il a gardé ses facultés intellectuelles intactes. Enrichi, magnifiquement, son expérience humaine. Personne, semble-t-il, ne l'incite ni ne l'oblige à une démission qui offre tout de suite un caractère paradoxal : ne conserve-t-il pas la rectorie de Louannec alors qu'il avait tellement boudé autrefois le sacerdoce ? De ses deux fonctions essentielles, il abandonne celle vers laquelle ses longues études menées hors du terroir avaient l'air de tendre.

Trois années plus tôt, incontestablement, les liens de confiance privilégiée que lui accordait Geoffroy de Tournemine s'étaient distendus. Ses méthodes sauvages pour défendre le patrimoine diocésain avaient heurté un prélat soucieux de diplomatie. Dormir dans la sacristie de la cathédrale, s'empoigner avec les agents royaux pour un vieux cheval, cela ne seyait guère à la dignité d'un magistrat de l'évêché. Sans compter l'émeute qu'il avait failli déclencher pour sa bonne cause en appelant la pègre à la rescousse... Par chanoines interposés, Geoffroy lui avait fait connaître son regret de lui avoir offert une rectorie plus proche que Trédrez. Et qu'il ne l'enverrait plus dans les grosses paroisses préparer les confirmations.

Et puis, presque aussitôt, Geoffroy se radoucissait. Il avait bel et bien choisi le recteur de Louannec pour le remplacer à une réunion pastorale. La compétence et l'intégrité, l'austérité et l'activité inlassable d'Yves, lui en imposaient. Ces qualités ne foisonnaient guère en un temps où — il le savait trop bien s'il ne le disait pas — le clergé abusait fréquemment de la piété publique pour fortifier son aisance matérielle. Le recteur de Louannec, l'hôte de Kermartin, demeurait la bonne conscience de l'évêque.

Sauf découverte — hautement improbable — de journaux intimes circonstanciés appuyant une autre interprétation, la démission d'Yves apparaît comme une décision personnelle. Nous ne lisons pas une coïncidence dans le fait qu'il ait cinquante ans le jour où il quitte sa charge. Selon nous, la décision date de 1297. Gêné de partir à quarante-sept ans, il a docilement, naïvement, attendu d'en avoir cinquante, le beau chiffre que les Romains traduisaient par la simple lettre L. L comme *Lumen gentium. Libertas filiorum Dei*.

A-t-il consulté Guillaume Pierre ? Le religieux ne l'aura pas influencé. Il ne voulait pas se mêler de trop près aux affaires du diocèse...

Le seul texte écrit que nous possédions d'Yves Hélory, donc une pièce éminemment précieuse, appelé le *Testamentum*, est expressément daté de l'année 1297, en le vendredi qui suit la fête de Saint-Pierre-aux-Liens. Soit immédiatement après le 1er août de l'an du Seigneur 1297.

Impressionnés par le caractère unique du document, par le fait qu'il s'intitule Testament et témoigne d'une profonde piété, les biographes accoutument de le lire avec une vénération élogieuse qui nous semble excessive. Nous ne lui avons certes pas marchandé le nom de « pièce éminemment précieuse », mais il faut s'entendre : le compliment s'adressait à l'archive en tant que telle, à son caractère de pièce unique, non à une valeur littéraire qui, selon nous, est mince. En abordant ce *Testamentum*, nous ne désirions pas un instant y découvrir une écriture puissamment personnelle et aux images qui portent loin, nous attendions simplement des lignes ingénues. Le prêtre breton qui a étudié beaucoup dans les écoles parisiennes sans perdre le fil de ses origines. Qui met du sel et du soleil marins, beaucoup de vent du large, dans ses périodes latines... Déception : si nous ne connaissions pas Yves, nous dirions que ses phrases sentent le clerc au sens notarial du mot. Le souci qui les guide n'a rien de blâmable. Homme d'Église, il veut s'assurer qu'après sa mort la chapelle fondée par lui soit desservie correctement. Mais pourquoi sa dévotion, son humilité, se nourrissent-elles de précisions méfiantes ?

Ou que dire de ceci :

... 3°) un terrain adjacent à moi échu de la succession maternelle, sis également dans le minihi du saint confesseur susnommé ;

Les dits biens que j'avais déjà assignés comme dotation de la chapelle, je les assigne de nouveau, nonobstant tout statut royal, municipal ou coutume principale du pays, dont ledit minihi est déclaré exempt, avec l'aide de Dieu, grâce à l'intervention du Bienheureux Confesseur.

4°) Trente livres à prendre sur les dimes prédiales du Quenquis, qu'Alain Le Bruc, évêque de Tréguier, d'heureuse mémoire, en m'autorisant à effectuer cette donation, y avait ajoutées par lettres expresses.

Un homme de loi a rédigé ces phrases. Un qui a toute sa tête à lui, tout son vocabulaire juridique. Il sait ce qu'il veut ; les obstacles à vaincre ; les formules nécessaires pour garantir le bien-fondé de ses actes. Se souvient-il qu'il est Tertiaire franciscain ? Que devant la création de Dieu, l'herbe et le soleil, l'air et l'espace, il est toute louange et gratitude ? J'espère que le lecteur me pardonnera si je dis que les *dimes prédiales*[1] du Quenquis sont difficiles à encaisser pour un ami de saint François. Le *Testamentum* d'Yves ne pèse guère devant les cantiques du Poverello. On admire le génie de Villon qui, en parodiant la phraséologie des pièces testamentaires, a libéré le pauvre cœur des hommes. L'on sourit à la blague des poètes surréalistes rompant solennellement durant la Première Guerre mondiale avec Paul Claudel, consul de France en Amérique du Sud : l'auteur des *Cinq grandes Odes* et du *Partage de Midi* avait signé pour son pays un traité commercial comportant l'achat de tonnes de lard.

Revenons au *Testamentum*. L'homme n'est ni ange

1. Nous avons recouru au Littré. Il sèche un peu lui-même. *« Ancien terme de droit. Se dit de ce qui appartient aux fonds et aux héritages. »*

ni bête. Chacun de nous doit rédiger sa déclaration d'impôts et prendre garde à ne pas déchirer les billets de banque. A défaut de se montrer grand poète ou grand mystique dans le seul écrit de lui qui nous parvienne, Yves obéit aux servitudes que la condition humaine traîne avec elle. Il mérite qu'on lui reconnaisse, lorsque sa pensée s'entortille, la vertu d'humilité. Il a rédigé un texte d'artisan.

Si le légiste prend finalement le pas sur le Tertiaire franciscain, est-il sûr d'ailleurs que ce fonctionnaire se sente à l'aise dans sa peau ? Yves omet de mentionner son titre d'official. On sent qu'il y verrait gloriole. La seule profession dont il fasse état est celle de prêtre. Encore veille-t-il à assourdir le mot. Les regrets que nous affichons au sujet du *Testamentum* ne nous empêchent pas de dire que son tout début a une noble allure franciscaine. Il procède avec une humilité digne d'un ami des *Fioretti*.

Moi, Yves Hélory, prêtre indigne, très vil serviteur du Christ...

Prêtre indigne... François d'Assise a proclamé aux quatre vents de l'espace que dans la hiérarchie religieuse le prêtre occupait la place la plus haute. Un prêtre débauché, dévoyé, violent, lui moine le respectait quand même : cet homme-prêtre avait reçu le pouvoir, quand il consacrait le pain, de dire avec le Christ : *Hoc est enim corpus meum*... A travers le franciscanisme, on éprouve qu'une nostalgie du moine ou de l'ermite qu'il aurait pu être s'il l'avait exigé dort ou s'éveille chez Yves Hélory. La charge d'un immense honneur aurait pu peser sur ses épaules.

Tout le *Testamentum*, dans ses précisions et contournements qui déroutent le lecteur mystique, s'éclaire sans doute à la lumière de ce début. Le légiste qui croit savoir ce qu'il veut dire ou ne pas dire est une âme religieuse profondément troublée. Le scribe qui s'appuie avec une apparente certitude sur la propriété privée, sur une signature d'évêque, dissimule mal une lassitude, une crainte, devant les précautions multiples auxquelles sa loyauté doit recourir. Lorsqu'il a conclu par un *Amen*, puis daté réglementairement par la fête du jour, Saint-Pierre-aux-Liens, il se sent toujours comme enchaîné lui-même et une peur le démange : ne pas avoir été compris de tous. Un long post-scriptum s'ensuit :

Et sachent tous les fidèles que cette portion de biens qui m'était échue des successions paternelle et maternelle, je les possède avec l'autorisation de feu l'évêque de Tréguier déjà nommé ; cette autorisation m'ayant été donnée, non pas en mon propre nom, mais pour la chapelle, en considération de la dotation faite, et cela lors de la fondation de l'an de grâce 1293. Ainsi par cette affectation et cette détention, je n'entends préjudicier en rien aux droits de ma famille.

Loin de dissiper l'impression de trouble, ce post-scriptum l'accentue. L'official souffre dans sa charge. Il médite d'en sortir. Ne plus juger !

La pensée de la mort — certitude beaucoup plus forte que le droit à la propriété privée — transparaît dans ce texte. Inutile d'alléguer ou d'incriminer l'origine bretonne d'Yves, ni telles grandes peurs qui ont habité le Moyen Age par périodes, pour expliquer un sentiment si normal. Il marque notre époque avec une violence qui ne laisse rien à regretter aux dernières années du Xe siècle. N'entrons-nous pas dans une nouvelle Grande Peur ? Certains intellectuels jouent à exorciser l'effroi par le culte de l'angoisse. Ils y perdent ce qu'il leur restait de latin.

Le constat de la mort inéluctable, le souci d'une fin chrétienne que la piété en infère, ont beau imbiber le *Testamentum*, ce qui donne au document son tour personnel et comme une étrange saveur, est bien l'attitude ambiguë qu'Yves y manifeste à l'égard du droit. La charge d'official branle dans le manche de son dignitaire, et avec le plein consentement de celui-ci. Le *Testamentum* équivaut à ce que nous appellerions une démission en blanc. Le respect d'Yves envers un Code où il faut tant de vigilance et d'adresse pour ne pas être piégé, vacille. Il brûle d'amour pour la vertu de justice, mais la lettre de la loi l'obnubile. Il se soumet, il se force pour écrire son *Testamentum*. Le bon droit a-t-il besoin de tout cet attirail ? de ce « nonobstant », de ce « en retour de... » ? Yves rougirait de donner raison à Talleyrand. Pour une âme chrétienne, une chose qui va sans dire ne va pas forcément mieux en le disant. Ni en le chantant, comme nous l'éprouvons aujourd'hui, à la faiblesse de trop de cantiques.

Le *Testamentum* a été rédigé alors que la résistance de l'évêché de Tréguier aux prétentions fiscales du roi de France faiblissait. En choisissant de contrecarrer celles-ci parce qu'elles lui semblaient contraires au droit et aux convictions intimes du pape, Yves se trouvait en porte-à-faux. Il est allé jusqu'au bout de son obstination, puisqu'il s'est presque battu avec un homme d'armes, pourtant une honte l'habitait. Ne s'abandonnait-il pas au déplorable esprit de dispute qui exaspérait l'écolier parisien ? à cette fièvre de dissensions pour une virgule, un lopin de terre, un adjectif, une maison, une formule de politesse, dont souffrait l'unité de l'Église et qui entraînait des hérésies et des guerres ?

Combien le geste d'abandon du Docteur Angélique envers son admirable *Somme, Sicut Palea !*, « Fétu de paille ! » apparaissait naturel !

Fétu de paille, la charge d'official. Fétu de paille, la chicane...

Lorsque l'évêque lui eut rendu sa faveur, Yves n'en devint guère moins heureux dans l'exercice du métier judiciaire. Autant de causes, autant d'occasions d'une juste sentence, une qui réconfortait le bon droit, qui était agréable à Dieu. Mais aussi autant d'occasions, dans le domaine strict du tribunal épiscopal, d'approcher la médiocrité spirituelle de trop de clercs. Leur rapacité. Voire leur félonie...

Ne jugez pas si vous ne voulez pas être jugés.

Rester le prêtre indigne qui, juste avant de communier, bas trois fois sa coulpe et se reconnaît indigne. En utilisant les mots d'un centurion dont la foi avait émerveillé Jésus. Un sous-officier romain qui continuait de vivre et qui attendait Yves Hélory.

VIII

RECTEUR de Louannec, non tenu à résidence mais présent le plus possible. Administrateur et comme cogérant zélé d'un Kermartin qui a tourné à l'hospice. Conseiller juridique, avocat, sur simple demande. Prédicateur, idem. Tertiaire de saint François. Pénitent de Guillaume-Pierre Morel. Clerc peaufinant la préparation d'un livre... Yves Hélory peut découvrir, s'il ne l'a pressenti et souhaité, qu'en lâchant l'officialité, il reste debout dans le champ du travail. A nous l'apostolat, les activités charitables, les *Fleurs des Saints*.

La fiche biographique enseigne tout de même qu'il n'a plus que trois années à vivre. Si l'homme ne sait ni le jour ni l'heure de sa mort, le Breton chrétien des XIIIe et XIVe siècles ne doute jamais de sa venue. Lorsqu'Yves rédigeait son *Testamentum*, il pensait à elle. Il s'interrogeait si elle ne pensait pas à lui pour bientôt.

Certaines austérités conservent mieux que les excès de table, mais dans le domaine de la pénitence, Yves en avait tellement fait. Dieu n'accorde pas l'immortalité terrestre à ses saints — pas plus qu'il ne leur accorde la perfection. Ils sont fragiles de corps et d'âme. Yves ne jeûnait pas pour vieillir prématurément et s'en aller plus vite, ne le prenons pas pour un masochiste ! il jeûnait en esprit monacal : pour moins se distraire de l'amour de Dieu et du prochain ; pour compenser les débauches où des chrétiens s'adonnaient. *Libertas filiorum Dei.* La joie restait son pays, quand bien même il serait en difficulté avec elle par périodes. Ainsi à Paris, lorsque les disputes théologiques, assorties d'une pluie d'excommunications, déconcertaient un écolier ardent. Puis dans le Trégor natal, quand les louvoiements épiscopaux en matière fiscale scandalisaient sa bretonnitude et son opiniâtreté. Chaque fois, la joie revenait soudain. Ils échangeaient un sourire. Il lui reprenait le bras. Le couple s'en allait de concert vers les tâches du jour.

Non tristis jejunare
Res miranda populo[1]...

Si l'homme de cinquante ans n'inaugure pas une morosité rebelle à sa nature, Yves de Tréguier, machinalement, s'analyse. Heureux en sourdine d'avoir rompu avec les procès des gens d'Église et peut-être gagné en sagesse, il se demande, sans inquiétude particulière, si la victoire du calme n'annonce pas, comme chez Thomas d'Aquin, le départ vers l'autre monde.

Il en bavarde avec son Franciscain.

1. Nullement triste de jeûner, ce que le peuple trouvait admirable.

— Le croirais-tu ? Il me semble que, si je mourais maintenant, je n'emporterais qu'un regret : je n'ai pas terminé mon livre *Fleurs des Saints*.

— Ne l'as-tu pas écrit en grande partie ?

Hélory secoue la tête. La franchise d'abord. Il confie, sur un ton embarrassé, qu'il a rédigé un millier de notules. Il sourit, les yeux dans le vague, dans ces immensités qui délivrent des limites du langage. Il revoit le tas des fiches, posé sur le dernier rang d'une armoire, à toucher l'ancien cilice. Nos Sœurs les Souris lâchent quelquefois de petites crottes autour, jamais dessus. Elles ont deviné son prix.

— Eh bien, objecte Guillaume, ces notules, confie le droit de les utiliser à un de tes amis chanoines pour le cas où tu partirais trop tôt.

— J'écris ces notes en raccourci et il n'y a que moi qui pourrais les comprendre.

L'ami de saint François hésite entre éclater de rire et protester. Il choisit le rire. Yves pouffe à son tour. L'idée de la vanité des choses enthousiasme un instant deux hommes qui ont assisté combien de mourants, chanté combien de messes des morts et d'absoutes. *Vanitas vanitatum.*

Yves, qui s'arrête le premier, a pourtant une pincée au cœur.

— Ne m'enterrons pas avant l'heure. Je vais, beaucoup plus sérieusement, me mettre au travail.

« C'est-à-dire qu'il cavalera demain dans une ferme si une malade veut le voir, à Peumerit si le recteur de là-bas veut qu'il prêche, et qu'il passera deux heures ce soir à rincer le linge de ses lépreux », songe le religieux. Spontanément, il croise les mains sur le crucifix juché dans sa bure. Il ferme les yeux. « On ne m'enlèvera pas de l'idée que cet Yves Hélory est un saint. Tant pis pour son livre. Il a écrit sa vie et cela vaut mieux. » Il ouvre les paupières. Dans un mensonge de charité gaillarde, il proclame que son ami exécutera sûrement le projet qu'il a conçu.

Yves serait-il dupe ? Il prie le religieux, s'il a connaissance de faits nouveaux touchant saint Louis — enfin canonisé —, de les lui communiquer.

— Je n'y manquerai pas.

Une cloche avertit qu'il faut descendre pour l'office.

Yves a composé trois notules : une réflexion sur les cantiques d'Hervé, un sermon de Patern, une visite de Saint-Louis à des malades. Il les pose rituellement sur le tas de leurs sœurs. Époussette deux crottes de souris. Respecte une toile d'araignée.

Ses yeux s'amusent à revenir au tas des notules.

— *Imperfectum*, grommelle-t-il, *semper imperfectum*.

Il voit comme s'il y était la vieille maison dont un écolier suédois lui avait parlé. Toute seule dans un jardin, on lui ajoutait des ailes en cas de besoin pour les hôtes supplémentaires. Une ou deux portes à forer en plus dans des murs, le tour était joué. On appelait la maison, entre étudiants, l'*Imperfectum*, et on en riait et on l'aimait.

C'était bien de la sorte qu'il réagissait avec l'*imperfectum* du tas de ses notules, l'*imperfectum* de la faiblesse humaine. *Imperfectum* ne désignait pas seulement un temps grammatical. Soyez parfaits, dit le Christ, vous qui ne l'êtes pas. Bénie donc l'imperfection : elle poursuit le voyage vers la perfection. Bénies soient l'exiguïté de Kermartin, l'usure de Saint-Tugdual. Elles ont entraîné agrandissement et embellissement.

Près du cilice, il remarque... serait-ce un bouton ? Tes yeux te trompent. Le bigorneau. Le petit coquillage l'avait accompagné à Paris, Orléans et Rennes. Il l'avait conservé scrupuleusement, signe de son attachement à la Bretagne et à la mer, preuve d'un franciscanisme inné. Une créature. Une relique. De la grève et de la création.

Il attrape Frère bigorneau et l'empoche. Il ferme à clef l'armoire. Laisse la clef sur la table, en évidence. Prend son bâton. Dès avant l'aube et jusqu'à l'angelus de midi, il n'a pas quitté ses pauvres ni ses malades. Il s'est attablé, pour sa bouchée de pain, avec les mendiants du jour à qui l'on servait une soupe. Ses notules achevées, il comptait se rendre au bourg visiter un chanoine impotent, ce sera pour demain... L'après-midi est largement entamé. Il couchera au presbytère de Louannec, puisqu'il a renoncé aux grandes marches nocturnes.

La mer est à mi-marée de flot. Elle chantonne par saccades et chuchote entre-temps. Une troupe de goélands, une troupe de courlis, chacune dans son secteur, jouent à courir le long de la vague du bord ou à se laisser couvrir les pattes par elle. Tout en picorant des puces, des bribes d'algue sur le dos des petites pierres vertes.

Le bigorneau sera chez lui dans ce compagnonnage. Il le baise et il le lance. Un petit plouff. Trois courlis ont fait semblant de s'envoler.

Mes Frères les nuages. Mes Frères les oiseaux. Ma Sœur la mer...

Dieu conduira peut-être un bernard-l'ermite à se nicher dans le bigorneau. Il a conduit neuf nouveaux mendiants, aujourd'hui, à la soupe de Kermartin. Dans la carapace du manoir.

Au-dessus de la laisse de marée des équinoxes, Yves traverse un rassemblement, un hameau de chardons bleus. Il leur sourit. Comme à l'épave d'un morceau d'écorce — peut-être du pin — qu'une vague aura projeté, arrivé peut-être d'une forêt lointaine. Il regarde le paysage. S'attendrit une dernière fois sur le bigorneau. Celui-là, comment ne l'avait-il jamais perdu ! A Chartres, par exemple, lorsqu'il avait confié son baluchon à un truand. Le bigorneau avait dormi devant la cathédrale-merveille, sous la tête d'Yves. Adieu, mon frère.

A Louannec, cette nuit-là, sur le sommier bosselé qui jongle avec les côtes du dormeur, Yves s'offre un sommeil à fleur de rêve qui l'épuise et le charme.

Il se voit imagier. Il est imagier. Composant tour à tour et dressant des vitraux. Son atelier s'inspire de la cathédrale de Tréguier, mais aussi du paradis, puisque des anges vont et viennent, sifflotant, comme chez eux. Il admire leurs ailes bleues, vertes, jaunes, rouges. Leurs longues chevelures claires. Leur gaîté. Un ailes-bleues s'arrête près d'Yves.

— Dans ton vitrail, tâche de mettre toute la mer.

A l'instant, la mer entre elle-même. Sous les espèces d'une vague qui fouille dans les matériaux de l'imagier. Avec tout le sérieux, la minutie d'une personne.

L'ange éclate de rire. La vague s'en est allée. Entre ses bras, Yves sent un poids. La masse d'un cube de verre profond et dur. Qui porte les moires, les scintillements, l'infini d'une grande mer blcue reposant dans le soleil. Bleu chardon des dunes. Bleu fleur de lin...

L'ange joue sur une petite harpe. Les cordes lâchent des cris de goéland et de courlis.

Devant la cathédrale de Tréguier, tout près de l'endroit où Yves se battait voici plusieurs années pour le cheval de l'évêque, un mendiant, assis au soleil sur les marches. Sans perdre de vue la coquille Saint-Jacques où pour l'instant il n'y a que des mouches, il confère avec le camarade qui a retiré sa houppelande et l'épouille.

— Quelle soupe ce fut. Elle avait le goût de celle de la saint Guillaume, tu sais bien, à Saint Brieuc. En meilleur. Pour moi, ils mettent du beurre dedans — en plus du morceau de lard.

— Et des poux. Des gros.

— S'ils sont tombés dans ton écuelle, c'était pour dire bonjour à ceux dont tu es plein. Les poux de monsieur Yves, je les salue. Très bas.

— Imbécile ! Un pou est toujours une sale bête.

— Je te dis, moi, qu'il y a pou et pou.

— C'est vrai qu'il y en a de plusieurs espèces. N'empêche que les poux de monsieur Yves sont dégoûtanteries.

— Si tu ne te tais pas, je te gifle. Je te défends de dire du mal des saints.

Un pigeon qui regagne le portail cabre ses ailes et lâche une fiente au passage dans les tifs du grognon.

— Tu vois, constate l'autre, le ciel te punit... Moi, il me récompense.

Une vieille a posé une piécette dans la coquille Saint-Jacques.

— Dieu vous bénisse, vous et toute votre famille, pour votre bonté envers les malheureux. Que tous vos morts aient la paix éternelle.

IX

MALGRÉ une chronologie beaucoup mieux assurée, les trois dernières années d'Yves Hélory se déroulent pour l'Histoire dans le même flou qu'enfance et petite jeunesse. Les témoins qui les évoquent ne deviennent précis qu'au sujet des dernières semaines. Celles-ci, à les entendre, ont étrangement fourmillé de détails. Quand Yves est mort, ces gens, tous de ses amis, ont recherché avec une telle ardeur la prescience qu'ils avaient eue de son départ.

Selon l'expression classique, l'Histoire indique « sous toutes réserves » la date de naissance d'Yves Hélory. C'est par des recoupements, plus ou moins sujets à caution, que les biographes sérieux lui fixent une année à l'intérieur d'une « fourchette ». (Un objet ménager que ses doigts ont ignoré.) Ne parlons pas, bien sûr, du jour ni de l'heure...

Connaissant le respect quasi infaillible avec lequel

la mémoire bretonne enregistre la date d'une mort, nous écrivons au contraire sans hésiter qu'Yves a rendu l'âme, en 1303, au petit matin du dimanche qui suivait l'Ascension. Les chrétiens qui l'affirment eussent craint pour leur salut s'ils avaient menti, ou n'avaient pas étayé une hésitation par des formules prudentes. Ils sont sûrs et certains. Nous leur savons gré. Si la lumière qu'ils offrent n'éclaire pas loin, elle réconforte.

Elle s'ajoute à d'autres lueurs. Entre les mains d'un juge ou d'un avocat, une pièce ne parle pas seulement de son sujet limité.

Des confidences relatives aux derniers jours d'Yves Hélory se tirent des renseignements précieux.

La veille de sa mort, les amis qui l'approchent et le trouvent au plus bas, le souffle très faible et répondant à peine, croient pouvoir entre eux parler de chercher un médecin. Le mourant les a clairement entendus. D'une voix nette, qui décide une fois pour toutes, il lance qu'il n'a jamais eu d'autre médecin que le Christ.

Yves l'ancien étudiant n'était pas plus un ennemi de la médecine que Thomas d'Aquin ni François d'Assise. Il vénère une discipline que la charité inspire et qui est appelée à de grands progrès. Quand le cas d'un malade le dépasse, il va chercher un médecin... Sa déclaration péremptoire ne s'interprète pas en défi, mais en demi-boutade. Ne dépensez donc pas d'argent pour le corps d'un vieux chrétien qui franchit à son allure le dernier passage. Dieu l'avait gratifié d'une santé excellente, une pour laquelle il n'a jamais consulté. Oui, mes chers frères. N'allez donc pas lui faire l'affront, quelques heures avant son *mortuus est*, de toucher à cela.

L'humour d'Yves n'affabule pas. Le dévoreur de lieues, l'ami du grand air de la mer et des champs, se sont toujours passés de médecin. Et l'écolier de la rue de Fouarre ? Le Paris du XIIIe siècle avait ses pollutions qui valaient celles du XXe. Il nous étonnerait que le jeune Trégorois n'y ait pas contracté de braves angines, quelque grippe pernicieuse. Lui qui servait assidûment d'infirmier près de ses camarades, comment n'eût-il rien attrapé un jour ? L'entraide étudiante aura joué pour lui. Jean Kerhoz y aura veillé. Tous ces compagnons qui venaient aux nouvelles apportaient un élixir, enlevaient certain récipient surnommé le lacrimatoire, avaient le visage du Christ.

L'excellente santé qu'Yves s'accorde a eu ses alertes. Jalousement soucieux d'exactitude, un témoin qui relate sa visite chez lui « quinze jours à peu près avant qu'il meure » la situe *pendant sa dernière maladie* sans y insister, petite pierre d'ajout !, mais à bon entendeur salut ! Pas de dernière maladie sans des maladies qui la précèdent. Le vigoureux piéton du Trégor dont Jésus-Christ était le seul médecin aura éprouvé, sur le tard, qu'il n'était pas invulnérable. S'il n'a pas eu à traverser une longue maladie grave, il a subi ce que la langue familière appelle gentiment des accrocs. Les organes dont il assumait la gestion lui ont rappelé à plusieurs reprises leur fatigue, leur usure. Entre deux périodes où il s'épanouissait tel un damoiseau du bon Dieu, il était conduit à freiner ses activités. A s'allonger après le repas. A se lever plus tard. Toutes pratiques dont il riait, mais qui lui signifiaient son humaine faiblesse.

Physiquement, mentalement, il aurait été un homme des plus solides. L'Europe occidentale bat chaque année, depuis 1950, les records de ses administrés en espérance de durée de vie. Elle atteint à des chiffres qui eussent émerveillé Archimède. Soit. Mais n'oublions pas que l'Yves Hélory qui meurt à cinquante-trois ans, bien avant l'âge de notre retraite légale, s'était brûlé beaucoup plus à la besogne que la très grande majorité de nos octogénaires.

Le religieux qui n'oublie pas de situer sa visite pendant la « dernière maladie » livre une notation d'une familiarité désarmante et que nous apprécions. A un moment donné, le malade se lève. Il doit satisfaire un besoin naturel. Il ne demande pas qu'on l'aide. Il peut aller tout seul là où les rois vont à pied. Il *va* en effet, il va « où vous savez », comme chez le bon Molière. Il s'absente suffisamment longtemps pour que le visiteur, en toute sécurité, inspecte l'installation. Il est abbé, enseigne la pénitence à des religieux, il doit étudier comment un homme présumé saint pratique cette vertu. Un choc : pour tout traversin, Yves utilise deux livres. Il exagère ! L'abbé arrache quelques brins à la paillasse dérisoire où le grabataire s'allonge sous une couverture usée. Il étale ces brins sur les livres... Yves s'en retourne. Devine-t-il quelque chose ? En tout cas, il ôte ces brins de paille et se recouche. Il n'est pas un impotent. Il reprend la conversation là où il avait dû l'interrompre.

Un semaine plus tard, c'est un copain des années parisiennes qui vient le voir. Il inspecte lui aussi. En lieu et place du traversin, il aperçoit une grosse pierre. S'il n'en fait pas la remarque tout haut, il frémit. Ce bloc-là, fût-il en granit rose, il blesse la tête. Décidément, le camarade a fait du chemin ! Son Jean Kerhoz, à Paris, n'eût pas accepté qu'il se maltraitât de la sorte.

... Quand le malade est tout seul, il vaque donc au perfectionnement de son ascétisme. D'où vient la grosse pierre ? Le visiteur qui note sa présence n'insinue pas qu'elle fut apportée par un ange. Pas une des pieuses femmes qui aident à la marche de Kermartin et veillent, discrètement, sur leur Yves, n'eût accepté non plus de la fournir pour cet usage. Il l'a trouvée par là. En farfouillant. Il l'avait ramassée jadis, pavé de route romaine, bloc tombé dans les réparations de Saint Tugdual, ou encore un ouvrier distrait l'avait déposée contre une cloison ? Sœur Pierre, merci. Tu es plus âgée que moi et tu vas travailler encore.

Des médecins ont étudié saint Yves. Ils ont cherché à mettre un nom sur la maladie qui l'avait emporté. La notion de vieillissement précoce ne les satisfaisait pas. Plusieurs ont écrit de beaux ouvrages. La compétence, la ferveur, n'ont cependant réussi qu'à dresser des hypothèses.

Les saints ne sont pas abonnés à des maladies originales. Celles qui les frappent appartiennent à tout le monde. Sept siècles après la mort d'un homme qu'aucun médecin n'avait examiné vivant et dont les motivations objectives échappent, trop souvent, aux historiens, il est simplement très difficile d'oser des diagnostics.

Il va de soi que nous ne nous y risquerons pas, malgré les soupçons que la Bretagne autoriserait d'une affection pulmonaire. La veille même de l'Ascension, juste après l'aurore, Yves trouve en lui la force de dire sa messe dans la chapelle du manoir, et de la dire en public, mais il accepte qu'on l'aide pour monter à l'autel et des Frères surveillent tous ses mouvements. Partagée entre émerveillement et peur, l'assistance, nombreuse, est au bord des larmes.

Le célébrant, d'une voix lente et cassée mais nette, les bras tremblants mais bien ouverts, lit l'Évangile dans l'énorme livre dressé contre son support. Le texte est celui du jour, il ne l'a pas choisi. Les prêtres et les religieux qui écoutent admirent la conformité des paroles qu'il prononce à son état d'homme de Dieu sur le départ. C'est le Christ qui parle à ses disciples et c'est Yves qui parle à ses enfants de Kermartin, ses amis du clergé, les petits, tous les malheureux de tout le diocèse et de partout.

Le chapitre 17 de saint Jean. Le disciple qui s'appuyait à la fin du repas sur l'épaule du Maître s'est un peu écarté afin que Jésus s'adresse à tous ses compagnons. Il grave dans son esprit chaque phrase de ce discours d'adieu :

Pater, venit hora, clarifica Filium tuum ut Filius tuus clarificet te... Manifestavi nomen tuum hominibus, quos dedisti mihi de mundo. Tui erant, et mihi eos dedisti ; et sermonem tuum servaverunt... Et jam non sum in mundo, et hi in mundo sunt, et ego ad te venio[1].

1. Père, l'heure est venue. Glorifie ton Fils, afin que ton Fils te glorifie... J'ai révélé ton nom aux hommes que tu m'avais choisis dans le monde. Ils étaient à toi et tu me les as donnés ; et ils ont conservé ta parole... Je ne suis plus dans le monde ; mais eux, ils restent dans le monde tandis que je retourne vers toi.

Yves referme les bras. Il se penche et il donne au livre le baiser rituel et à ce moment il défaille et l'on croit qu'il va tomber, des Frères se précipitent. Il leur signifie d'attendre. En se soutenant des mains contre l'autel, voilà qu'il se rétablit. Longeant l'autel comme un parapet, il se déplace enfin pour continuer sa messe.

Des gens pleurent, qui volontiers crieraient : « Noël ! »

Agenouillé au premier rang, le Père abbé de Beauport a spontanément baisé le sol. Quel texte plus approprié Yves aurait-il pu lire ? Assurément, cet homme est un saint... La clochette d'un servant. Le célébrant, à voix basse, dit les paroles de la consécration. Tout le monde a incliné la tête et fermé les yeux, même les Frères qui redoutaient un accident. Quelqu'un lâche une plainte. Est-il sûr que ce soit Yves ? sûr que ce soit une plainte ?

Volontiers l'on comparerait une affection qui n'annihile pas un malade, malgré la faiblesse où elle le tient, à ces maladies de langueur dont abusera le romantisme. Comparaison médiocre, dénuée de valeur scientifique, mais enfin l'abattement dont Yves souffre et que l'usure des organes vitaux doit expliquer en grande partie, a aussi une origine mentale. Si les membres sont las, se dérobent aux ordres que la charité, la volonté, l'esprit de joie leur donnent, c'est que l'âme éprouve sa propre lassitude.

Nous écartons la peur de l'enfer. Yves a trop aimé Thomas d'Aquin, François d'Assise et Rutebeuf pour avoir trop sacrifié à elle. Pour ne pas l'avoir écrasée sous la certitude, immense, de la miséricorde. Celle dont il ne faut pas plus douter que de l'Incarnation et de la Résurrection. Au milieu d'un prêche où il improvise, il aura parfois évoqué « les flammes éternelles », mais il regrettera sur le champ son effet d'éloquence. Il aura envie de s'arrêter. De réciter le *Confiteor* avec les fidèles, car il avait péché envers Dieu. A qui rien n'est impossible. Qui a donné aux païens le titre de ses « enfants »... La dignité de mœurs d'Yves Hélory, son intégrité farouche, dans une époque où le clergé se relâchait et où trop de juges se laissaient corrompre, n'auraient pas suffi à drainer vers lui un public aussi divers ni admiratif sans le sourire franc et mystérieux qui accueillait le visiteur et lui rendait l'espérance.

La blessure, secrète, qui affligeait Yves et se manifeste sur le tard par une lassitude essentielle, ne doit pas s'attribuer à une neurasthénie ayant guetté son heure. Des circonstances précises ont augmenté la gêne que lui causait cette blessure. Par exemple, les démêlés avec la famille au sujet de Kermartin. Ou, dans l'affaire des redevances réclamées par Philippe Le Bel, la querelle avec les agents du fisc royal et la brouille avec l'évêché de Tréguier. Mais le mal venait *« de plus loin »*. Il avait noble origine. Il s'inspirait d'un de ces doutes salués fréquemment par les philosophes comme des preuves authentiques de la grandeur humaine. Ils ne se trahissent pas forcément au dehors dans l'ordinaire des jours.

Yves a entretenu son ami et confident le Franciscain d'une lutte que son âme avait dû vivre et dont il laissait entendre l'intensité sauvage. Sans le témoignage du religieux aux enquêteurs, nous l'ignorerions tout à fait. L'entourage d'Yves, ses vieux camarades, son ancien guide Jean Kerhoz, ne semblent pas l'avoir soupçonnée.

Nous avons eu l'occasion de dire que la lutte signalée et analysée par Yves s'apparentait au « combat avec l'ange ». Il la présente comme achevée. En une victoire du calme et de la lumière... N'a-t-il pas confondu guérison et rémission ? Cette lassitude où s'enveloppent ses dernières années, au moins depuis 1296, ressemble à une métastase du mal officiellement guéri. Elle y ressemble bougrement.

L'existence de Dieu, la divinité du Christ, la mission de l'Église, la virginité de Marie, la souveraineté papale, sur aucun de ces dogmes Yves, à l'image de presque tous les chrétiens ses contemporains, ne se troublait. Sous la foi d'un clerc ayant médité les Écritures, du prêtre consacrant le pain et le vin, il gardait celle d'un enfant. Qui aime sa famille et la lumière croit dans les paroles des gens qu'il aime, boit la religion comme il respire et il chante. Cependant...

... cependant ce mystique-né s'accommodait mal, non pas en principe de vivre dans le siècle, mais d'approcher si familièrement, comme official, avocat bénévole ou recteur, le péché, le vice. La luxure. La simonie. L'envie. La haine. Il avait peut-être abordé trop jeune les fortes études et la grande ville. Il conservait la mémoire d'enthousiasmes et d'émerveillements qui se changeaient tant de fois en désillusions. N'aurait-il pas dû persévérer dans la théologie ? l'approfondir pour l'enseigner ?

La méfiance des historiens envers les anachronismes psychologiques n'est pas erronée en soi. Cela choque au premier abord d'utiliser nos batailles d'idées actuelles et leur vocabulaire, pour interpréter des hommes et des femmes qui ont vécu voici plusieurs siècles, ne laissant derrière eux pas un écrit. Nous n'avons le droit, en principe, de ranger Yves Hélory ni parmi les conservateurs ni parmi les progressistes. Fût-ce en notre temps, d'ailleurs, nous savons les fragilités de ces distinctions. Les médias y recourent sans cesse pour simplifier les problèmes et ils ne font guère qu'embrouiller davantage les choses par leurs erreurs.

La crainte légitime des anachronismes ne doit pas être absolue, sinon les exposés historiques pratiqueraient une langue de bois. Quitte à sembler paradoxal et affreusement peu sérieux, nous comparerions volontiers Yves à Paul VI. Ce pape, dans l'histoire grave, a reçu le nom de *pape du Concile* ; dans la petite histoire, le surnom de *Hamlet*. Parce qu'il avouait ses hésitations, les hommes qui piaffaient dans l'attente d'un *aggiornamento* souhaité quasi universellement, et d'abord par le pontife lui-même, ont voulu le railler. Ils ont échoué à diminuer la sainteté secrète du personnage. Paul VI mesurait dramatiquement le poids de ses charges. L'Église, Corps mystique du Christ, n'était pas le petit Elseneur ni même le Danemark. Il avait accepté le poste de Pierre parce qu'il faut toujours un Pierre à l'Église, et ce dévouement le brûlait. Ses hésitations, proclamées par ses ennemis reculades ou tergiversations, le déchiraient. Une charité les inspirait toujours, et toujours il rattrapait son chemin.

Dans sa carrière d'étudiant, puis dans ses fonctions de recteur, d'official et d'avocat, Yves procède sous nos yeux par des lignes brisées. Le premier idéal farouche de son enfance, être un saint, il ne l'avait pas oublié en route, mais simplement occulté. Enfoui pour la bonne cause. Il n'a guère cherché à se diriger lui-même, longtemps plus conscient de ce qu'il ne voulait pas — le sacerdoce — que de ce qu'il voulait —

la théologie, le mariage (?), l'ermitage, le couvent. Par dévouement à l'Église, il s'est fait prêtre. Sans vraiment la choisir, il a fini par adopter une cote mal taillée entre plusieurs professions bénévoles ou officielles, sacrifiant quelque peu le mystique et l'éternel étudiant des choses de Dieu qui l'habitaient.

Paul VI. Saint Yves. Les personnages de Bernanos... Toute grande vie religieuse a son secret ou son drame. Le petit Hamlet de Louannec et de Kermartin n'a pas échappé à la règle. Il sentait les contradictions de sa conduite, les insuffisances de sa parole. Il en souffrait malgré son humour. Quand il se précipite sur la grand-place pour arracher aux gens du Roi le cheval de Guillaume de Tournemine, bien d'Église, donc bien des pauvres, il a l'air archisûr de lui. Archidéterminé à secouer la ville de Tréguier dans ses profondeurs populacières pour récupérer le bourrin que le propre frère de l'évêque a renoncé à défendre. En son for intérieur, cependant, il doute. L'équivalence entre bien des pauvres et bien du clergé lui paraît obscure. Un évêque aurait-il besoin d'une écurie ? Le Christ est-il jamais monté à cheval ? Mais moi, après tout, Yves Hélory, Tertiaire de saint François, qu'ai-je à faire de garder Kermartin ? Je pourrais le vendre et en verser l'argent aux mendigots mes frères... Entre le possible et l'idéal, ce qu'il souhaite et ce qu'il accomplit, l'ascète Yves Hélory oscille et vacille.

Jusqu'à la première grande marche. Jusqu'à l'entretien avec le Frère Guillaume. Jusqu'à la démonstration, par le rire d'un malade, qu'on lui a été utile. Jusqu'à la consécration du pain et du vin... La joie se remet en place, fidèle et douce, mais le cœur s'est usé.

La dernière messe que le recteur de Louannec célèbre à Kermartin a une grandeur simple qui eût enchanté Daudet ou Pagnol.

Cet homme épuisé, soutenu à droite et à gauche par des Frères, qui dit son intention de gagner l'autel :

Et introïbo ad altare Dei...

Et le servant qui appuie ce dire en exaltant le principe de jeunesse :

Ad Deum qui laetificat juventutem meam...

Ce sont toutes les dernières semaines d'Yves, accomplies entièrement à Tréguier, dans un Kermartin devenu havre de grâce, dont il faut louer le climat. Elles sont vécues par l'ensemble d'une communauté, en union avec un pays de chrétienté et d'amour qui passe toute limite. Un grand malade est aidé mystiquement par tous à monter les derniers degrés de sa vie terrestre. Tout ce que nous avons pu essayer de dire sur le secret d'Yves Hélory se justifie dans ce respect, cette pudeur, ce mélange d'allégresse et de peur, ce silence. Cette attente. Cette prière. Le prêtre enfant du pays qui va mourir ou se prépare à mourir, chacun devine, pense ou murmure qu'il est un saint. On ne saurait définir sa sainteté autrement qu'en mots vagues, qui font presque honte. On le connaissait bien, celui-là, on l'a vu tellement souvent, et puis il vous échappe. Non seulement parce qu'il se retire de la vie et des chemins, mais parce qu'il emporte son secret. Était-ce un homme joyeux ? Oui, certainement. Il riait très fort. Plaisantait avec les marins. Quand même il marchait les yeux baissés. Il soupirait s'il apprenait une misère...

Le meilleur du Moyen Age est ici. L'esprit de ferveur, de foi dans la Résurrection, qui resplendit dans les verrières de Chartres et de Beauvais comme dans les fresques de Giotto et de Fra Angelico... Le thème de la mort est familier aux Celtes. Enterré lui aussi à Tréguier, Anatole Le Braz l'avait choisi légitimement comme objet d'étude. Il faut se garder d'y voir le souci privilégié de se faire peur. Le « grand départ » d'Yves Hélory n'offre rien de lugubre. Il a lieu en plein mois de mai, mois de Marie, dans ce printemps de Bretagne et du Trégor cher aux poètes et aux peintres, quand le ciel « semble se hausser », que la mer elle-même et les plages semblent nouvelles et que les fleurs d'ajonc chantent à qui mieux mieux. Il n'est pas question d'Ankou [1], de squelettes vêtus de blanc qui agitent des cloches. Une vie toute terrestre s'achève dans les sites où elle avait commencé, pour la plus fertile des Renaissances.

Les périodes que Bossuet a tirées de la langue française atteignirent sans doute un plus grand bonheur d'expression que les phrases bretonnes, latines, ou de langue d'oil, des prédications d'Yves Hélory, mais son branlebas de la cour de Versailles, à la mort de Madame, « Madame se meurt ! Madame est morte ! » nous touche moins que la simplicité de Kermartin et de Tréguier autour d'un agonisant. On prie jusqu'au bout pour une guérison dont personne ne désespère, mais d'avance on ne proteste pas. Quand la mort vient, elle vient. Le glas fera son office et, lorsqu'il tintera, on rêvera au *Magnificat* des obsèques. Presque

1. Ainsi, plus ou moins littérairement, personnifie-t-on la Mort en Bretagne.

jusqu'au bout, des visiteurs murmurent au malade qu'il devrait s'abstenir de telle austérité, quelquefois ils prennent sur eux de remplacer un vêtement, de réinstaller une couverture — dans le même temps ils admirent la paix d'un épuisement et d'une souffrance gagnés dans le service de Dieu et des hommes.

Le charme du Val de Loire, que l'écolier d'Orléans appréciait comme frère du charme breton, a débarqué sur les rives du Jaudy... Les pauvres maisons qui sont plus que des provinces. Les fleurs dont les gouttes de rosées sont les perles. Et les concerts des oiseaux parmi les arbres.

Bonhomie de la mort lente d'un juste.

Nous avons trop souvent blagué Albert le Morlaisien pour ne pas souligner ici qu'il parle de ces derniers jours dans le langage qui convient. Une sagesse de fabuliste et de patriarche, une tranquillité d'enfant :

Enfin saint Yves tout cassé et usé, plus de travaux et austérités que de vieillesse, il tomba malade après Pâques et connaissant que Dieu voulait mettre fin à ses travaux et donner commencement à son repos, il se disposa à ce passage[1]*... Le mercredi quinzième de mai, Vigile de l'Ascension, il se sentit si faible et débile qu'à peine se pouvait-il tenir sur pieds, il célébra la messe en la chapelle de Kermartin, l'abbé de Beauport le soutenant d'un côté, et Messire Alain archidiacre de Tréguier de l'autre. La Messe étant finie il entendit de confession ceux qui se présentèrent, puis se coucha sur sa claie ordinaire...*

Parmi « ceux qui se présentèrent », Le Mappian est

1. Nous sautons une ligne. Elle fausse le texte par son esprit trop clérical. Nous avons respecté en revanche les identités des deux personnages qu'Albert donne à Yves pour le « soutenir ».

fort bien inspiré de noter une jeune femme enceinte. Ses parents l'avaient prénommée du nom de la prophétesse païenne qui avait peut-être annoncé le Christ : Sibylle. Cette Sibylle bretonne était venue en bateau de son La Roche-Derrien, le gros bourg fortifié sis en amont de Kermartin sur le Jaudy. Elle payait d'audace : l'Église avait institué la confession depuis peu de temps. A cause de son état, elle avait été agréée comme pénitente par les clercs soucieux de ménager Yves. Lequel sourit autant qu'il le put : « Faites vite », avaient dit les religieux à la femme. Rapide en effet, elle sortit à Yves qu'elle le savait très malade et voulait donc se confesser à lui. C'était sous-entendre qu'elle le croyait perdu. Il s'en amusa. Aidé par elle à s'asseoir, il éloigna les gens pour la bénir, l'entendre et la pardonner. Peut-être en venant ce matin avait-elle obéi à une simple envie de femme enceinte, mais à la grâce de Dieu. Dans l'autre monde, Azou souriait.

Dans les dernières années d'Yves, très particulièrement dans ses dernières semaines, les femmes reparaissent en nombre à l'intérieur de son histoire comme du temps de son enfance. On évoque François d'Assise et le Frère Jacqueline dont il acceptait les gâteaux. Plusieurs des femmes qui animent ce Kermartin portent d'ailleurs des prénoms à désinence latine qui chantent l'Italie : Panthonada, Amicia. Les sermons les plus furibonds jamais prononcés au Moyen Age contre le péché de la chair ne pèsent guère à côté de l'immense tendresse pour la femme que le christianisme charrie. Quand Sibylle, et nous n'affirmons rien, n'aurait eu qu'un bavardage de peccadilles à confier, elle se sentait le droit de solliciter Yves l'austère, ami inconditionnel de l'espérance des humbles.

Les halètements du malade ont alerté ceux et celles qui veillaient. Dans la nuit de ce samedi 18 mai, l'Extrême-Onction lui est administrée. La chambre est pleine de gens agenouillés qui répondent tous aux prières. Domptant une dernière fois sa prostration, le mourant répond lui aussi — tous les *amen*, tous les compléments de formule. Sans aucune impatience, il reçoit les onctions sur les yeux, les oreilles, les narines, les lèvres, les mains, les pieds. Les chers pieds, compagnons de tant de marches et qui ont bien droit à la résurrection eux aussi. Mes Frères les pieds. Lavés heureusement il y a trois jours par Panthonada. Blancs comme cela ne leur arrivait plus guère.

Quand la même Panthonada, témoignant au procès, raconte les ultimes instants de la vie d'un saint, elle projette un film devant les enquêteurs. Nous l'aimons bien, cette Panthonada, un peu claironnante et tellement dévouée. Toutefois, nous croyons pouvoir lui dire qu'elle s'est « carrément plantée » ici. Les images pieuses dont elle agrémente la scène défloreraient plutôt le *transitus* que nulle caméra n'enregistrait. Qui peut prétendre voir le dernier souffle d'un mourant ? Les Évangélistes ont donné à tous narrateurs l'exemple de la discrétion : *Jésus poussa un grand cri et il rendit l'esprit.* L'âme n'est pas le rayon vert.

Le regard tout simple d'Amicia émeut plus que les détails de sa compagne sur la pieuse mimique du mourant, puis sur le visage souriant et rose du cadavre.

Bravement, elle murmure aux enquêteurs qu'Yves semblait dormir.

Sous les espèces du cortège qui se forme pour accompagner vers la cathédrale la civière où le mort reposait dans sa bure de Tertiaire franciscain, presque immédiatement le premier pardon de la saint Yves s'improvise. Car il allait de soi pour tous, dans la demi-clarté d'un crépuscule du matin où le tintement du glas apporté du bourg par la brise se mariait aux chants du coq, aux cris d'appel des alouettes, des hirondelles et des goélands, que c'était un saint que l'on conduisait, que l'on portait. C'était comme si l'on se défoulait d'une discrétion trop dure. Si l'on révélait enfin à la face du ciel la découverte dont chacun portait en soi le secret. La série des saints continuait ! Tréguier, après saint Tugdual, avait produit saint Yves !

Par dizaines, centaines, les gens accouraient, de tout âge et de tout métier, plaquant le lit, la tâche, la maisonnée, les costauds aidant les faibles, afin de ne pas manquer l'occasion. Yves Hélory était mort et un saint était né.

Nous ne commettrons pas l'erreur de faire chanter à ce grouillement humain le cantique souple et martial de nos pardons de Saint Yves, mais le désir nous en taquinerait. Il semble évident, au moins, que la joyeuse tristesse de la foule ressentait un manque sonore. En tête du cortège, les beaux chants du rituel, compliqués et mal connus, égrenés par des clercs, ne jouaient pas leur rôle d'unification bruyante. A haute voix les gens priaient donc, marchant, courant, se bousculant, se marchant sur les orteils, s'agenouillant et se relevant, clopinant, claudiquant, humanité à la Breughel et à la Méheut, trognes et longs yeux clairs, beaucoup pieds nus, d'autres en sabots, tous illuminés, implorant Dieu comme on crie victoire, justifiant les amis de l'énorme Moyen Age verrues comprises, dignes d'une verrière où se reflète la montée du soleil.

L'inauguration d'une autoroute, filmée par la télévision, organisée des semaines à l'avance, accompagnée de discours et vin d'honneur, est bagatelle au point de vue émotif près de cette manifestation jaillie du sol et du cœur et où ne se glisse aucun photographe. Bien sûr, le désordre s'étale. De temps en temps, la ruée vers la civière pour faire toucher au mort un objet familier ou découper un morceau d'étoffe est trop scandaleuse, il y a des poussées, des chutes et des hurlements, mais enfin on inaugure le chemin de saint Yves. C'est la fête du chemin des humbles, de l'itinéraire campagnard et citadin que l'official de Tréguier l'avocat des pauvres a emprunté tant de fois, le restituant intact à la nature, piéton devant l'Éternel. Il faut qu'inauguration se fasse ! Les pardonneurs qui viendront dans la suite des siècles en sauront gré. A commencer par les avocats. Dans cette aurore, il faut les chercher pour en voir. Ils se confondent avec la foule. Ils se rattraperont. Lorsque le cantique du pardon aura été rodé. Ce sont gens de la parole. Ils n'ont pas reçu un gosier pour se taire. Ils exalteront eux aussi à pleine voix l'homme que leur ordre a voulu pour patron, rendant humour pour humour à la moquerie populaire.

L'évêque Geoffroy de Tournemine attend le cortège devant le grand portail de Saint-Tugdual, la vieille cathédrale qui doit à Yves sa restauration. Il s'efforce de ne pas pleurer. Il songe à ses dissensions avec son Hélory et il écoute la rumeur qui avance là-bas, ce grondement populaire où joie et chagrin se mêlent et qui salue la sainteté d'un homme.

Ce soir, dans les auberges, plus d'un qui aura trop bu de cidre clôturera une tirade par un juron. Il paraît que pour Yves, il faut attendre que le pape prononce ? Et c'est notre Geoffroy qui dit ça ? Il paraît qu'il leur faut des miracles ? Jésus Marie, drôles de gourmands ! Mais des miracles, Yves en a fait tout le temps. Je vais...

Yves Hélory n'a pas été enterré trop profond dans le sol de la cathédrale. Geoffroy a joué son rôle en répétant à la foule de ne pas décider trop vite mais bien sûr il a confiance. Dieu qui a rappelé Yves Hélory le rappellera sans doute lui-même avant cette date — un jour viendra n'importe comment où l'on retirera le corps de sa sépulture provisoire pour lui offrir une tombe grandiose. Car Yves, entre-temps, aura été proclamé saint *Urbi et Orbi*.

Ce grandiose trahira-t-il la simplicité d'Yves ?

Le successeur y veillera. Il faut que la foule puisse venir prier tout autour de la tombe.

Là-haut, on veille à ne pas scandaliser la simplicité d'Yves Hélory, saint après l'avoir tellement désiré et cependant quelque peu saint malgré lui.

Les saints de l'Église ne seraient-ils pas tous égaux ? On dirait que l'humour britannique a raison : il doit y en avoir de moins égaux que d'autres. Yves serait de ceux-là.

J'ai assisté aux obsèques d'un ami très lumineux,

le Père Yves-Dominique Mesnard, Dominicain, issu comme Yves Hélory de la Bretagne maritime et dont la longue vie fut apostolat [1]. Immédiatement après l'absoute furent chantées les litanies des saints, cela fit ma joie. Aux saints rituellement cités par leur nom dans la liste se trouvèrent ajoutés des saints et des saintes ayant appartenu à l'ordre de saint Dominique. Et cela aussi fit ma joie... Mais j'attendais saint Yves — inutilement. Lui qui avait donné au Père Mesnard son premier prénom et qui admirait l'ordre des Frères Prêcheurs n'eut pas le droit de venir en avant.

Qu'il en soit ainsi !

Dans ce livre, plus d'une fois, l'imagination m'a entraîné. Je ne pouvais me résoudre à présenter un personnage dérisoirement étriqué par le manque d'archives, alors que cet enfant du Trégor avait été un clair vivant. J'ai essayé de ne jamais le trahir.

Et je terminerai par la ritournelle de Villon :

Mais priez Dieu que tous nous veuille absoudre !

1. Auteur d'un beau livre au titre sans ambiguïté : *Mes racines sont dans la mer.*

Table

Cet ouvrage reproduit par procédé photomécanique
a été achevé d'imprimer en mai 1987
sur les presses de l'Imprimerie Bussière
à Saint-Amand (Cher)

Dépôt légal : mai 1987.
N° d'édition : 1098.
N° d'impression : 1237.

Imprimé en France